Herbstlaub

Thomas Eppensteiner wurde 1972 in Wien geboren. Seit seiner Jugend schreibt er Kurzgeschichten und Lyrik, seit drei Jahren Kriminalromane. Er lebt mit seiner Familie in Niederösterreich.

THOMAS EPPENSTEINER

Herbstlaub

WIENERWALD KRIMI

emons:

Bibliografische Information der Deutschen Nationalbibliothek
Die Deutsche Nationalbibliothek verzeichnet diese Publikation in der Deutschen Nationalbibliografie; detaillierte bibliografische Daten sind im Internet über http://dnb.d-nb.de abrufbar.

Umschlagmotiv: photocase.com/Van.
Umschlaggestaltung: Tobias Doetsch
Gestaltung Innenteil: César Satz & Grafik GmbH, Köln
Lektorat: Susanne Bartel
Druck und Bindung: CPI – Clausen & Bosse, Leck
Printed in Germany 2015
ISBN 978-3-95451-681-0
Wienerwald Krimi
Originalausgabe

Für uns

1

10. Oktober

»Das hast du ja toll hingekriegt. Weil du dich auch immer in Angelegenheiten einmischen musst, die dich nichts angehen«, murmelte die junge Frau in den Kragen ihrer Jacke, während sie mit klammen Fingern an den Reglern der Klimaanlage hantierte. All das, was sie in der Angelegenheit bis jetzt getan hatte, erschien ihr auf einmal wenig durchdacht. Ihr Alleingang kam ihr wie eine Torheit vor, eine gefährliche Reise, deren Ausgang mehr als ungewiss war. Sie beugte sich nach vorne, wischte mit den Ärmeln den Beschlag von der Heckscheibe und sah nach draußen.

Nur vereinzelt durchbrach das Licht der Straßenlaternen den milchigen Nebel, der bereits seit dem späten Nachmittag über Mödling lag. Warum sie ausgerechnet den Parkplatz bei der Goldenen Stiege für das Treffen gewählt hatte, wusste sie selbst nicht mehr genau, aber möglicherweise war die Antwort in ihrer Kindheit zu finden.

Die junge Frau verband schöne Erinnerungen mit diesem Ort, den ihre Eltern wie viele andere Mödlinger auch als Ausgangspunkt für Wanderungen in den Wienerwald genutzt hatten. Vater hatte den Wagen immer auf einem der vorderen markierten Stellplätze geparkt, die Rucksäcke aus dem Kofferraum geholt und sich vergewissert, dass das Licht aus und der Wagen versperrt war. Vaters unbeschwertes Lachen, wenn er sie aus dem Wagen hob. Mutter, die Sonja den kleinen Wanderrucksack auf den Rücken schnallte und sie bei der Hand nahm. Bei dem Gedanken an das Frühstück, das sie aus einer Gewohnheit heraus immer vor ihren Touren im Gasthof neben dem Parkplatz zu sich genommen hatten, lief Sonja Aumann heute noch das Wasser im Mund zusammen. Eine große Tasse mit Kakao, dazu warme Croissants, der Duft von süßem Gebäck, der Sommerwind in ihrem Haar: Erinnerungen an ihre liebevollen Eltern.

Den Parkplatz, die Wälder und den Gasthof gab es immer noch, sie vermittelten ihr ein Gefühl von Behaglichkeit. Selbst jetzt, mitten in der Nacht und mutterseelenallein, wie sie war, fühlte sie hier eine Vertrautheit wie an keinem anderen Platz der Stadt.

Ein warmer Luftstrom aus dem Gebläse streifte ihr Gesicht und ließ sie für einen Moment vergessen, dass der Sommer schon lange zurücklag. In den vergangenen Tagen war es deutlich abgekühlt. Regen, Matsch und Wind beherrschten das Stadtbild seit Tagen, die Sonne war nur ab und zu als verschwommene Scheibe oberhalb der Wolkendecke zu erahnen. Sonja Aumann fürchtete sich vor dem, was in wenigen Wochen passieren würde. Schnee, Eis und Kälte würden sich bald wieder auf ihr Gemüt legen wie eine schwere Last, das fehlende Sonnenlicht würde die junge Frau spätestens ab Mitte Dezember in regelmäßigen Abständen auf die Sonnenbank treiben.

Vor langer Zeit waren Sonjas Eltern im Winter bei einem Verkehrsunfall ums Leben gekommen, und auch ihre Großmutter, bei der sie nach dem Tod von Vater und Mutter gelebt hatte, hatte sie an einem Adventssonntag verloren. Ihre engsten Beziehungen waren in Wintern in die Brüche gegangen, und je kälter und länger der Winter, desto schmerzhafter und schmutziger die Trennung. Selbst das, was mit Stefan vor einem halben Jahr begonnen hatte, schien kurz vor dem Aus zu stehen. Vermutlich würde es beim ersten Schnee so weit sein. Sie schüttelte sich und blickte auf die Leuchtziffern ihrer Armbanduhr. Zehn vor halb zwölf. Nur noch wenige Minuten bis zu ihrem Treffen. Sie kannte den Mann nur durch das, was er im Internet über sich preisgegeben hatte, und durch die E-Mails, die sie sich seit Wochen schrieben. Dass er letztendlich zu ihr Vertrauen gefasst und um ein Treffen gebeten hatte, war für Sonja Aumann eine einmalige Möglichkeit. Ihr Bauchgefühl sagte ihr, dass die Person, die hinter dem nichtssagenden Kürzel »Vlad64« stand, über Dinge Bescheid wusste, die ihr zu einem unerwarteten Karriereschub verhelfen konnten. Ein Glücksfall, dass sie bei ihren Recherchen ausgerechnet auf ihn gestoßen war. In seiner letzten Nachricht hatte Vlad64 von großem Druck geschrieben, unter dem er mittlerweile stand. Und anders als in den Nachrichten zuvor war der Text nicht in Englisch, sondern in perfektem Deutsch verfasst:

> *Sie ziehen die Schlinge immer enger. Ich muss zusehen, dass ich von hier wegkomme. Niemand wird mir helfen, alle sind gekauft. Bin hier nicht mehr sicher. Nur von außerhalb kann ich das, was ich recherchiert habe, ohne Gefahr an die Öffentlichkeit bringen. Wir müssen uns treffen. Besonders S. ist von Bedeutung.*

Die Dinge spitzten sich zu. Bei der Erinnerung an Vladus Zeilen begann ihr Herz zu pochen. Die tagelang verdrängte Besorgnis über die Gefahren, denen sie sich möglicherweise aussetzte, war mit aller Gewalt wieder da. Plötzlich fühlte sie sich allein und verwundbar. Nur die Türen ihres Wagens schützten sie vor dem Nebel, der plötzlich bedrohlich wirkte.

»Niemand weiß, dass du heute Nacht hier oben bist«, brachte sie es laut auf den Punkt. Ihr Atem hinterließ einen weißen Fleck auf der Frontscheibe. Seit dem Sommer agierte sie in dieser Angelegenheit auf eigene Faust, nicht einmal Stefan wusste davon. Nachdem ihre Nachforschungen vor Tagen eine ungeahnte Dynamik angenommen hatten, war sie kurz in Versuchung geraten, ihn ins Vertrauen zu ziehen. Nun war sie froh darüber, es nicht getan zu haben.

»Scheiß auf Stefan.« Vorsichtig betastete sie ihre Stirn. Die Beule hatte sich während der letzten Stunden violett verfärbt. Im Nachhinein wunderte sie sich, dass sie nicht mehr unternommen, dass sie nur die Wohnung verlassen hatte. Sie hätte ihn bei der Polizei anzeigen müssen. Dieses Mal war genau ein Mal zu viel gewesen.

»Wenn du jetzt abhaust, ist das dein Ende. Ich werde dafür sorgen, dass du in Österreich keine Anstellung mehr findest«, hatte er gedroht und danach ohne Vorwarnung zugeschlagen. Stefans übermäßiger Alkoholkonsum, der berufliche Stress und die Schwierigkeiten, die er zu Hause hatte, konnten Erklärung, aber keinesfalls Entschuldigung für seine Ausraster sein, die in den vergangenen Wochen immer häufiger geworden waren. Bald würde Stefan nicht mehr als ein dunkler Abschnitt in Sonja Aumanns Leben sein, die Erinnerung an ihn nach und nach verblassen. Sie würde es beenden. Wenn der erste Schnee kam.

Eigentlich hätte sie ihr Wissen schon vor Monaten mit Stefan teilen müssen. Immerhin war er nicht nur ihr Liebhaber, sondern auch ihr Chef, und an großen Geschichten durfte sie noch nicht allein arbeiten. Der bloße Gedanke daran und dass einzig und allein Stefan entschied, wann eine Geschichte groß war und wann nicht, machte sie wütend.

»Ich kann mir schon vorstellen, was du daraus gemacht hättest!« Die junge Frau setzte sich kerzengerade auf, drehte die Heizung kühler und kurbelte die Scheibe der Fahrertür gerade so weit nach unten, dass sie den Zigarettenrauch aus dem Wagen blasen konnte. Das Ergebnis ihrer Nachforschungen wäre möglicherweise bei einer Redaktionssitzung Nebenthema gewesen und danach in einer Schublade von Stefans Schreibtisch vermodert. Oder aber als groß aufgemachte Story auf dem Titelblatt erschienen. In diesem Fall wäre es dann Stefans Geschichte gewesen, sie nur als die Praktikantin dargestellt worden, die ihren Chef unterstützt hatte. Seine Geschichte, sein Erfolg. Niemand würde einer unbedeutenden Arbeitskraft, die anderes behauptete, Glauben schenken. Man würde ihr Neid und Eifersucht auf Stefans Erfolg unterstellen und, wenn das mit ihm einmal vorbei sein würde, auch Hass. Die mittelmäßig begabte, schwer enttäuschte Nachwuchsreporterin, die ihrem Chefredakteur und ehemaligen Geliebten eins auswischen wollte. So würde die Öffentlichkeit das wahrnehmen. Aber damit wollte sie sich nicht abfinden. Dies hier würde ihr die Türen zu sämtlichen Redaktionen des Landes öffnen.

Sonja Aumann schnippte die Kippe aus dem Fenster und sah wieder auf die Uhr. Halb zwölf. »Zeig dich, Vlad64.« Mit leisem Zischen landete der Zigarettenstummel auf dem nassen

Asphalt. Im selben Moment löste sich ein Schatten aus dem schützenden Schwarz der Büsche. Eine Gestalt schlich gebückt über den Parkplatz, geradewegs auf den alten Toyota zu, doch nach wenigen Schritten im spärlichen Licht der umliegenden Laternen verschwand der Umriss im Nebel.

Einen Atemzug später trommelte eine Faust gegen die Scheibe des Fahrerfensters, und die Silhouette eines Kopfes erschien vor dem Glas. Die Tür wurde aufgerissen, ein schriller Schrei entrang sich dem Mund von Sonja Aumann. Irgendwie schaffte es die junge Frau auf den Beifahrersitz, griff nach der auf der Fußmatte liegenden Taschenlampe und hechtete instinktiv aus dem Wagen, sodass die Hand, die in den Innenraum schnellte, ins Leere griff.

Sonja Aumann versuchte aufzustehen. Der Schmerz kam heftig und brauste wie ein Stromschlag durch ihr rechtes Bein. Sie wusste sofort, dass ihr Knöchel verstaucht, wenn nicht sogar gebrochen war. Blitze explodierten vor ihren Augen, sie kippte zur Seite.

Die Gaspistole, ich hätte die verdammte Gaspistole mitnehmen sollen, durchfuhr sie der Gedanke an die Waffe, die ein Erbstück ihres Vaters war. Schützend hielt sie die Hände über ihren Kopf und krümmte sich in einer unnatürlichen Verrenkung zusammen. Sie erwartete einen Angriff auf ihren Körper, der wehrlos auf dem Parkplatz lag, doch nichts geschah. Einige Sekunden später wagte es Sonja Aumann, ihren Oberkörper aufzurichten.

Die vermummte Gestalt stand reglos neben der offenen Fahrertür des Wagens und beobachtete sie stumm. Die junge Frau nahm all ihren Mut zusammen, kam mit Mühe auf die Knie und brachte die Taschenlampe wie die Pistole in Anschlag, die daheim in der Kommode lag. Leider. Der Lichtkegel zitterte wie ihre Hand. Langsam wanderte er über den Straßenbelag, kroch seitlich an ihrem Wagen hoch und verharrte schließlich auf dem Kopf des Angreifers. Pfeilschnell duckte sich der Unbekannte unter dem Licht weg, umrundete das Auto und kam direkt auf die Frau zu. Sein Körper tauchte wieder in den Schein der Lampe ein, und sie erkannte ihn. Der Mann war kein Fremder für sie.

Mit einem ungläubigen Seufzen ließ Sonja Aumann die Taschenlampe zu Boden fallen, kapitulierte. Als der Schatten über sie kam und ihr Kiefer unter der Wucht des Faustschlages brach, wünschte sie sich nichts sehnlicher, als irgendjemandem von ihrem Plan erzählt zu haben.

2

13. Oktober

Chefinspektor Harald Schirmer rannte, als wäre der Teufel hinter ihm her. Obwohl das Brennen in den Oberschenkeln mit jedem Schritt größer wurde und sein Brustkorb vor Anstrengung zu platzen drohte, begann Schirmer zu lachen. Mit einem breiten Grinsen im Gesicht bog er von der Hauptstraße in die Mölkergasse, lief weiter bis zur Toni-Berg-Promenade und schlug dann laut keuchend den Weg Richtung Bahnhof ein. Rempelnd, stoßend und in Gedanken fluchend bugsierte er dabei die Menschen, die im Weg waren, zur Seite. Die ungläubigen Gesichter und die Schimpfworte, die ihm nachgerufen wurden, scherten ihn nicht. Er war im Begriff, den gnadenlosen Wettlauf gegen die Zeit zu verlieren, und dennoch mit seiner Laufleistung zufrieden.

Vor etwas mehr als einem Jahr wäre der Leiter der Mödlinger Kriminalpolizei nicht einmal ansatzweise dazu in der Lage gewesen, die Strecke vom Bezirkspolizeikommando bis zum Bahnhof im Laufschritt zurückzulegen. Es hätte nicht einmal für die Treppe gereicht, die den Eingang des Polizeigebäudes und sein Büro im zweiten Stock miteinander verband. Schirmer hatte während der vergangenen fünfzehn Monate elf Kilo abgenommen, dem Alkohol abgeschworen und sein Leben in Bahnen gelenkt, die für einen Kriminalbeamten durchaus als geordnet bezeichnet werden konnten. Wenn der Ermittler ausnahmsweise einmal nicht im Dienst war, bewegte er sich jetzt wandernd, walkend oder neuerdings auch laufend durch die westlich der Stadt gelegenen Wälder. Auf seine Mitarbeiter wirkte Schirmers Wandlung so, als hätte man ihren ausgebrannten, am Rande eines Herzinfarkts wandelnden Vorgesetzten heimlich gegen ein runderneuertes Exemplar gleicher Bauart ausgetauscht. Der einzige Produktionsfehler, den das neue vom alten Modell übernommen hatte, war die unstillbare Gier nach Zigaretten. Mindestens zwanzig Stück brauchte Schirmer, um ohne Entzugserscheinungen durch den Tag zu kommen.

Als er den Bahnhofplatz erreichte, zwang ihn ein Stechen in der Brust zum Stehenbleiben. Für einen Moment hielt Schirmer inne und gab dem Verlangen seines Körpers nach einer Pause nach. Lautes Rasseln begleitete seine Atemzüge, während er sich an eine Hauswand lehnte und darüber nachdachte, ob es bereits zu spät und der Zug nach Mürzzuschlag bereits abgefahren war. Schirmer blickte auf seine Armbanduhr und dann zum Haupteingang des Bahnhofs, der sich auf der gegenüberliegenden Seite des Platzes befand.

»Noch drei Minuten. Lauf, Schirmer, lauf!«, feuerte er sich selbst laut an. Ohne dem Verkehr Beachtung zu schenken, sprintete er über die Straße und zwang den Lenker eines Linienbusses zu einer Notbremsung. Schirmer dankte es ihm mit dem Stinkefinger, würdigte ihn aber sonst keines Blickes. Er rannte durch die Vorhalle, schlängelte sich zwischen einer Gruppe älterer Frauen hindurch, die nach Heizdeckenverkaufsfahrt aussah, und erreichte schließlich den Bahnsteig. Den falschen, wie sich augenblicklich herausstellte. Das, wonach der Leiter der Mödlinger Kriminalpolizei Ausschau hielt, befand sich zwei Gleise und eine Unterführung weiter entfernt. Fluchend verschwand Schirmer in den Eingeweiden des Bahnhofs, um kurz darauf auf dem übernächsten Bahnsteig wieder an der Oberfläche aufzutauchen. Erleichtert stellte er fest, dass der Zug nach Mürzzuschlag Verspätung hatte und noch nicht einmal in den Bahnhof eingefahren war. Er hatte den Wettlauf gegen die Bundesbahn tatsächlich gewonnen. Als er den Grund für seine morgendlichen Anstrengungen auf dem Bahnsteig erblickte, fiel er sofort in einen betont lässigen Gang. Alles sollte danach aussehen, als wäre er überrascht, ausgerechnet hier und jetzt auf seinen Assistenten zu treffen.

»Du hier?«, rief Abteilungsinspektor Arno Hasler schon von Weitem. »Das wäre aber wirklich nicht notwendig gewesen, Harald. Trotzdem freue ich mich natürlich, dass du gekommen bist, um mich zu verabschieden.« Die Spitzen des mächtigen Schnauzers, Haslers Markenzeichen, bogen sich beim Lächeln seines Trägers nach oben.

»Ich bin nur zufällig da. Wollte was abklären wegen der Fahrraddiebstähle hier in der Gegend. Da ist mir zufällig eingefallen, dass jetzt auch dein Zug geht«, log Schirmer. Um nichts in der Welt hätte er zugegeben, dass er seinen Assistenten bereits vermisste, obwohl dieser noch nicht einmal abgereist war. Er hatte die Abfahrtszeit des Zuges nach Mürzzuschlag sogar mit Rotstift in seinem Tischkalender notiert. Eine besondere Art der Zuneigung, die untypisch für ihn war und von der Hasler natürlich nichts wissen durfte. Es bedeutete Gefahr, jemanden zu mögen, bedrohte den Wall, den Schirmer in jahrelanger, mühevoller Arbeit rund um sich errichtet hatte. Diese dicke Schicht aus Misstrauen und Abweisung bot zwar Schutz vor der Außenwelt, hatte aber letztendlich einen wesentlichen Anteil am Scheitern von Schirmers Ehe gehabt. Katja hatte ihn vor eineinhalb Jahren verlassen. Zwei Jahrzehnte Beziehung waren beendet worden, weil Schirmer ihr nicht hatte vermitteln können, dass er sie liebte und froh war, sie an seiner Seite zu haben. Gefühlskaltes Arschloch, so hatte sie ihn gegen Ende ihrer Ehe mehrmals genannt. Im Nachhinein gab Schirmer ihr zwar recht, war aber immer noch froh darüber, diesen Panzer mit sich herumzutragen. Denn genau der hatte ihm geholfen, die Scheidung mehr oder weniger unbeschadet zu überstehen. Zumindest bildete Schirmer sich das ein.

»Zufällig? Du siehst aus, als wärst du vom BPK bis hierher gerannt, Chef. Ganz rot im Gesicht«, sagte Hasler mit ungläubigem Kopfschütteln. »Und bearbeitet nicht Sarah die Sache mit den Fahrraddiebstählen? *Sie* müsste es doch sein, die am Bahnhof herumkrebst, nicht du.«

Und damit lag Hasler natürlich goldrichtig. Der in den vergangenen Monaten dramatisch angewachsene Ermittlungsakt lag auf Sarah Baloghs Schreibtisch. Es war ihre Aufgabe, sich die Füße auf dem Bahnhofsgelände wund zu laufen.

»Seit wann erledigst du die Ermittlungen deiner Mitarbeiter? Du treibst dich doch nicht allen Ernstes deswegen schon so zeitig am Bahnhof herum, oder?«, blieb Hasler hartnäckig.

»Was willst du mir damit sagen, Arno? Glaubst du etwa, dass ich extra wegen dir den ganzen Weg vom Kommissariat hierher gelaufen bin? Nimm dich bloß nicht so wichtig, Herr Abteilungsinspektor.« Schirmer biss sich auf die Zunge.

»Also doch gelaufen!« Hasler lachte laut auf. »Ist aber auch egal, Chef. Ich bin froh, dass ich dich noch sehe, bevor es auf Kur geht.« Er zeigte auf seine Frau, die am entgegengesetzten Ende des Bahnsteigs stand. »Silvia steht dort hinten beim Kiosk. Wir wollten gerade ein paar Zeitschriften für mich besorgen, da habe ich dich hier im Gewühl ausgemacht. Willst du kurz mitkommen und Hallo sagen? Sie hat dich schon lange nicht mehr gesehen. Erst heute beim Frühstück hat sie mich wieder gefragt, wie du das alles … na ja, die Turbulenzen in deinem Leben gemeistert hast.«

Na toll, dachte Schirmer. Der Gedanke, dass die Haslers bei ihrer morgendlichen Schale Haferbrei und glimmenden Räucherstäbchen sein Privatleben diskutierten, behagte ihm ganz und gar nicht. »Hab leider nicht viel Zeit. Ich muss weiter«, brummte er deshalb und nickte dabei kaum erkennbar in Silvia Haslers Richtung. In diesem Moment kündigte eine Stimme aus dem Lautsprecher den einfahrenden Zug nach Mürzzuschlag an, und der Leiter der Mödlinger Kripo musste schreien, um von seinem Assistenten verstanden zu werden. »Es geht gleich los! Du wirst vier Wochen ohne uns auskommen müssen!«, brüllte er Hasler ins Ohr, während der Zug neben ihnen zum Stehen kam. Als Hasler ihn völlig überraschend in die Arme nahm und an sich drückte, wurde Schirmer steif wie ein Brett.

»Danke, Chef. Ich habe auch das verstanden, was du nicht gesagt hast.«

Schirmer löste sich aus der Umklammerung und bereitete seinen raschen Abgang vor. »Ein andermal, Arno. Wir machen das mit Silvia ein andermal. Und jetzt ab zu deiner besseren Hälfte. Schau, dass du gut erholt wieder nach Hause kommst.« Du wirst hier gebraucht, fügte er in Gedanken hinzu.

Er entließ seinen Assistenten mit einem Wink und beobachtete den davoneilenden Hasler noch ein paar Sekunden, bevor er sich schleunigst aus dem Staub machte. Nicht dass er noch Silvia Hasler in die Arme lief, wenn die beiden sich voneinander verabschiedet hatten. Ein morgendliches Vergnügen dieser Art wollte er sich lieber ersparen. Er hatte keine Lust auf ein oberflächliches Gespräch, Fragen zu seiner privaten Situation oder gar eine aus Mitleid ausgesprochene Einladung zum Essen.

»Arno fällt nun mal für die nächsten Wochen aus«, sagte Schirmer zu sich selbst, als er aus dem Hauptgebäude trat. »Ist ja nicht so, dass die Welt zusammenbricht, nur weil mein feiner Herr Assistent die nächsten dreißig Tage durch Abwesenheit glänzt. Muss ich halt Erwin und Sarah ein wenig mehr einspannen.« Er steckte sich eine Zigarette in den Mund und beobachtete das Treiben auf dem Bahnhofsvorplatz. Zwei Taxifahrer stritten in einer fremden Sprache um einen Fahrgast, der hilflos zwischen ihnen stand. Der Bus, unter dessen Räder Schirmer vor ein paar Minuten beinahe gekommen wäre, war nicht mehr zu sehen. Ein Betrunkener verließ den nahen Würstelstand, torkelte, unverständliche Worte vor sich hin brabbelnd, auf Schirmer zu und zeigte dabei immer wieder auf die Zigarette, die im Mundwinkel des Kriminalbeamten hing.

»Mach dich vom Acker!«, rief Schirmer, noch ehe der Betrunkene ihn erreicht hatte. Die unmissverständliche Ansprache zeigte sofort Wirkung. Der Mann bog scharf nach rechts ab und verschwand in einem Lebensmittelladen. Schirmer zündete die Zigarette an und sog den Rauch tief in die Lungen. Der Sprint vom Bezirkspolizeikommando zum Bahnhof hatte ihn einiges an Kraft gekostet. Jetzt begann der Schweiß auf seinem Rücken zu trocknen, und ihm wurde kalt. Er stellte den Kragen seines Parkas auf und ging in Richtung Hauptstraße. Der Betrunkene hatte in der Zwischenzeit eine laustarke Diskussion mit einer der Verkäuferinnen im Laden begonnen. Den Gesprächsfetzen, die Schirmer bis zur Hauptstraße begleiteten, entnahm er, dass irgendjemand nach der Polizei rief. Nicht sein Problem. Die Angestellten des Geschäfts sollten gefälligst eine Streife rufen, wenn sie mit dem Mann Schwierigkeiten hatten. Seiner Meinung nach waren die Jungs in Uniform für diesen Kleinkram zuständig. Trotzdem überlegte Schirmer einen Moment lang, ob er noch einmal zum Bahnhof zurückgehen und tatsächlich mit der Stationsaufsicht sprechen sollte. Die Fahrraddiebstähle in Bahnhofsnähe hatten in den letzten Wochen stark zugenommen. Balogh war mit der Sache betraut worden und hatte ihre liebe Mühe, die Ermittlungen in Gang zu bringen. Trotz monatelanger Nachforschungen gab es immer noch keine brauchbaren Hinweise. Doch Schirmer verwarf den Gedanken so schnell wieder, wie er gekommen war. Sollte sich am Ermittlungsstand etwas ändern, würde er es ohnehin erfahren.

Auf dem Weg ins Bezirkspolizeikommando kaufte Schirmer in einer Tabaktrafik Zigaretten. Während er stadteinwärts schlenderte, ging er in Gedanken durch, was heute noch zu erledigen war, und kam zu dem Schluss, dass ihm ein ruhiger Tag bevorstand. Das einzige Fahrzeug, über das die Kriminaldienstgruppe Mödling für gewöhnlich verfügte, befand sich beim Jahresservice, und es gab keinen Ersatzwagen. Die Einsparungsmaßnahmen des Innenministeriums waren auch in seinem Team spürbar.

»Wenn du rausmusst, kannst du dir eines der Fahrzeuge von der Polizeiinspektion ausleihen«, war der gut gemeinte Rat seines Vorgesetzten, Major Martin Plasch, gewesen.

»Mich bringen keine hundert Pferde in eine dieser graublau lackierten Kutschen. Schmink dir das ab, Major«, hatte Schirmer launig geantwortet und beschlossen, den Außendienst so lange zu streichen, bis der Wagen wieder da war. Heute wollte er die Anzeigen vom Wochenende durchsehen, in Alis Kebabhaus einen kleinen Imbiss zu sich nehmen und den Rest des Tages damit verbringen, einen Plan für die Zeit auszuarbeiten, die er ohne Hasler auskommen musste. Der vergangene Sommer war von spektakulären Ermittlungen in einem Mordfall gekennzeichnet gewesen, an deren Ende die Mödlinger Kriminalpolizei den Tod eines ungarischen Lastwagenchauffeurs hatte klären und Teile eines Menschenhändlerrings hatte zerschlagen können. Die Nachbearbeitung des Falles hatte bis in den September hinein gedauert, und trotz seiner angeschlagenen Gesundheit war ihm Hasler die übliche verlässliche Stütze gewesen. Dass Schirmer einen der Hauptverdächtigen hatte laufen lassen, um das Leben eines Menschen zu retten, war ein Geheimnis, das er mit ins Grab nehmen würde. Nach Abschluss der Arbeiten am »Weinrebenfall«, wie die Geschehnisse von den regionalen Medien bezeichnet worden waren, hatte ihm Hasler mitgeteilt, dass sein Antrag auf Kur genehmigt worden war. Eine alte Stichverletzung in der Bauchgegend, das Resultat einer Verfolgungsjagd, machte ihm schon seit Jahren zu schaffen. Nach der Verletzung war Schirmers Assistent tagelang zwischen Leben und Tod gewandelt, schließlich zwar körperlich genesen, aber es waren Wunden geblieben: eine hässliche Narbe auf der Haut und eine Seele, die nie wieder komplett heilen würde. Die Kur, die Hasler heute antrat, war eine Auszeit für den Geist. Der Polizeidienst mit all seinen Begleiterscheinungen sollte für einen Monat aus Haslers Leben verschwinden, Regeneration, Ruhe, physische Behandlungen und Massagen sollten den geschundenen Körper und den mitgenommenen Geist wieder ins Lot bringen.

Schirmer ließ das Zellophan seiner neuen Packung Zigaretten auf den Bürgersteig fallen. Als er in seinen Taschen nach dem Benzinfeuerzeug kramte, spürte er das Vibrieren seines Handys, zog es heraus und warf einen Blick auf das Display. Es war der Wachhabende der Polizeiinspektion. Schirmer presste das Telefon an sein Ohr, hörte stumm zu und nickte mehrmals, bevor er das Gespräch mit einem lauten Fluch beendete.

Aus der Traum von entspannter Arbeit, Schirmer. Und das schon am ersten Tag, den du ohne Hasler auskommen musst.

Wind kam auf und fegte Laub und Müll durch die Hauptstraße. Das trostlose Bild, das die Stadt an diesem Morgen bot, passte bestens zu der Laune, die gerade vom Chefermittler Besitz ergriff. Das Folgetonhorn eines Streifenwagens war zu vernehmen, dann sah Schirmer auch schon die blauen Lichter. Hustend trat er auf die Fahrbahn und hob den Arm, als würde er ein Taxi heranwinken.

3

»Bezirksinspektor Tarek Ünal. Sehr erfreut!«

Schirmer beäugte die ihm zum Gruß entgegengestreckte Hand misstrauisch, als wäre sie eine auf ihn gerichtete Pistole. Das Aussehen des Mannes irritierte ihn. Seiner Meinung nach hätte der orientalische Typ besser als Verkäufer in eine türkische Imbissbude oder als Lagerarbeiter in einen Baumarkt gepasst. Nie im Leben wäre Schirmer auf die Idee gekommen, dass er einen Kollegen vor sich hatte. Die Kamera in Ünals Hand und der weiße Einwegoverall, in dem der Kriminaltechniker steckte, sprachen jedoch eine andere, eindeutige Sprache. Der Besitzer dieser behaarten Hand, die immer noch darauf wartete, geschüttelt zu werden, war ein Kollege. Endlich griff Schirmer danach und erwiderte den Druck so kurz wie möglich. Vor ihm stand also der neue Leiter der Spurensicherung.

»Dein Vorgänger ist erst vor vier Wochen in Rente gegangen, aber ich vermisse ihn jetzt schon. Leo Kropek war Kriminalbeamter der alten Schule. So einer wie Leo ist nicht leicht zu ersetzen«, versuchte der Leiter der Mödlinger Kripo, gleich zu Beginn der neuen Bekanntschaft Distanz zwischen sich und dem Kriminaltechniker zu schaffen. »Ünal … ist das türkisch?« Schirmer grinste zufrieden. Es war dem neuen Kollegen anzusehen, dass er eine andere Art der Begrüßung erwartet hatte.

»Veränderungen bringen Neues, davor haben manche Menschen Angst«, sagte Ünal nun. »Sie brauchen aber nicht besorgt zu sein. Die Arbeit der Mödlinger Spurensicherung wird auch künftig in gewohnter Art und Weise erledigt werden. Sie haben mein Wort drauf. Wollen Sie jetzt sehen, warum ich Sie habe rufen lassen?«

»Habt ihr euch schon bekannt gemacht? Das ist Tarek Ünal. Wir waren gemeinsam auf der Polizeihochschule. Tarek ist ein guter Mann, das können Sie mir getrost glauben, Chef.« Erwin

Wenzel, Schirmers jüngster Mitarbeiter, hatte den Streifenwagen, den er sich kurzfristig geliehen hatte, etwas abseits geparkt und versuchte nun, die Lage zu entschärfen.

»Danke der Worte, aber wir kennen uns schon. Kann Kollege Ünal mich jetzt vielleicht endlich in den Tatort einweisen?«

Wenzel nahm den Arm von Ünals Schulter und blickte betreten zu Boden.

»Das ist ja das Problem an dem Ganzen«, antwortete Ünal. »Wir wissen nicht, ob wir überhaupt von einem Tatort sprechen können.« Er zeigte auf einen Wagen, der am Ende des Parkplatzes stand. »Wenn Sie mir bitte folgen wollen? Ich werde Ihnen dort drüben alles Weitere erklären.«

Schirmer fuhr sich mit der Hand über die Stirn, verdrehte kurz die Augen, dann wanderte die Hand Richtung Tasche. Die Ausdrucksweise des Neuen glich der eines Oberkellners in einem Altwiener Kaffeehaus. So sprachen Polizisten nicht. Zumindest nicht jene aus Schirmers Generation. Zu allem Unglück musste Schirmer jetzt auch noch feststellen, dass sich in seiner Tasche zwar ein Benzinfeuerzeug, aber keine Zigaretten befanden. Wo hatte er die verdammten Glimmstängel liegen lassen? So kompliziert, das alles. Er wünschte sich Hasler her. Und Kropek. Ünals Vorgänger hätte klipp und klar und vor allem mit wenigen Worten gesagt, was Sache war, und obendrein eine Zigarette für ihn parat gehabt. Und Hasler hätte alles in seinen roten Notizblock geschrieben und noch an Ort und Stelle die erforderlichen Verfügungen getroffen. »Alle haben mich verlassen«, schwelgte Schirmer in Selbstmitleid, während er hinter Wenzel und Ünal her über den Parkplatz trottete.

Tarek Ünal öffnete die Fahrertür des Kleinwagens und zeigte dabei auf das Gasthaus, das sich auf der gegenüberliegenden Seite des Parkplatzes befand. »Der Wagen ist dem Inhaber dieses Restaurants vor einiger Zeit aufgefallen. Seinen Angaben zufolge steht das Fahrzeug seit drei Tagen am selben Fleck. Heute hat er ihn sich genauer angesehen und bemerkt, dass die Türen nicht verschlossen sind.«

Schirmer quittierte den Bericht mit genervtem Seufzen. »Und was geht uns das an? In Mödling wohnen mehr als zwanzigtausend Menschen, die müssen ihre Autos doch irgendwo abstellen. Weil die Stadtverwaltung einen Straßenzug nach dem anderen zur Kurzparkzone erklärt, parken die Leute halt seit Neuestem bis hierherauf. Ist es vielleicht verboten, seinen Wagen mehrere Tage hintereinander unbenutzt stehen zu lassen? Und dass mal jemand das Abschließen vergisst, ist ja auch keine Seltenheit. Habt ihr das Kennzeichen in der Kraftfahrzeugfahndung überprüft? Den Fahrzeughalter? Wenn du mich deshalb hierherauf gescheucht hast, bin ich gleich wieder weg. Für solchen Kram sind die von der Polizeiinspektion zuständig.«

»Das Kennzeichen und auch die Personendaten des Fahrzeugbesitzers wurden bereits überprüft.« Ünal lächelte nachsichtig und hatte keine Ahnung, auf welch gefährliches Terrain er sich damit begab. Man hatte ihn vor Schirmers Jähzorn gewarnt, ihn darauf hingewiesen, wie dünn das Nervenkostüm des Ermittlers an manchen Tagen sein konnte, wie dünn das Eis, auf das sich seine Mitarbeiter dann begaben. Doch wie viele andere vor ihm hatte Ünal die eindringlichen Warnungen nicht ernst genug genommen und kam, kaum dass er den Satz ausgesprochen hatte, in den Genuss einer Kostprobe von Schirmers Temperament.

»Diese arrogante Art kannst du dir gleich mal abschminken, Freundchen. Im Vergleich zu mir bist du nicht mehr als ein polizeilicher Embryo. Ich habe schon Dienst geschoben, da warst du nicht mehr als eine vage Idee in den Köpfen deiner Eltern. Antworte kurz und bündig und spanne mich nicht auf die Folter, dann könnten wir eventuell klarkommen! Also, was ist mit den Abfragen? Negativ, positiv, oder was?«

»Was da um meinen Hals baumelt, ist eine Kamera, kein Hörgerät, Herr Chefinspektor«, blieb Ünal erstaunlich gelassen. »Mein Gehör funktioniert einwandfrei, Sie müssen wirklich nicht so laut werden. Und um Ihre Fragen wie gewünscht kurz und bündig zu beantworten: Kraftfahrzeugfahndung negativ, die Besitzerin des Fahrzeuges heißt Sonja Aumann.«

Der Leiter der Mödlinger Kriminalpolizei stutzte. Augenblicklich legte sich der Schirmer'sche Orkan, wurde zu einem Lüftchen, bis er sich schließlich vollends auflöste.

Denken, Schirmer, denken! Sonja Aumann. Der Name war ihm schon einmal untergekommen. Einer alten Gewohnheit folgend wartete er darauf, dass Hasler ihm zu Hilfe kam. Vergebens. Sein dienstliches Gehirn saß just in diesem Moment im Zug nach Mürzzuschlag.

»Aumann«, brummte Schirmer. Um Zeit zu gewinnen, drehte er eine Runde um den Kleinwagen und tat so, als würden seine Gedanken ebenfalls um das Gefährt kreisen. In Wahrheit versuchte er fieberhaft, Sonja Aumann einem bestimmten Sachverhalt zuzuordnen.

Ünal half ihm aus der Patsche. »Ich habe das hier im Handschuhfach gefunden.« Er hielt eine grüne Plastikkarte in die Höhe. Ein Presseausweis.

Schirmer nickte. Noch immer konnte er sich nicht daran erinnern, wann und in welchem Zusammenhang ihm der Name untergekommen war. Hasler hätte es bestimmt sofort gewusst. »Und? Haben wir die schon angerufen und ihr geflötet, dass sie zu dämlich ist, um ihr Auto abzusperren?« Schirmer blickte ungeduldig in Ünals Richtung. Der neue Kriminaltechniker ließ sich wirklich alles aus der Nase ziehen.

»Mehrmals, während ich auf euch gewartet habe. Sie geht nicht ran. Ich habe mir erlaubt, eine Streife zu ihrer Wohnung zu schicken. Die Kollegen haben mit einem Ersatzschlüssel der Hausmeisterin im Apartment nachgesehen. Ohne Erfolg, die Wohnung ist leer. Keine Spur von Sonja Aumann.«

»Ein bisschen viel Aufwand für jemanden, der bloß vergessen hat, seinen Wagen abzusperren, meinst du nicht auch?«, wurde Schirmer ungeduldig.

»Wenn es nur das wäre, würde ich Ihnen zustimmen«, entgegnete Ünal. Er stieß sich nicht daran, dass Schirmer ihn duzte. Im österreichischen Polizeiapparat war es nicht ungewöhnlich, dass ältere, ranghöhere Beamte jüngere Mitarbeiter duzten. »Der springende Punkt ist aber ein anderer, Herr Chefinspektor.«

»Du redest wie ein Philosoph daher. Von Kropek hast du das mit Sicherheit nicht gelernt. Merke dir: Wenn du von nun an mit mir sprichst, fasse dich kurz und – vor allem – beschränke dich auf das Wesentliche. Also, was soll an dem Zirkus hier so verdächtig sein, dass Wenzel und ich raufkommen mussten?« Schirmer breitete die Arme aus und drehte sich einmal um die eigene Achse.

»Verdächtig ist die Tatsache, dass Sonja Aumann seit drei Tagen unentschuldigt an ihrem Arbeitsplatz fehlt. Ich habe bereits mit dem Chefredakteur der ›MZ‹, einem gewissen Stefan Zettl, telefoniert.« Ünal ging in die Knie und zeigte auf etwas, dem Schirmer bis jetzt keine Beachtung geschenkt hatte. »Und auch das hier erscheint mir verdächtig.«

Schirmer fuhr sich mit der Hand über sein Gesicht. Ünal hatte sich das Beste für den Schluss aufgehoben. Wenige Meter neben dem Wagen war der Bodenbelag dunkel verfärbt. Ein annähernd kreisrunder Fleck mit einem Durchmesser von mindestens zwanzig Zentimetern, wie Schirmer schätzte. »Blut, Öl?«

»Intuitiv tippe ich auf Blut«, erwiderte Ünal. »Fragen Sie mich aber bitte nicht, warum.«

»Du bist mir wirklich keine große Hilfe«, murrte Schirmer. »Wir stellen jetzt den Wagen sicher. Erwin, der Abschleppdienst soll kommen, aber dalli. Und dann will ich, dass der Wagen gründlich untersucht wird«, gab er in gewohntem Befehlston die Marschrichtung vor.

Wenzel entfernte sich ein paar Meter und griff zu seinem Telefon.

»Soll ich die Jungs vom LKA anfordern? Nichts gegen dich, Junge, aber du bist nun mal ein Frischling.« Schirmer befand den Moment günstig für eine weitere kleine Gemeinheit. »Kann ich mich darauf verlassen, dass du das draufhast? Ist ja keine Kleinigkeit, jeden Millimeter eines Fahrzeuges auf biometrische Spuren zu untersuchen.«

»Laut der allgemeinen Dienstvorschrift ist die Verständigung der übergeordneten Dienststelle in diesem Ermittlungsstadium nicht vorgesehen, Herr Chefinspektor«, parierte Ünal auch diese von Schirmers Spitzen gegen ihn elegant und machte sich daran, den Wagen für den Abtransport vorzubereiten.

Eine Stunde später befand sich das Fahrzeug auf der Ladefläche des Abschleppwagens. Auf Schirmers Zeichen hin startete der Fahrer den Motor und verließ nach mehrmaligem Hupen den Platz, von dem Schirmer immer noch nicht wusste, ob es sich bei ihm um einen Tatort im kriminalpolizeilichen Sinn handelte, um einen Ort, an dem sich eine strafbare Handlung ereignet hatte, wie es so schön in den Schulungsunterlagen der Polizei stand. War hier ein Verbrechen an Sonja Aumann geschehen? Seine Blicke wanderten über die bewaldeten Hänge, die den Parkplatz bei der Goldenen Stiege an drei Seiten umgaben. War die Frau von hier aus zu einem Waldspaziergang aufgebrochen und in der Wildnis verunglückt? Er fror wieder. Wenn er sich keine Erkältung einfangen wollte, musste er schnell ins Warme zurückkehren und demnächst die Winterkleidung aus dem Keller holen. Während er an den Karton mit der dicken Jacke und den festen Schuhen dachte, der irgendwo im hintersten Winkel seines Kellerabteils lagerte, ärgerte er sich über seine Unkonzentriertheit. Er kniff die Augen zusammen und zwang sich, bei der Sache zu bleiben.

Menschen verschwinden, Schirmer. Das kommt vor. Vielleicht hat die Kleine einfach genug gehabt von ihrem Alltag. Schirmer schätzte, dass der Beruf einer Journalistin ähnlich aufreibend sein konnte wie der eines Kriminalbeamten. Ein Neubeginn. Irgendwo, wo es wärmer war als in dieser scheißkalten Stadt. Das hätte er sogar verstanden. Erst jetzt fiel ihm auf, dass Ünal und Wenzel miteinander sprachen und dabei verstohlen zu ihm herüberschauten. Schirmer rieb seine Handflächen aneinander, ging einige Schritte und rief dann Wenzel zu sich.

»Ich will, dass du dich durch Sonja Aumanns Leben wühlst. Privates und Berufliches, lass nichts aus. Und sage dem Kasper dort drüben, dass er das hier endlich wie einen Tatort behandeln soll. Einen Gang zurückschalten können wir immer noch, aber die Sache gefällt mir nicht. Der Parkplatz muss sofort gesperrt werden. Spürhunde sollen das Dickicht durchkämmen. Lass deinen Kumpel etwas von dem verfärbten Asphalt abkratzen. Ich muss wissen, ob es sich bei den Spuren um Blut handelt. Und wenn du alles in die Wege geleitet hast, fährst du mich runter in die Stadt. Es gibt da jemanden, mit dem ich mich unterhalten muss.«

4

Adrian Radulescu beobachtete zufrieden die größer werdenden Lichtpunkte, die sich wie Suchscheinwerfer ihren Weg durch die pechschwarze Nacht bahnten. Seine Lieferanten waren wie immer pünktlich. In den frühen neunziger Jahren des letzten Jahrhunderts, die kommunistischen Regime in Osteuropa waren gerade gefallen, hatte man an dieser Stelle des Waldes damit begonnen, eine schnurgerade verlaufende Schneise durch das Grün zu schlagen. Vorarbeiten für eine neue Autobahn, die die Staaten verbinden und dadurch zum wirtschaftlichen Aufschwung hätte beitragen sollen. Doch nachdem die Aufbruchsstimmung abgeflaut war, hatte in den jungen Demokratien Ernüchterung Einzug gehalten. Bald schon war klar gewesen, dass das Erbe der Vergangenheit wie ein Bremsklotz wirkte, der den neuen Nationen den Weg in den Wohlstand erschwerte, und die Volkswirtschaften nur durch schmerzhafte Sparmaßnahmen gesunden konnten. Der Bau der Autobahn war wegen Geldmangels unterbrochen und nicht wieder aufgenommen worden. Die mitten im Wald endende Piste war alles, was heute noch an das einst so ehrgeizig vorangetriebene Vorhaben erinnerte. In wenigen Jahren würde sich die Natur zurückgeholt haben, was ihr Bulldozer, Planierraupen und Bagger einst mühsam entrissen hatten.

Radulescu würde dann bereits einen anderen Ort gefunden haben, um die Ware über die Grenze zu bringen. Sofern er dann überhaupt noch in dieser Branche tätig war. Seit der Wende hatte er sein ausgeprägtes Gespür für die Güter beweisen können, die im Westen gerade begehrt waren. Gefälschte Luxusartikel, Zigaretten und billiger Fusel, der als russischer Markenwodka teuer in Deutschland und Österreich verkauft wurde, das eine oder andere Kilogramm Heroin und zu Zeiten des Jugoslawienkrieges auch Waffen und Sprengstoff aus Beständen der Rumänischen Volksarmee. Wenn der Preis stimmte, konnte Radulescu alles beschaffen.

Während der vergangenen zwanzig Jahre hatte er jede sich

bietende Gelegenheit für ein gewinnbringendes Geschäft wahrgenommen und dabei ein ansehnliches Vermögen angehäuft. Radulescu besaß ein Haus am Schwarzen Meer, in dem er die Sommer verbrachte, und eine luxuriös ausgestattete Wohnung in Bukarest. Ein Stamm an sorgfältig ausgewählten Aktien warf jedes Jahr so viel Gewinn ab, dass das Geld jetzt schon für einen geruhsamen Lebensabend gereicht hätte. Und dennoch gab es immer wieder ein neues Geschäft, mit dem sich noch mehr Profit machen ließ als mit dem vorherigen. Ein Umstand, der ihn unermüdlich antrieb und am Ende in die Branche geführt hatte, in der er heute tätig war.

Eine Lieferung nach Deutschland oder Österreich brachte momentan mindestens dreißigtausend Euro ein, und solange es dabei blieb und die Abwicklung derart einfach war, sah er keine Veranlassung, sich nach einem neuen Aufgabengebiet umzusehen. Während er hier draußen im Niemandsland zwischen Rumänien und Serbien stand und auf seine Geschäftspartner wartete, empfand Radulescu mehr als bloße Vorfreude auf einen satten Gewinn. Das Gefühl war wie früher. Hier, mitten im Wald, war er wieder ein Jäger.

In den Achtzigern war Radulescu Mitglied einer Spezialeinheit des rumänischen Geheimdienstes gewesen, die mit der Infiltration und Zerschlagung von systemgefährdenden Organisationen betraut war. Zu dieser Zeit war es beinahe täglich vorgekommen, dass sie Häuser und Wohnungen von Oppositionellen stürmten. Das jetzige Warten im Wald war vergleichbar mit der damaligen Hatz in den Straßen des kommunistischen Rumäniens. Sein Körper war zum Zerreißen gespannt, seine Sinne waren auf den entscheidenden Augenblick fokussiert. Nachdem Türen eingetreten, Menschen verhaftet und Wohnungen durchsucht worden waren, hatte sich immer eine besondere Art der Entspannung in ihm breitgemacht. Ein Gefühl, das er auch heute noch nach einem erfolgreichen Geschäft in sich spürte. Er verglich es gern mit dem Abrufen seines Kontostandes oder den Minuten, nachdem er sich an einer Frau befriedigt hatte.

Zum Tanz der flackernden Scheinwerferlichter gesellte sich nun das dumpfe Dröhnen von Motorengeräuschen. Das Lichterpaar verschwand und tauchte nach einer Weile wieder auf, näher als zuvor. Radulescu kannte das Gebiet gut, er wusste, dass der Wagen durch eine Senke gefahren war, in der Serbien endete und das Niemandsland begann. Er öffnete seinen Mantel und prüfte den Sitz seiner Glock. Obwohl er sich mit den anderen regelmäßig traf, war er ihnen gegenüber immer noch genauso vorsichtig wie bei ihrer ersten Zusammenkunft. Sollten unvorhergesehene Probleme auftreten, würde der offene Mantel vielleicht sein Leben retten. Misstrauen war schon immer sein verlässlichster Mitarbeiter gewesen.

Als der Wagen neben ihm anhielt, straffte er seinen Körper, bemerkte sofort, dass heute etwas anders war: Der Beifahrersitz war leer. »Wo ist Marko?«, fragte Radulescu den Glatzkopf, der eben aus dem Wagen gestiegen war.

»Die Bullen haben ihn eingebuchtet«, lächelte der kahl rasierte Mann verlegen. Er überragte Radulescu um Haupteslänge. Schon oft hatte dieser den Koloss während der Übergaben beobachtet, überlegt, wer von ihnen beiden wohl der Stärkere war, und war zu der Überzeugung gelangt, dass der Kahlkopf im Nahkampf einen äußerst unangenehmen Gegner abgeben würde.

Der Muskelprotz drehte Radulescu den Rücken zu und beugte seinen Oberkörper über eine der hinteren Wagentüren. »Du brauchst dir keine Sorgen zu machen. Es hat nichts mit dem hier zu tun. Gennadi hat Schulden eingetrieben und dabei einem Typen das Gesicht zerschnitten«, beschwichtigte er.

Als sich der Riese wieder aufrichtete, trat Radulescu einen Schritt zurück. Sollte etwas Außerplanmäßiges geschehen, waren es womöglich diese wenigen Meter Sicherheitsabstand, die über Leben und Tod entschieden. Für einen kurzen Augenblick brach die Wolkendecke auf, und weißes Mondlicht beschien den Körper des Lieferanten, der gerade im Begriff war, sich wieder Radulescu zuzuwenden. Radulescu konnte den Schweiß sehen, der sich trotz der Kälte auf dem Nacken des Mannes gebildet hatte. Als sich die nächste Wolke vor den Erdtrabanten schob, verschwand der Nacken des Mannes wieder in der Dunkelheit, und Radulescu hob die Taschenlampe.

»Wieso bist du heute so nervös? Doch nicht wegen Marko? Sei unbesorgt. Er wird den Bullen nichts verraten. Dafür bezahlen ihn unsere Bosse zu gut. Und sollte er doch singen ...« Glatzkopf führte den Daumen quer über seine Kehle, um zu verdeutlichen, welches Schicksal Verräter erwartete. »Schau dir lieber an, was ich in meinem Wagen habe. Alles genau so, wie du es bestellt hast.« Er trat einen Schritt zur Seite und gab den Blick auf das Fahrzeug frei. Hintertür und Kofferraum standen offen.

Radulescu räusperte sich vor Aufregung, seine Kehle war auf einmal trocken.

»Das heißt, du bist zufrieden?« Glatzkopf war Radulescus Reaktion nicht entgangen. »Sind ja auch wirklich Prachtstücke.«

Gier und Ungeduld ergriffen von Adrian Radulescu Besitz. Hastig zog er ein dickes Bündel Geldscheine aus dem Mantel und drückte es dem Muskelberg in die Hand. »Zehntausend«, stellte er bemüht gleichgültig fest und hoffte, dass ihm sein Gegenüber die wachsende Erregung nicht anmerkte.

»Mir wurden zwanzig angekündigt. Nicht mehr und nicht weniger. Ich darf nicht verhandeln.« Der Lieferant neigte den Kopf zur Seite und wartete auf eine Reaktion.

»Zwanzig. Natürlich.« Der Rumäne reichte ihm ein zweites Bündel, dann wechselte die Ware ohne ein weiteres Wort den Besitzer.

Nachdem alles verladen war, verabschiedeten sich die Männer voneinander. »Hast du schon einen Abnehmer dafür?«, fragte Glatzkopf, bevor er wieder in seinen Wagen stieg.

Radulescu antwortete nicht. Natürlich gab es schon jemanden, der sehnsüchtig auf die Bestellung wartete, aber das ging den Muskelberg nichts an. Je weniger Menschen über die Einzelheiten Bescheid wussten, desto besser.

»Dann halt nicht«, lachte der Serbe, startete den Wagen und legte den Rückwärtsgang ein. »Geht mich sowieso nichts an, Hauptsache, du bist zufrieden. Mein Boss sagt immer, dass die

Kundenzufriedenheit oberste Priorität hat.« Glatzkopf winkte, wendete den Wagen und fuhr davon.

Als die Rücklichter in der Dunkelheit verschwunden waren, saß Adrian Radulescu einige Minuten still auf dem Beifahrersitz. Er war zufrieden. Sein Kunde würde ihm die Ware aus den Händen reißen, war sie doch genau das, wonach er schon mehrfach gefragt hatte. Alles passte. Er nahm das Telefon aus der Mittelkonsole und wählte eine österreichische Nummer. »Radulescu hier. Ich habe sie … Er soll warten, bis wir da sind. Alles andere wie vereinbart.«

»Gutes Geschäft?«, kam es vom Fahrersitz, nachdem Radulescu aufgelegt hatte.

»Sehr gutes Geschäft, Pavel. Wir werden schon voller Sehnsucht erwartet. Außerdem hat Makeev ganze Arbeit geleistet. Fahr los, es gibt viel zu tun.«

5

Die Redaktion der »Mödlinger Zeitung« befand sich im obersten Geschoss eines mehrstöckigen Gebäudes am Bahnhofplatz. Da Schirmer für diesen Tag genug vom Bahnhofsviertel hatte, traf er seinen Kontaktmann in einem kleinen Café, einige Straßen abseits des belebten Verkehrsknotenpunkts.

Jonas Friedl war Kriminalreporter bei der »MZ«, Schirmer hatte ihn erst vor wenigen Monaten kennengelernt. Für gewöhnlich mied Schirmer die Presseheinis, wie er sie gern nannte, wo es nur ging, aber nun sah er eine passende Gelegenheit, seine neue Quelle bei der »MZ« für sich zu verwenden. Die Zusammenarbeit mit Friedl war aus einer Notwendigkeit heraus entstanden. Der Schreiberling war Schirmer bei der Besichtigung eines Tatorts in die Quere gekommen, hatte ihm zum falschen Zeitpunkt die falschen Fragen gestellt und dafür vom Leiter der Mödlinger Kripo beinahe eine Tracht Prügel bezogen. Nur Haslers diplomatischem Geschick war es zu verdanken gewesen, dass Friedl die Würgemale an seinem Hals vergessen hatte. Dafür hatte Hasler den Journalisten exklusiv mit Informationen über die neuesten Entwicklungen im Weinrebenfall versorgt, der die Stadt den gesamten Sommer über in Atem gehalten hatte. Seit dieser neuen Vereinbarung war Jonas Friedl durch seine ausgezeichnete Berichterstattung in der Hierarchie der »MZ« aufgestiegen und durfte sich nun stellvertretender Chefredakteur nennen.

»Ich habe Sie doch nicht etwa warten lassen, Herr Chefinspektor?«

Schirmer hatte Friedl nicht kommen sehen. Seine Aufmerksamkeit hatte bis eben der vollbusigen Bedienung hinter der Mehlspeisentheke gegolten, die sich im Minutentakt so tief in die Vitrine beugte, dass man in die Tiefen ihres Dekolletés blicken konnte.

»Hübsch«, lachte Friedl, als er bemerkte, womit Schirmer bis zu diesem Augenblick beschäftigt gewesen war. Der Journalist trug eine Hose mit Tarnmuster und einen olivgrünen Militärparka, das schulterlange Haar und der bis zur Brust reichende Kinnbart verliehen ihm das Aussehen eines Aktivisten, der sich an Walfangschiffe kettet oder Transparente gegen Atomreaktoren entrollt. Dass es sich bei Jonas Friedl um einen führenden Reporter der »MZ« handelte, konnte man sich nur mit einer gewaltigen Portion Phantasie vorstellen.

»Ich war zehn Minuten zu früh«, entgegnete der Ermittler knapp, ohne dem süffisanten Unterton in Friedls Stimme Beachtung zu schenken. »Also los: Was können Sie mir über Sonja Aumann erzählen?«, brachte er sein Begehr denn auch sofort auf den Punkt. Er verabscheute es, um den heißen Brei herumzureden, und sparte sich Höflichkeitsfloskeln, wann immer es ging.

»Über die Gespielin von Stefan Zettl?« Jonas Friedl strich sich belustigt über seinen Bart.

Das Busenwunder kam, nahm Friedls Bestellung auf und entschwand wieder.

»Was hat sie denn angestellt, falsch geparkt?«

Schirmer schüttelte den Kopf.

»Ach, kommen Sie schon, Meister Schirmer«, blieb der Journalist beharrlich. »Das mit uns hat doch im Sommer gut funktioniert. Sie wollten mich bestimmt nicht treffen, weil die hier so guten Kaffee haben, oder?«

Wie aufs Stichwort war die Kellnerin zurück, stellte eine Tasse Kaffee und ein Glas Wasser vor Friedl ab und stolzierte davon.

»Sie müssen mir schon ein wenig entgegenkommen, wenn ich über eine Mitarbeiterin aus dem Nähkästchen plaudern soll.«

»Sonja Aumann wird möglicherweise vermisst«, kam es Schirmer nur schwer über die Lippen. Ihm war klar, dass er geben musste, wenn er etwas bekommen wollte, aber es kostete ihn unglaubliche Überwindung. »Sie ist angeblich seit einigen Tagen krankgeschrieben. Stimmt das?«

»Soso. Möglicherweise vermisst.« Friedl führte die Tasse an seine Lippen, stellte sie aber wieder ab, ohne getrunken zu haben. Seine Neugier war erwacht. »Keine Ahnung. Ich sehe sie kaum.

Fragen Sie lieber unseren Chefredakteur. Dem geht sie in allen Belangen zur Hand, wenn Sie wissen, was ich meine.« Friedl tauchte den Löffel in die Tasse und grinste dabei verschwörerisch. »Sonja ist mehr als nur eine Praktikantin. Es geht das Gerücht um, Zettl habe sich auch dieses junge Ding gefügig gemacht.«

»Auch? Gefügig?« Schirmer sah von der Tischplatte auf.

»Sie wäre nicht die Erste. Außerdem sollen Stefan Zettls Vorlieben nicht gerade Mainstream sein, wenn man dem Gerede Glauben schenken darf. Unsere Kantine ist ein Hort der Gerüchte. Sie können sich ja nicht vorstellen, über was alles zwischen Wiener Schnitzel und Topfenstrudel getuschelt wird.«

»Was soll das schon wieder heißen: nicht gerade Mainstream? Spannen Sie mich nicht auf die Folter, Friedl. Geduld gehört nicht unbedingt zu meinen Stärken.«

Der Journalist breitete theatralisch die Arme aus. »Hart und zart. Mit Leder, Ketten und allerhand anderen Spielzeugen. So will es Stefan angeblich. Und das am liebsten von der weiblichen Belegschaft in unserem Haus.« Er hielt kurz inne, um seine Worte wirken zu lassen, dann wurde sein Blick durchdringend. »Geben und nehmen, Herr Chefinspektor. Es kann nie schaden, etwas über die Kollegenschaft zu wissen. Umso besser, wenn dieses Etwas sich auf den Chef bezieht. Ist vielleicht mehr an der vermissten Sonja dran, als Sie mir verraten wollen?«

Schirmer stand auf. »Wir suchen nach ihr. Ihr Wagen wurde unversperrt gefunden. Mehr gibt es im Moment nicht zu sagen.« Der kleine Happen Information musste genügen.

»Und das war es jetzt?« Der Journalist drehte sich überrascht nach Schirmer um, der bereits im Begriff war, das Café zu verlassen.

»Sollte ich noch mehr wissen wollen, rufe ich Sie an.«

»Ich beginne, unsere Zusammenarbeit immer stärker zu schätzen«, rief Friedl dem Kriminalbeamten lachend nach. »Und grüßen Sie mir Herrn Hasler. Wo haben Sie den heute eigentlich gelassen?«

»Der ist auf Kur. Nie da, wenn ich ihn brauche.«

Den Rest des Vormittages verbrachte Schirmer mit der Ausarbeitung eines Konzeptes. Er listete Haslers Aufgaben untereinander auf und versah die Tätigkeiten, die Wenzel vorläufig übernehmen musste, mit einem »W«, während er jene für Balogh mit einem »B« markierte. Zu seiner Verwunderung musste er feststellen, dass der Großteil der Aufgaben laut Geschäftsordnung eigentlich durch ihn selbst erledigt werden müsste. Er tat die Erkenntnis mit einem gleichgültigen Seufzer ab.

Schirmer kratzte sich gerade am Hinterkopf und holte ein zerknittertes Päckchen Zigaretten aus einer der Schreibtischladen hervor, als ihm einfiel, dass er die Zugangsdaten für den PC vergessen hatte. Selbst die Bearbeitung der elektronisch eingehenden Post nahm ihm Hasler mittlerweile ab. Schirmer, der mit neumodischem Zeugs wie Computern auf Kriegsfuß stand, war froh, dass der technologische Fortschritt bisher lediglich in Form eines Diensthandys Einzug in sein Leben gehalten hatte.

Er griff nach dem Block mit den kleinen gelben Klebezetteln, die überall in seinem Büro zu finden waren. »Arno wegen PC anrufen«, notierte er in der ihm typischen krakeligen Schrift, klebte das quadratische Papier auf den dunklen Monitor und sah danach das Fach durch, in dem der Bote jeden Morgen den Arbeitseingang für die Kriminaldienstgruppe ablegte. Es befanden sich zwei Mappen darin. Die erste beinhaltete eine weitere Anzeige wegen Fahrraddiebstahls. Ungelesen vermerkte er ein »B« für Balogh auf dem Umschlag. In der zweiten Mappe befand sich eine Anzeige gegen einen unbekannten Sittenstrolch, der an zwei aufeinanderfolgenden Tagen im Hyrtlpark vor spielenden Kindern sein Geschlechtsteil entblößt hatte. Die Beschreibung des Täters war äußerst dürftig. Gesucht wurde ein Mann, von dem nicht mehr bekannt war, als dass er bei dem Vorfall dunkle Kleidung getragen hatte. Bevor Schirmer den Akt Wenzel zuteilte, kritzelte er auf das Deckblatt:

Erhebungen im Rahmen des Streifendienstes.
Polizeiinspektionen einbinden.

Sollten sich in den nächsten Tagen keine Anhaltspunkte ergeben, würde er Wenzel den Fall so schnell wie möglich abschließen lassen. Die Sachlage war zu dünn, um viel Zeit darauf zu verschwenden. Schade, aber so funktionierte Polizeiarbeit mittlerweile.

Pünktlich um zwölf meldete sich sein Magen. Schirmer stand auf, öffnete die Verbindungstür zu den restlichen Räumen der Kriminaldienstgruppe und blickte über die in einer Reihe hintereinanderstehenden Schreibtische. Baloghs Arbeitsplatz war leer, sie hatte montags immer ihren freien Tag. Dahinter saß Wenzel und brütete über einem Stapel Papier. Die restlichen drei Tische waren verwaist. Irgendwann, wenn die finanzielle Lage des Bezirkspolizeikommandos es zuließ, würden dort weitere Mitarbeiter sitzen.

»Hast du schon was über Sonja Aumann zusammengeschrieben?«, rief Schirmer durch den Raum. Seine Stimme hallte fast.

»Alles fertig, Chef«, antwortete Wenzel, ohne dabei aufzusehen.

»Dann in mein Büro!«, kam es vom Leiter der Mödlinger Kripo in gewohnter Art und Weise. Sein Magen knurrte erneut, jetzt lauter. Schirmer blickte auf seine Armbanduhr und änderte seinen Entschluss. »Nach dem Essen. Wir treffen uns in einer Stunde wieder hier.«

Der Anatolische Kebabteller schmeckte nicht. Ali hatte sich für seinen Lieblingsgast besonders ins Zeug gelegt und weder am Inhalt des Fladenbrotes noch bei der Garnierung desselben gespart. Es mangelte auch nicht an Salz, Pfeffer oder der hervorragenden Joghurtsoße, die der gebürtige Ägypter nach altem Familienrezept zubereitete. Es war Hasler, der fehlte. Der hagere Asket hätte sich einen Salat ohne Dressing und ein Glas Ayran bestellt, wäre von Schirmer wegen seiner Essgewohnheiten einige Minuten lang auf die Schippe genommen worden, dann wäre der Fall erörtert und dank Haslers Scharfsinn die Ermittlung gleich zu Beginn in die richtige Bahn gelenkt worden.

Schirmer schob den Teller von sich. Ohne die gewohnten Rituale fiel es ihm schwer, in die Gänge zu kommen. In diesem Augenblick kam er sich alt vor. Ein längst überholtes Modell der Marke »Kriminalbeamter«. Eine alte Maschine, ein Relikt, das nur auf eine ganz bestimmte Weise funktionierte und für das es schon längst modernere Alternativen gab.

Mehrere Kollegen in Uniform betraten das Lokal. Schirmer drehte den Kopf zur Seite, damit er sie nicht grüßen musste. Erleichtert stellte er fest, dass die drei Streifenbeamten lediglich eine Bestellung abholten, und rief, nachdem sie wieder gegangen waren, Wenzel an. »Planänderung, Junge! Wir reden jetzt gleich über Aumann. Nimm deine Aufzeichnungen und komm zu Ali rüber. So mache ich das mit Arno auch immer.«

»Mahlzeit, Herr Chefinspektor.«

Schirmer klappte das Handy zu, Major Plasch stand neben ihm.

Dem Leiter des Bezirkspolizeikommandos war Schirmers abweisender Gesichtsausdruck nicht entgangen. »Keine Sorge. Ich störe dich nicht beim Essen, hole mir selbst nur eine Kleinigkeit«, fuhr er fort und zeigte dabei auf das auf der Theke stehende Plastiksackerl. »Der Wachhabende hat mir gemeldet, dass wir einen neuen Fall haben?«

»Wir«, brummte Schirmer. »Wenn du ein paar Minuten Zeit hast, kannst du gerne warten. Wenzel kommt gleich. Er wird dir dann vorlesen, was er über Sonja Aumann recherchiert hat. Eine Journalistin der ›MZ‹, die möglicherweise abgängig ist.« Schirmer schob mit dem Fuß einen Stuhl in Plaschs Richtung, aber der Offizier winkte zu seiner Erleichterung geschäftig ab.

»Jetzt ist schlecht. Ich muss gleich nach Sankt Pölten. Der Landeshauptmann hat alle Bezirkspolizeikommandanten zu einer Lagebesprechung einberufen.«

Schirmer lehnte sich zurück. Er hatte zwar keine Ahnung, worum es in der Besprechung ging, verstand Plaschs Worte aber so, dass wieder einmal über Zahlen und Statistiken gebrütet werden würde. Er griff nach den Zigaretten und wünschte sich, sein Vorgesetzter würde bald das Weite suchen.

»Mir ist zugetragen worden, dass du gerne Nordic Walking machst«, stellte Plasch mehr fest, als dass er fragte.

»Wer sagt das?«

»Ich war vorige Woche mit Herrn Hasler beim Schießtraining. Er hat mich darüber informiert, dass du eine echte Sportskanone geworden bist.«

Schirmer lief rot an. Dafür würde Arno büßen müssen. »Und selbst wenn, was heißt das für mich, Major?«, fragte er, während er sich eine Marlboro in den Mundwinkel steckte.

»Du wirst mich morgen früh über den Stand der Dinge in dieser Sache informieren. Wir treffen uns pünktlich um acht auf den Parkplätzen unter dem Aquädukt neben dem Kursalon. Sportbekleidung und Stöcke nicht vergessen.«

6

14. Oktober

Schirmer erwachte vor dem Läuten seines Weckers. Obwohl er seit über einem Jahr nicht mehr trank, fühlte er sich verkatert. Sein Nacken war verspannt, die Gliedmaßen schwer, als hätte er die anstehende Sporteinheit mit Plasch bereits hinter sich. Am Vorabend war er nur mit Mühe in einen unruhigen Schlaf gefallen. Der Ärger über Ünals Respektlosigkeit, die Wut über Haslers Fehlen und die Selbstverständlichkeit, mit der Plasch ihn zum Morgensport verdonnert hatte, hatten die ganze Nacht seine Gedanken malträtiert und ihn schlecht schlafen lassen.

Er setzte sich auf und blickte auf den Radiowecker. Punkt sechs. Vorsichtig rutschte er zur Bettkante vor und tastete den Boden nach Zigaretten und Feuerzeug ab. Nachdem er fündig geworden war, rauchte er die erste Zigarette des Tages nackt und in völliger Dunkelheit. Seit der Trennung von Katja wohnte Schirmer in einem kleinen Apartment, unmittelbar neben der Bundesstraße. Weniger als zwei Kilometer Luftlinie entfernt stand das Reihenhaus, in dem er mit Katja bis zu ihrer Scheidung gelebt hatte. Sie hatten es verkaufen, Schirmer das zweistöckige Haus in Guntramsdorf gegen verwinkelte sechzig Quadratmeter in Wiener Neudorf tauschen müssen. Den großen Garten gegen einen Minibalkon, den Ausblick auf den Anninger gegen die Sicht auf das angrenzende Industriegebiet. Dass Katja mittlerweile wieder in einem Einfamilienhaus wohnte, noch dazu in bester Mödlinger Lage, ließ bittere Galle in seiner Kehle aufsteigen, sooft er daran dachte. Anfangs war er davon überzeugt gewesen, dass ein reicher Liebhaber seine Exfrau aushielt. Sie allein wäre mit der Erhaltung eines Anwesens im Stadtzentrum mit Sicherheit überfordert gewesen. Im vergangenen Sommer waren immerhin einige der Fragen, die Katjas neues Leben aufgeworfen hatte, beantwortet worden. Jetzt wusste er, dass sie wieder einen Partner hatte, sogar verlobt war. Seither studierte Schirmer bei jeder Gelegenheit die Heiratsanzeigen in der »Mödlinger Zeitung«, war aber bislang nicht fündig geworden. Dank der gut gedämmten Fenster, die das einzig Neue in seiner Bleibe darstellten, drang nie etwas von den Wutanfällen nach draußen, wenn er lautstark über Katja und die Welt im Allgemeinen herzog. Zudem hielten sie das hektische Treiben von ihm fern, das vierundzwanzig Stunden täglich vor dem Haus herrschte. Endlose Blechschlangen wälzten sich rund um die Uhr über die Bundesstraße, die unter Schirmers Schlafzimmerfenster ein schwer zu bezwingendes Nadelöhr bildete. Zwei Fahrstreifen auf fünf Meter Fahrbahn verteilt, zu wenig, um mit dem Verkehr klarzukommen. Je nach Tageszeit schob sich der Großteil nach Norden, um seine Lenker zur Arbeit zu bringen, oder in Richtung Süden, wenn sie Feierabend hatten. Hupkonzerte, unangekündigte Fahrbahnwechsel, Chaos von Vösendorf bis Traiskirchen – der ganz normale Wahnsinn vor den Doppelglasfenstern mit Gasfüllung.

Schirmer stand auf und schlurfte durch das Wohnzimmer in die Küche. Er stellte Wasser für den Kaffee auf und suchte in der Wäschetruhe nach seinen Trainingsklamotten, die eigentlich dringend einer Reinigung bedurft hätten. Der Blick in den Badezimmerspiegel trug auch nicht gerade dazu bei, den Start in den Tag leichter zu machen. Im Lauf der letzten zwölf Monate war der Ermittler vollständig ergraut. Überdies lichtete sich der Haaransatz auf der Stirn verdächtig rasch, dafür begannen dicke graue Borsten aus Nase und Ohren zu sprießen. Die Tränensäcke waren größer geworden, die Augenbrauen dabei, über der Nasenwurzel zusammenzuwachsen. Junge, du wirst alt, gestand er sich die Gewissheit ein, dass der Zahn der Zeit auch an ihm nagte. Sport und neue Lebensgewohnheiten hin oder her, er konnte nicht verbergen, dass er im zweiundfünfzigsten Lebensjahr stand, den Fünfziger also bereits deutlich überschritten hatte.

Nach einem leichten Frühstück schlüpfte er in seine Sportschuhe, verstaute Mobiltelefon, Geldbörse und Schlüsselbund in einer Bauchtasche und griff nach den Wanderstöcken, die im Flur standen. Erst jetzt fiel ihm wieder ein, dass kein Dienstfahrzeug zur Verfügung stand. Der Volvo würde erst am Vormittag vom Service zurück sein. Er rief bei der Polizeiinspektion an und bestellte einen Streifenwagen zu seiner Adresse. Schlechtes Gewissen hatte er keins. Das Treffen mit Major Plasch war immerhin kein Ausflug, sondern eine dienstliche Angelegenheit.

Eine halbe Stunde und eine gebrummte Verabschiedung später zwängte sich Schirmer umständlich aus dem Streifenwagen. Seine Walkingstöcke verhakten sich im Sicherheitsgurt, und um ein Haar wäre der Leiter der Mödlinger Kripo wie ein nasser Sack aus dem Auto gefallen.

Plasch wartete bereits in einiger Entfernung am Beginn eines Weges, der steil bergauf in den Wald führte. Als er den im Kurpark umherirrenden Schirmer erblickte, unterbrach er seine Dehnübungen und machte mit erhobenen Stöcken auf sich aufmerksam.

»Legen wir gleich los«, begrüßte der Offizier seinen Chefermittler mit einem skeptischen Blick zum Himmel. Dunkle Wolken hingen seit der Nacht schwer über der Stadt. »Ich hoffe, dass wir unsere Runde noch trocken beenden«, gab der Offizier das Kommando zum Aufbruch, drehte Schirmer den Rücken zu und verschwand mit kraftvollem Stockeinsatz zwischen den Bäumen.

Schirmer folgte seinem Vorgesetzten leise fluchend auf dem Fuße. Für das hier würde er Arno den Schädel abreißen.

Schnell wurde Plasch klar, dass er ein zu hohes Tempo ging. Erst nachdem er deutlich langsamer geworden war, schloss Schirmer zu ihm auf. Der Weg war durchgehend mit nassem Laub bedeckt, da und dort ragten Baumwurzeln zwischen toten Blättern hervor, auf denen Schirmer einige Mal beinahe zu Sturz kam. Nach ein paar Minuten gingen sie im selben Rhythmus. Für den bestens trainierten Plasch war dies nicht mehr als eine lockere Morgeneinheit, Schirmers Puls hingegen raste bereits nach wenigen Schritten. Aber da er sich vor seinem Vorgesetzten keine Blöße geben wollte, hielt er so lange mit, bis Plasch ein Einsehen hatte und auf einer Lichtung eine Pause einlegte. Schirmer stützte sich mit den Händen auf seinen Oberschenkeln ab, streckte dann den Rücken durch und rammte die Walkingstöcke in den weichen Erdboden.

Plasch nahm mehrere große Schlucke aus seiner Trinkflasche. »Jetzt erzähl endlich«, forderte er den immer noch schwer schnaufenden Schirmer auf, und dieser kam der Aufforderung nach.

Als Schirmer zu Ende gesprochen hatte, reichte Plasch ihm seine Flasche und griff, während der Ermittler gierig trank, einiges vom eben Gehörten auf. »Eine Frau verschwindet. Keine Angehörigen, keine Freunde, die sich um sie sorgen.«

»Mhm.« Schirmer legte den Kopf in den Nacken und gurgelte laut.

»Neben ihrem Wagen habt ihr etwas auf dem Boden gefunden, das du als Blutfleck deutest. Proben genommen?«

»Mhm.«

»Bis die nicht ausgewertet und Aumann zugeordnet sind, gehe ich nicht von einem Kriminalfall aus, Chefinspektor. Behaltet das im Auge, seht aber bitte auch zu, dass ihr die Sache mit den Fahrraddiebstählen in den Griff kriegt. Außerdem habe ich in den Dienstberichten etwas von einem Exhibitionisten gelesen. Volle Anstrengung auch dahin gehend, bitte. Ich habe dir doch gestern vom Meeting mit dem Landeshauptmann erzählt. Den Bezirkskommandanten wurden dort ihre Zahlen präsentiert. Du weißt schon, angezeigte Straftaten, Aufklärungsrate, die Zahl der ausgestellten Strafzettel und so weiter und so fort. Wir kommen dabei nicht gut weg, unsere Aufklärungsquote liegt derzeit weit unter dem niederösterreichweiten Schnitt, speziell im Bereich der verkehrsrechtlichen Angelegenheiten müssen wir einen Zahn zulegen. Ich werde noch heute anordnen, dass jede Polizeiinspektion im Bezirk täglich Geschwindigkeitsmessungen und Alkoholtests durchführen muss.«

»Aber das Ausstellen von Strafzetteln und die kriminalpolizeiliche Arbeit sind doch unterschiedliche Bereiche. Wenn du das in einem Atemzug nennst, schmeißt du Äpfel mit Birnen zusammen.«

Plasch hob einen Zeigefinger. »Der Gesamteindruck ist das,

was wichtig ist, zumindest für unseren Herrn Landeshauptmann. Und der wiederum hat beste Kontakte ins Innenministerium, wird dort Druck machen, wenn er das für den anstehenden Wahlkampf als sinnvoll erachtet. Sinkende Zahlen, weniger Personal. So sieht es nun mal aus. Wir müssen uns alle anstrengen, wenn wir nicht die eine oder andere Planstelle nach Baden oder Wiener Neustadt verlieren wollen. Und das soll keine Angstmache sein, sondern ist schlichtweg die Realität.«

Schirmer schluckte die Worte, die ihm auf der Zunge lagen, mit dem letzten Rest Wasser hinunter. Seit Jahren herrschten Statistiken über das polizeiliche Wirken. Nackte Zahlen, Sekundenraster, mit denen gemessen wurde, wie lange welcher Bereich polizeilicher Arbeit dauern durfte. Ein Gespräch mit Bürgern etwa oder der bloße Streifendienst, das Präsentsein, kamen in dieser Zählweise erst ganz am Schluss. Schirmer war froh, dass es ihm in diesem Moment so gut gelang, den Mund zu halten. Ansonsten hätte er sich vermutlich keinen Gefallen getan.

Eine Weile standen die beiden Männer schweigend da und blickten auf die Stadt unter ihnen, in der das Leben bereits voll im Gange war. Das über die Brühler Straße führende Aquädukt glitzerte im Licht einzelner Sonnenstrahlen, die sich durch die Wolken bohrten.

Plasch beobachtete das Schauspiel eine Weile nachdenklich. »Halte mich auf dem Laufenden«, durchbrach er schließlich die friedliche Ruhe. »Ich muss jetzt wieder in die Stadt. Eine Besprechung mit dem Bürgermeister steht an. Wie kommt ihr eigentlich mit dem Projekt ›Polizei im Rayon‹ voran?«

Der unerwartete Themenschwenk überraschte Schirmer. »Äh, ja. Äh, gut. Ich habe jedem von uns einen persönlichen Bereich zugeteilt. Wir klappern gerade die Geschäftsleute ab, um ihnen von deiner Idee zu berichten.«

»Die Idee des Bürgermeisters«, verbesserte ihn Plasch sofort, lächelte aber geschmeichelt. »Und eine sehr gute obendrein. Jeder Geschäftstreibende in der Stadt hat damit seinen eigenen Polizeibeamten, an den er sich mit all seinen Sorgen und Ängsten wenden kann: So etwas nenne ich mal innovativ. Wirklich schade, dass diese Idee nicht aus unseren Reihen gekommen ist.« Plasch fädelte seine Daumen in die Griffschlaufen ein und klopfte Erdreich von den Stöcken. »Wie oft hast du dich in den vergangenen, sagen wir mal, fünf Jahren eigentlich getäuscht, wenn es um die Bewertung von Sachverhalten im Anfangsstadium einer Ermittlung ging?«

Schirmer hustete. Seine Lungen rebellierten noch nachträglich gegen die körperliche Anstrengung. Er stützte sich auf seine Stöcke und schwieg.

»Das habe ich befürchtet. Hoffentlich kommst du nicht zu dem Schluss, dass Aumanns Verschwinden das Resultat einer Straftat ist. Ein weiteres Kapitalverbrechen in diesem Jahr wäre gar nicht gut. Du weißt schon, die Zahlen.«

»Wir haben sämtliche Kapitalverbrechen der letzten Jahre aufgeklärt.«

»Und Eigentumsdelikte wie Auto- und Fahrraddiebstähle und Sachbeschädigungen dabei dermaßen vernachlässigt, dass wieder nur ein Gesamtresultat im Mittelmaß für uns übrig bleibt«, wischte Plasch Schirmers Einwand beiseite und klopfte ihm mit den Walkingstöcken auf die Waden. »Du hast dich übrigens gut gemacht. Wenn du nicht schwächelst, können wir im Frühjahr eine Runde gemeinsam joggen.«

Schirmer blieb auf der Lichtung zurück und beobachtete, wie das Licht über die Dämmerung siegte. Sonnenstrahlen schnitten vereinzelt durch die Wolken, ein Reh streckte den Kopf aus dem Wald, verschwand aber sofort wieder, nachdem es Schirmers Witterung aufgenommen hatte. Der spuckte zähen Schleim aus, holte sein Handy aus der Bauchtasche und rief Wenzel an. »Taxi, bitte.«

7

Schirmer duschte, rasierte sich und schlüpfte anschließend in den alten Trainingsanzug, den er zusammen mit einer abgetragenen Jacke für Notfälle in seinem Spind aufbewahrte. Soweit er sich erinnern konnte, war der Anzug früher hellblau, die Jacke pastellgrün gewesen. Zahllose Waschgänge hatten allen Kleidungsstücken zu einem einheitlichen Farbton verholfen, den man nur als Rattengrau bezeichnen konnte. Der Stoff kratzte auf der Haut, das Emblem am linken Ärmel der Jacke, der Bundesadler, hing zur Hälfte herunter, aber Schirmer störte das alles ebenso wenig wie das Mottenkugelaroma, das seine Notkleidung verströmte. Vielmehr erfreute er sich an der Tatsache, dass die aus der Fasson geratenen Erinnerungen an seine Zeit als Polizeischüler wieder genauso gut passten wie früher. Zwischenzeitlich war daran nicht einmal zu denken gewesen. Er zog den Reißverschluss der Trainingsjacke bis zum Anschlag hoch und biss sich auf die Unterlippe, als sich einige seiner Brusthaare in den Metallzähnen verfingen. Wer retro will, muss leiden, dachte er bei sich, während er die Haare aus den Metallklauen befreite.

Durch die Verbindungstür war eine Frauenstimme zu hören. Sarah Balogh schien ihrer Mutter gerade ausführlich zu erklären, wann ihr Sohn von der Schule abzuholen sei, welche Farbe die neue Jausenbox habe und dass sie bloß nicht die Trinkflasche vergessen solle, die mit Sicherheit irgendwo in der Garderobe herumkullerte.

Schirmer drückte die Tür ein Stück weit auf und sah hinaus. Wenzel saß zwei Tische hinter Balogh und blätterte in einer Sportzeitung. Vor ihm auf dem Tisch stand das übliche Frühstück, ein Proteinshake, an dem er von Zeit zu Zeit nippte. Kriminalpolizeiliches Stillleben. Schirmer war froh, dass sich seine beiden Mitarbeiter ausnahmsweise einmal nicht im Kriegszustand befanden. Die Streithähne hatten grundverschiedene Ansichten in nahezu allen Fragen des Lebens und schafften es mehr schlecht als recht, ihre gegenseitige Abneigung so weit zu ignorieren, dass der Dienstbetrieb nicht unter ihr litt. Schirmer hatte ihre letzte Auseinandersetzung nur durch die Androhung einer sofortigen Versetzung der beiden in den Streifendienst beenden können. Zwei Monate waren seither vergangen, und von einigen kleineren Scharmützeln abgesehen war es zu keiner weiteren Zuspitzung der Lage gekommen. Schirmer hoffte, dass der Waffenstillstand noch mindestens so lange andauern würde, bis Hasler wieder zurück war, denn sein Assistent fungierte nicht nur als Puffer zwischen Schirmer und der restlichen Welt, für gewöhnlich war er es auch, der Wenzel und Balogh zur Vernunft brachte, wenn sie sich in den Haaren lagen.

Er beschloss, den Rest des Vormittages außerhalb des Bezirkspolizeikommandos zu verbringen, rief Balogh und Wenzel in sein Büro und teilte ihnen die Listen mit den neu zugewiesenen Aufgaben aus. Zu seiner Überraschung zuckten seine Mitarbeiter nicht einmal mit der Wimper. Sie verhielten sich, als hätten sie nichts anderes von ihm erwartet. Nachdem Schirmer sie mit einem Wink entlassen hatte, dachte er darüber nach, wie die nächsten Stunden genau aussehen würden. Doch die Tour mit Plasch hatte ihn müde gemacht, es wollte ihm einfach nicht gelingen, sich dienstlichen Dingen zuzuwenden. Erst starrte er minutenlang gedankenverloren auf den randvollen Aschenbecher, brachte danach Ordnung in das Klebezettel-Chaos auf seinem Tisch und reinigte schließlich seine Fingernägel mit einem Zahnstocher. Plötzlich fiel eine Tür ins Schloss. Wenzel, der den Dienstwagen endlich aus der Werkstatt holen wollte.

Schirmer griff nach dem Telefon, um Hasler anzurufen, als sein Blick auf den Schnellhefter fiel, der neben dem Telefon lag. »Polizei im Rayon«, stand auf dem Deckblatt. Das morgendliche Gespräch mit Plasch kam ihm wieder in den Sinn. »Polizei im Rayon«. Der Leiter des Bezirkspolizeikommandos war besessen von diesem Schwachsinn. Schirmer blätterte in den Seiten, bis er fündig wurde. Eine der Adressen war es wert, noch einmal aufgesucht zu werden. Endlich, er hatte einen Plan.

Er warf die alte Regenjacke über und machte sich aus dem Staub.

Während Schirmer den Parkplatz vor dem BPK überquerte, legten sich lange Schatten über die Häuser der Hauptstraße. Die Wolken hatten den Kampf um Mödling doch noch nicht aufgegeben und zogen sich über dem Anninger, dem Hausberg der Stadt, zu einem neuen Angriff zusammen.

»Weißt du bald, was du willst?« Schirmer legte den Kopf in den Nacken und blickte in den Himmel, als würde er ernsthaft eine Antwort vom Wetterverantwortlichen erwarten. Insgeheim hoffte er, dass bald der erste Schnee kommen und die trübe, spätherbstliche Stimmung damit ein Ende haben würde.

In den vergangenen Wochen hatte er oft vor seinem Wohnzimmerfenster gestanden, hatte ins Nichts hinausgesehen und gespürt, dass etwas fehlte. Ein großer Teil in ihm war verwüstet, seine Seele glich einer kargen Steppe, die nichts als Ödnis bereithielt für Menschen, die sich zu weit in sie hineinwagten. Trostlose Tage, die ihn überdies mehrmals in Versuchung gebracht hatten. Nicht weit von seiner Wohnung befand sich eine Tankstelle, die Tag und Nacht geöffnet war. Zweimal war er kurz davor gewesen, sich dort den billigsten Fusel zu besorgen und mit ihm die schwarzen Gedanken einfach wegzuschwemmen, so wie er es früher immer getan hatte. Beide Male hatte die Vernunft über das Verlangen gesiegt, Schirmer die Schuhe wieder ausgezogen und wütend in die Ecke geschleudert.

Neuschnee würde helfen. Frisch gefallener Schnee hatte immer schon eine beruhigende Wirkung auf sein Gemüt gehabt. Er dämpfte den Lärm der Stadt zu einer erträglichen Geräuschkulisse, entschleunigte das Leben in der Stadt und brachte es fertig, dass Schirmer in den wenigen Stunden, in denen man von einer reinweißen Pracht sprechen konnte, innerlich zur Ruhe kam.

Jetzt sah er zu Boden, fuhr sich durch sein feuchtes Haar, stöhnte auf. Der da oben wollte einfach kein Einsehen haben: Es begann zu nieseln.

Irgendwo in der Nähe war der dumpfe Klang einer Kirchenglocke zu hören. In einer Stunde würde Erhard, der Scheidungshund, im Bezirkspolizeikommando abgegeben werden. Seine Exfrau vermied mittlerweile jeglichen persönlichen Kontakt zu Schirmer und bestand darauf, die wöchentlichen Übergaben des Hundes durch Dritte abwickeln zu lassen. Meistens brachte Katjas Haushaltshilfe den Hund zu Schirmers Dienststelle, und obwohl Haustiere in öffentlichen Gebäuden verboten waren, wagte es niemand, Schirmer deswegen zur Rede zu stellen. Selbst Major Plasch ließ sich ab und an dazu hinreißen, Erhard hinter den Ohren zu kraulen, wenn er ihm begegnete. Die dicke Promenadenmischung war mittlerweile sogar zum Maskottchen der Streifenbeamten aufgestiegen. Wenn Schirmer mal dringend wegmusste, kam es nicht selten vor, dass der Hund bis zur Rückkehr seines Herrchens im Bereitschaftsraum der Polizeiinspektion von den dort anwesenden Kollegen verwöhnt wurde.

Erhard stellte das letzte Bindeglied zwischen Schirmer und Katja dar. Schirmer hatte sich mittlerweile damit abgefunden, dass er keine Rolle mehr im Leben seiner Exfrau spielte. Und er tat sich damit entschieden leichter, seit das Projekt »Polizei im Rayon« ins Leben gerufen worden war. Die Verantwortlichen wussten bis heute nicht, was für einen Gefallen sie dem Leiter der Mödlinger Kripo damit getan hatten. Ziel des Projekts war es, das subjektive Sicherheitsgefühl der Menschen zu heben, wie es in der dazu verlautbarten Dienstanweisung so schön hieß. Dass dafür sogar bezahlte Überstunden genehmigt wurden, während für kriminalpolizeiliche Streifen außerhalb der Normaldienstzeit kein Geld zur Verfügung stand, hatte Schirmer nur am Anfang in Rage versetzt. Der Grund, weshalb Schirmer mit dem Prestigeprojekt »Polizei im Rayon« so gut leben gelernt hatte, besaß einen neu eröffneten Laden am Ende der Hauptstraße, in der Nähe des Bezirkspolizeikommandos.

Als Schirmer die Tür zu Claras »Esoterikwelt« hinter sich schloss, setzte der Klang von sanft gezupften Harfensaiten ein. Engelsmusik, wie der Kriminalbeamte seit Kurzem wusste. Natürlich hielt Schirmer nichts von diesem – wie er es bezeichnete – spirituellen

Schwachsinn. Er duldete Claras Ausführungen über die Welt der Chakren, Engelskarten und Energiesteine nur, um in der Nähe der zierlichen Ostdeutschen mit den strohblonden Haaren zu sein. Aufgrund seiner langjährigen polizeilichen Erfahrung war Schirmer zwar davon überzeugt, dass es den Teufel gab, Menschen in Engelsgestalt hatte er allerdings bisher noch nie getroffen.

»Hallo, Harald. Schön, dass Sie mich besuchen. Wie geht es Ihnen heute?« Claras Stimme drang hinter dem roten Samtvorhang hervor, der den Verkaufsbereich von der winzigen Teeküche trennte.

»Geht so. Wieso wissen Sie, dass ich das bin?«

Clara schob den Vorhang zur Seite. »Eingebung.« Wie immer trug sie ein warmes Lächeln auf ihren Lippen, die strohblonde Mähne stand ungebändigt nach allen Seiten weg.

Die Frau gab Schirmer Rätsel auf. Er wusste nicht, was genau er an ihr anziehend fand. War es die unverhohlene Zuneigung, die sie ihm zeigte? Manchmal kam es ihm vor, als könne Clara mit ihrem Lächeln in ihn eindringen und seine Gedanken lesen. Aber genau das machte ihm auch Angst. Angst, sein Panzer könnte unter ihrem Blick aufbrechen und ihn angreifbar machen.

»Der Grund, warum ich hier bin, ist ... Also, ich habe bei meinem letzten Besuch das Formular vergessen ... Ich soll ... Sie müssten mir das bitte ausfüllen.« Clara war ihm so nahe gekommen, dass er ihren Atem auf seinem Gesicht spüren konnte. Ihm wurde heiß. Er trat zwei Schritte zurück, holte ein zusammengefaltetes Blatt Papier aus der Jackentasche und reichte es ihr.

»Schicke Jacke, die Sie da tragen.« Sie musterte das abgetragene Stück eine Weile, griff schließlich nach dem Papier und begann zu lesen. Natürlich lächelnd. »Aber Harald, das habe ich doch schon bei Ihrem letzten Besuch ausgefüllt. Oder habe ich dabei etwas übersehen?« Sie verhöhnte Schirmer nicht, ließ aber keinen Zweifel daran, dass sie den ratlos dreinblickenden Kriminalbeamten durchschaute. »Aber wenn Sie möchten, schreibe ich es Ihnen gern noch einmal auf: Ich fühle mich sicher in Mödling, die häufigen Fußstreifen der Polizei sind mir natürlich aufgefallen, derzeit gibt es nichts, was ich als Bürger dieser Stadt der Polizei gerne mitteilen würde. Und ja, ich bin mit dem Beamten, der mich im Rahmen des Projektes ›Polizei im Rayon‹ betreut, zufrieden. Sehr sogar«, sagte sie mit einem verschwörerischen Zwinkern.

Tatsächlich war es so, dass der verdammte Fragebogen bereits ausgefüllt auf Schirmers Schreibtisch lag und nur darauf wartete, in eine eigens für das Projekt angelegte Datenbank eingetragen zu werden. Haslers Job. Schirmer hatte nicht die leiseste Ahnung, wie er das alles in den nächsten Wochen allein bewerkstelligen sollte.

Clara hatte ein Einsehen und wechselte das Thema. »Haben Sie schon einen Blick in das Buch geworfen, das ich Ihnen geliehen habe?«

»Klar«, log Schirmer. Er hatte den Schmöker an seinen Assistenten weitergereicht, damit ihn dieser nach eingehendem Studium praktisch im Schnelldurchlauf in die Welt der Chakren einweihen konnte. Jetzt war Hasler weit weg und hatte vermutlich keine Ahnung, dass sein Chef gerade in Erklärungsnotstand geraten war. »Es ist interessant. Besonders das mit dem … na, jetzt fällt mir der Name wieder nicht ein. Diese Bezeichnungen sind alle so verwirrend.«

»Wurzelchakra?«, riet Clara.

»Ja, genau! Dieses Wurzelchakra.« Schirmer hoffte inständig, glaubwürdig zu wirken.

»Volltreffer!« Clara kicherte. »Wenn Sie das Kapitel über das Wurzelchakra tatsächlich beschäftigt, dann habe ich mich in Ihnen nicht getäuscht.«

Schirmer griff in seine Jackentasche und umklammerte das Päckchen mit den Zigaretten, suchte Halt. »Wie meinen Sie das?«

»Das Wurzelchakra steht für Vertrauen.«

Er hatte keinen blassen Schimmer, was sie ihm damit sagen wollte. In diesem Moment fragte er sich wieder einmal, warum es ihn andauernd in den nach Räucherstäbchen, Tee und Lavendelseife stinkenden Laden verschlug. Trotzdem nickte er, grinste dabei und fühlte sich im selben Moment wie der dümmste Mensch auf Erden.

»Sie sind ein misstrauischer Kerl, Harald. Als Polizist müssen Sie das natürlich in bestimmten Fällen auch sein, nur habe ich den Eindruck, dass Sie viel mehr Misstrauen als nötig mit sich herumtragen. Ballast, den Sie nicht abwerfen können, wenn wir nichts dagegen tun. Wenn Sie sich erleichtern, könnten Sie offener durchs Leben gehen. Glauben Sie mir?«

Schirmer griff sich an die Kehle. Diese Hexe ging ihm zu weit. So viel Vertrautheit ging nicht.

»Ihr Wurzelchakra ist verschlossen«, nutzte Clara seine Sprachlosigkeit, um ins Detail zu gehen. »Aber es gibt gewisse Techniken, mit denen wir es öffnen können – wenn Sie das möchten. Das Wichtigste dabei ist Vertrauen. Ich schlage Ihnen vor –«

Schirmer schnappte hörbar nach Luft. »Was soll das? Wie kommen Sie dazu, mich misstrauisch zu nennen?« Er ärgerte sich maßlos darüber, dass sie ins Schwarze getroffen hatte. Das einzige Lebewesen auf Erden, das Schirmers uneingeschränktes Vertrauen besaß, war Erhard.

»Schon gut, mein Lieber.« Clara kam wieder näher und legte ihre Hand auf Schirmers. »Ich will Ihnen wirklich nicht zu nahe treten. Aber da ist etwas, tief in Ihnen. Ich spüre es deutlich, man kann es beinahe greifen. Wenn Sie möchten, kann ich Ihnen helfen, es aufzulösen. Denken Sie darüber nach, Sie werden wissen, wenn Sie so weit sind.«

»Das Einzige, das sich jetzt gleich auflösen wird, bin ich«, antwortete Schirmer. »Und zwar in Luft. Wir reden beim nächsten Besuch weiter, wenn es den denn überhaupt geben sollte. Für so etwas habe ich heute wirklich keine Zeit.« Er befreite sich von Claras Hand und merkte erst jetzt, dass ihm der Schweiß auf der Stirn stand. »Füllen Sie mir dann bitte den Bogen aus. Ich hole ihn im Laufe der nächsten Tage ab … oder lasse ihn holen.« Mit Riesenschritten ging er zur Tür. Ohne sich noch einmal umzudrehen, drückte er die Klinke hinunter und flüchtete aus der »Esoterikwelt«.

»Was hast du dir nur dabei gedacht, Schirmer?«, schalt er sich selbst, als er sich wieder auf dem Gehsteig befand. »Gar nichts, so wie ich dich kenne. Du glaubst doch nicht im Ernst, dass sie Interesse an dir hat? Und selbst wenn es so wäre, was dann? Du willst doch überhaupt niemanden in deiner Nähe haben, schon gar nicht so eine durchgeknallte Chakra-Tante. Warum nur bist du hergekommen? Chakra, Wurzel, Blödsinn!«

Als er das Polizeigebäude erblickte, riss er sich zusammen. Drinnen wartete vermutlich schon Erhard auf ihn. Die Liebe seines Tieres war bedingungslos. Und um zu verstehen, was Erhard brauchte, musste er sich nicht erst durch ein neunhundert Seiten dickes Buch quälen. Zum Glück! Erhard brauchte Futter und Streicheleinheiten, etwas Greifbares eben.

8

Ein brennender Schmerz riss sie aus der Bewusstlosigkeit. Tausende Wunden vereinten sich zu einem Feuer, das ihren Körper zu verzehren drohte. Die dünnen Lederriemen an ihren Handgelenken hatten sich tief in ihr Fleisch gefressen, ihr rechtes Auge war zugeschwollen, Kiefer und Jochbein schmerzten so sehr, dass sie glaubte, ihr Kopf würde jeden Moment platzen. Sie war nackt. Vor ihr formten sich Schemen zu ungreifbaren Gebilden, wurden deutlicher, verwandelten sich in Gesichter und Gestalten, bevor sie wieder zu Silhouetten von Erinnerungen wurden, die sie nur schwer deuten konnte. Der Parkplatz bei der Goldenen Stiege, der Sturz aus dem Wagen. Die Gestalt, die sich über sie beugte und höhnisch lachte. Ein See aus Blut, über den sie in die Ohnmacht trieb.

Sonja Aumann versuchte erfolglos, das rechte Auge zu öffnen. Die Schwellung machte es ihr unmöglich. Ihre Zunge tastete ihre Zahnreihen ab und verharrte an einer Stelle, die sich leer und taub anfühlte. Ihr Kopf fiel auf die Matratze zurück. Er war über sie hergefallen wie ein wildes Tier. Obwohl sie sein aggressives Wesen nur zu gut kannte, hätte sie ihm ein solches Verhalten niemals zugetraut. Der Mistkerl war ihr gefolgt, hatte ihr aufgelauert und dann zugeschlagen. Wohin hatte er sie gebracht, welche Pläne verfolgte er mit ihr? Sie drehte den Kopf zur Seite. Es roch nach feuchter Erde, Schimmel und Moder. Sonja Aumann schluckte die aufkommende Verzweiflung hinunter und zwang sich, klar zu denken. War ihm Vladu Sorin in die Quere gekommen? Irgendwann während dieses schwarzen Schlafs war sie zu sich gekommen und hatte das Gesicht gesehen. Ohne die geringste Emotion hatte er sie eingehend untersucht und ihr am Ende die Nadel in den Arm gerammt. War sie da bereits in diesem fensterlosen Gefängnis gewesen? Sie öffnete das unversehrte linke Auge und blickte zur Decke. Eine Glühbirne flackerte, ein Schatten huschte an ihr vorüber, die Umrisse dieses unbekannten Etwas zeichneten sich als dunkle Bedrohung am Dichtbeton über ihr ab. Ein gefährliches Etwas, das Stefan oder der Mann im Keller sein konnte. Vermummt, die Kapuze seines Pullis über den Kopf gezogen, die Faust geballt zum Schlag.

Mein Gott, was hat er mit mir vor?

Die Panik siegte. Tränen rannen ihr über die Wangen. Ein verzweifelter Schrei wollte sich ihrem Mund entringen, aber am Ende tropften die Worte nur als sinnloses Gebrabbel, als dumpfes Stöhnen heraus.

War das hier Sterben auf Raten? Warum quälte man sie so? Die junge Frau begann, an ihren Fesseln zu ziehen. Obwohl das Leder dabei noch tiefer in ihre Haut schnitt, bäumte sie sich auf, hob und senkte abwechselnd das Becken und den Kopf, um sie zu lockern. Ohne Erfolg. Kraftlos sank sie zurück, lag eine Weile reglos da und konzentrierte sich auf ihre Atmung. Ihre Nase war verstopft, selbst das Atmen bereitete ihr Schmerzen. Plötzlich streichelte ein sanfter Luftzug ihren Körper. Sie drehte ihren Kopf. Der Hauch schien von dort zu kommen, wo leuchtende Linien durch die Wand sickerten und ein Rechteck bildeten. Ein Geräusch, als ob ein Schloss entsperrt wurde. Illusion oder Realität? Jemand betrat den Raum. Schritte näherten sich, dazu erklang metallisches Klappern.

Während eine Hand ihren Kopf fixierte, packte die andere grob ihren Arm und zerrte so heftig daran, dass sich die Fessel noch weiter in ihren Körper fraß. Ihr Unterarm wurde einige Male hin- und hergedreht, dann versank mit einem heftigen Ruck eine Nadel in ihm. Schon wieder. Heiß wie Feuer strömte das körperfremde Serum in die Blutbahn. Obwohl sie ihren Peiniger in diesem Moment nicht sehen konnte, er stand hinter ihr, wusste sie, wie er aussah. Die Nadel und das Gesicht gehörten untrennbar zusammen. Ihr wurde übel, dann verlor sie wieder das Bewusstsein.

Er blieb noch so lange, bis das Mittel seine volle Wirkung entfaltet hatte. Einen Moment lang befürchtete er, er habe der Frau eine zu hohe Dosis verabreicht. Schnell kontrollierte er ihren Pulsschlag und war erleichtert. Sie würde nicht sterben. Noch nicht. Er betrachtete den makellosen Körper, ihre kleinen, festen Brüste und den hellen Flaum zwischen den Beinen. Unter anderen Umständen hätte er sie als schön bezeichnet, aber jetzt empfand er für die auf das Stahlrohrbett gefesselte und in ihren Exkrementen liegende Frau höchstens Mitleid. Ob ihr die Tragweite ihrer Schnüffelei bewusst gewesen war? Niemand begab sich doch freiwillig in eine Gefahr von solchem Ausmaß, aber das junge Ding hatte sich vermutlich überschätzt. Er untersuchte erneut ihre Verletzungen. Obwohl er es nicht hätte tun müssen, hatte er die Platzwunde genäht. Der Zustand, in dem er sie gefunden hatte, hatte die Arbeit natürlich erleichtert, aber eine Frage aufgeworfen: Wer außer ihm war noch hinter dem Mädchen her? Doch für die Beantwortung waren andere zuständig. Er war froh, sich darüber keine ernsthaften Gedanken machen zu müssen. Er legte die Spritze an ihren Platz zurück, wusch seine Hände und trocknete sie sorgfältig ab.

Nachdem er den Lagerraum verlassen hatte, versperrte er die Tür von außen und benutzte den Hinterausgang. Draußen empfing ihn ein kalter Tag. Ausnahmsweise regnete es gerade nicht. Der sich ankündigende Frost legte sich auf seine Haut wie ein kalter Hauch. Während er den Wagen startete, dachte er noch einmal an das Mädchen im Keller. Gott sei Dank war es bald zu Ende.

9

»Ähm … entschuldigen Sie bitte, dass ich Ihnen Unannehmlichkeiten bereite. Es ist nur so … ich habe den Auftrag … ähm, der Kommandant würde Sie gerne sehen.« Dem Mann war deutlich anzusehen, wie unangenehm ihm die Situation war.

Adrian Radulescu blickte in ein durch Akne entstelltes Gesicht, in dem die Mundwinkel vor Nervosität unablässig zuckten. Der Atem des Mannes roch nach Kaffee und Zigaretten. Radulescu lehnte sich zurück und ließ die getönte Scheibe so weit nach oben fahren, dass der Grenzpolizist nur noch durch einen Schlitz in das Innere des Wagens schauen konnte. »Wie alt bist du, mein Junge?«, fragte Radulescu übertrieben freundlich.

»Bin zwanzig geworden im letzten Januar.« Der Grenzpolizist trat von einem Bein auf das andere. Die beißende Kälte machte ihm sichtlich zu schaffen. »Darf ich dem Kommandanten melden, dass Sie kommen?«

Radulescu amüsierte sich über den flehenden Unterton, der in der Frage des Polizisten mitschwang. »Zwanzig«, flüsterte er nachdenklich, ohne dem Geheul auf der Rückbank Beachtung zu schenken. »Und wie lange bist du schon bei den Grenzern, mein Junge?«

»Eineinhalb Jahre«, kam es kleinlaut durch die schmale Öffnung, die den beheizten Innenraum des Wagens von der bitteren Kälte trennte.

»Lange genug also, um zu wissen, dass man mich nicht aufhält, wenn es keinen wirklich triftigen Grund dafür gibt. Aber ich werde dir das nachsehen, schließlich befolgst du nur Befehle.«

Der junge Mann nickte nervös.

»Befehle schaffen Sicherheit. Sie helfen, Ordnung ins Chaos zu bringen. Klare Strukturen und Hierarchien geben manchen Männern die Sicherheit, die sie brauchen. Richte deinem Kommandanten aus, dass ich bei ihm vorbeisehen werde. Es ist verdammt kalt hier draußen; so wie es aussieht, kommt der

Winter dieses Jahr früher als sonst.« Damit verschwand Radulescus Gesicht endgültig hinter der sich schließenden Scheibe.

Der Polizist machte auf dem Absatz kehrt und lief zu seinem Fahrzeug zurück.

Nachdem der Streifenwagen hinter einer Biegung verschwunden war, nahm Radulescu die Pistole aus dem Schulterholster und reichte sie seinem Fahrer. »Wenn wir die Grenzstation erreichen, steige ich aus und höre mir an, was Oprita zu sagen hat. Sollte es irgendwelche Komplikationen geben und ich länger als zehn Minuten weg sein, steigst du aufs Gas und fährst los. Du weißt, was du dann zu tun hast.«

Pavel nickte und verstaute die Waffe unter seinem Sitz.

Hauptmann Cornel Opritas Büro empfing Radulescu mit beißendem Gestank. Die Mischung aus abgestandenem Schweiß und Zigarettenrauch war fast unerträglich. Am liebsten hätte Radulescu kehrtgemacht und blitzartig das Weite gesucht. Der Raum, in dem der Leiter der Grenzpolizeistation saß, erinnerte ihn an seine Zeit bei der Geheimpolizei. Faulender Holzboden, der bei jedem Schritt laut knarrte. Wände, deren ursprünglicher Anstrich nur mehr zu erraten war. Ein Kanonenofen, der mehr Rauch als Wärme abgab. Dazu veraltetes Mobiliar. Vor dreißig Jahren hatte Radulescu dem Zustand keine besondere Bedeutung zugemessen. In beinahe allen öffentlichen Gebäuden hatte es so ausgesehen, der junge Leutnant Radulescu hatte es nicht anders gekannt.

Als er an diesen Abschnitt seines Lebens zurückdachte, war es ihm, als wären die Gebäude der staatlichen Einrichtungen damals gemeinsam mit dem politischen System verrottet. Er und viele andere waren in dem Fäulnisprozess gefangen gewesen und hatten das Ausmaß der Veränderungen erst bemerkt, als Geheimpolizei und Militär in den Straßen Bukarests aufeinander schossen. Damals war er Parteisoldat gewesen, als Kämpfer für das Regime an Entbehrungen gewöhnt. Heute konnte er sich nicht vorstellen, länger als unbedingt nötig in einem heruntergekommenem Büro wie diesem zu verweilen. Der desolate

Zustand des Raums, in dem immerhin ein Vertreter des Staates saß, steigerte seinen Unmut. Nicht nur, dass ihn dieser Wurm wie einen seiner Rekruten zu sich hatte rufen lassen, musste die Unterhaltung auch noch in einem Zimmer stattfinden, das Adrian Radulescu nicht einmal als Toilette verwendet hätte?

»Ich hoffe, du hast eine gute Erklärung für das hier«, stieß er zwischen den Zähnen hervor, nachdem er breitbeinig vor dem Tisch des Kommandanten Aufstellung genommen und seine Arme hinter dem Rücken verschränkt hatte.

Hauptmann Cornel Oprita hatte Radulescu bis jetzt beobachtet, öffnete nun den obersten Knopf seines Uniformhemds und griff nach einer Flasche und zwei Gläsern, die in einem Regal hinter ihm standen. »Darf ich Ihnen einen Drink anbieten?«, fragte er zögernd. »Russischer Wodka. Meine Leute haben vierzig Kisten von dem Zeug im doppelten Boden eines Lastwagens sichergestellt.« Opritas Hand zitterte beim Einschenken, er verschüttete einiges von der Flüssigkeit.

Radulescu nahm ein Glas und trank es in einem Zug leer. Augenblicklich breitete sich ein Brennen im Mund, in der Kehle und im Magen aus. Ein guter Tropfen, wie er sofort erkannte. Die wohlige Wärme, die seinen Körper durchströmte, entschädigte ihn ein wenig für die Situation. Er verzog die Lippen zu einem Grinsen. »Guter Stoff«, sagte er. »Aber ich bin nicht zum Saufen gekommen. Was willst du von mir? Es war abgemacht, dass wir uns nur treffen, wenn es einen triftigen Grund dafür gibt.«

Oprita griff neuerlich nach der Flasche und schenkte nach. Als Radulescu ablehnte, zuckte der Kommandant der Grenzpolizeistation gleichgültig mit den Schultern und trank beide Gläser nacheinander aus. Sein Blick wurde glasig. Er neigte den Kopf zur Seite, als müssten sich die einzelnen Buchstaben in seinem Gehirn erst zu Worten zusammenfinden. »Ein Journalist aus Bukarest zieht seit Wochen durch die Dörfer und befragt die Bewohner«, erklärte er und drehte dabei ein leeres Glas zwischen Zeigefinger und Daumen hin und her.

»Und was will er von ihnen wissen?«

»Dies und das. Ob die Leute verdächtige Dinge bemerkt haben. Fremde etwa, Fahrzeuge, die nicht von hier sind. Ob sie mit dem hier etwas anfangen können.« Oprita zog ein Foto unter der Schreibunterlage seines Tisches hervor und hielt es ins Licht.

Radulescu schluckte. Obwohl das Foto von geringer Auflösung und verwackelt war, verriet es zu viel. Viel zu viel. »Wo hast du das her?«, fragte er, während er das Bild rasch an sich nahm und in seiner Manteltasche verschwinden ließ.

»Von einem alten Bauern, der nicht weit von hier lebt. Der Journalist verteilt die Fotos überall in der Gegend.«

»Hör zu, Oprita«, obwohl der Angesprochene furchtbar stank, packte Radulescu ihn am Kragen und zog den Körper so weit über die Tischplatte, dass sich ihre Gesichter beinahe berührten, »ich bezahle dich ausgesprochen gut. Aber dafür erwarte ich auch hin und wieder eine Gegenleistung. Jahrelang hast du nur fürs Augen-Zudrücken eine Menge Geld von mir kassiert. Jetzt ist es an der Zeit, dass du mehr dafür tust, als nur wegzuschauen. Es geht nicht an, dass wildfremde Menschen in deinem Zuständigkeitsbereich herumschnüffeln und mir auf die Pelle rücken, ohne dass du etwas dagegen unternimmst.« Er stieß den dicken, ungewaschenen Leib zurück in den Drehsessel. »Erledige das mit den Bewohnern, schüchtere die Leute ein! Um den Reporter werde ich mich persönlich kümmern.«

Oprita schnaufte laut. »Aber wie stellen Sie sich das vor? So einfach kann ich den doch nicht …?« Der Offizier strich sich fettige Haarsträhnen aus seinem Gesicht und starrte resigniert auf seinen Bauch, der sich bis an die Tischplatte wölbte. »Ich bin immerhin Polizeibeamter.«

»Falsch. Du bist eine Hure, Oprita. Meine Hure«, zischte Radulescu so leise, dass es fast nicht zu hören war.

Oprita hielt den Atem an, der Kanonenofen gab ein ächzendes Geräusch von sich. Vor dem Gebäude heulte ein Motor auf, und ein Wagen fuhr mit quietschenden Rädern los. Als königsblaues Licht durch die Rollläden in Opritas Büro drang, zeichnete es bizarre Muster auf Radulescus Gesicht und verlieh dem ehemaligen Geheimdienstmann ein gespenstisches Aussehen.

»Ihr habt eine Menge zu verlieren.« Radulescu drehte Oprita den Rücken zu. Er konnte dieses fette Schwein einfach nicht länger ansehen. »Ich muss nur mit den Fingern schnippen, und ihr seid alles los. Meine Unterstützung, eure Posten … Du vielleicht sogar dein Leben.« Er fühlte, dass Oprita hinter ihm zu einer Erwiderung ansetzen wollte, und hob die Hand. »Spar dir deine Ausflüchte. Wirst du die Kleinigkeit mit dem Bauern für mich erledigen?«

»So einfach geht das nicht. Selbst wenn der Bauer verschwindet, leben noch Hunderte von anderen Menschen hier in der Gegend. Wie soll ich wissen, wen der Journalist schon besucht hat? Die Leute stellen Fragen und wollen Antworten. Es ist nicht mehr so wie früher.«

Radulescu konnte das Zittern in Opritas Stimme hören. Es folgten Geräusche, die ihm verrieten, dass der Grenzer erneut sein Glas füllte.

»Meine Frage lautet«, überging Radulescu Opritas Einwände, »ob du tun wirst, worum ich dich bitte?« Doch noch bevor er den Satz zu Ende gesprochen hatte, wusste Radulescu, dass er Oprita hatte. Angst und Gier waren eine effektive Mischung.

Nach einer kurzen Stille und mehreren Schluckgeräuschen antwortete Oprita: »Sie können sich auf mich verlassen.«

Der anthrazitgraue SUV verließ das Grenzgebiet und steuerte landeinwärts. Die Fahrt auf der schnurgerade durchs Land verlaufenden Bundesstraße trug das Ihre dazu bei, dass sich die Müdigkeit wie eine bleischwere Decke über Radulescu legte. Nachdem sie den ganzen Tag in einem der vielen Verstecke, auf die sie in dieser Gegend zurückgreifen konnten, verbracht hatten, waren sie zeitlich in Verzug. Das Treffen mit Oprita war nicht einkalkuliert gewesen und hatte ihnen einiges von der schützenden Dunkelheit gekostet, in der Radulescu sich am liebsten fortbewegte.

Er zog das zerknitterte Bild aus seiner Manteltasche. Das Papier roch noch immer nach Tabak, Schweiß und Angst – nach Oprita. Trotz der schwierigen Umstände, unter denen das Bild aufgenommen worden war, konnte man ohne Schwierigkeiten Radulescu und einen seiner serbischen Geschäftspartner darauf erkennen. Das Bild war vermutlich vor ein paar Wochen bei einem Geschäftsessen in Bukarest gemacht worden. Und obwohl die Aufnahme nur zwei in ein Gespräch vertiefte Männer zeigte, konnte sie doch der Anfang von etwas sein, das ihn vielleicht eines Tages in Bedrängnis bringen würde. Er ballte die Faust und zerknüllte das Bild.

Während längst abgeerntete Felder an ihnen vorbeizogen, ordnete Adrian Radulescu seine Gedanken. Natürlich wusste er bereits seit Längerem, dass sich einige Leute nach ihm erkundigt hatten. Oprita war nicht der Erste gewesen, der ihm von diesem Journalisten berichtet hatte. Lieber wäre es ihm allerdings gewesen, wenn dieser fette, korrupte Grenzpolizist nichts davon erfahren hätte. Nichts von dem, was Radulescu bereits in Erfahrung gebracht hatte, nichts über die Schritte, die schon in die Wege geleitet worden waren. Einen Moment lang hätte er in Opritas Büro beinahe die Fassung verloren. Radulescu lächelte bei der Erinnerung. Es gab keinen Grund zur Sorge. Oprita würde tun, was man von ihm verlangte, und Makeev, Radulescus Mann fürs Grobe, hatte den Job beinahe zu Ende gebracht.

Er entspannte sich. Im Wagen befand sich Ware im Wert von mehreren zehntausend Euro. Er würde ihren Abnehmer zufriedenstellen und den gerechten Lohn dafür erhalten. Eigentlich drehte sich doch alles nur ums Geld. Radulescu schloss die Augen, doch bevor er in einen tiefen, traumlosen Schlaf fiel, änderte er aus einem Gefühl heraus seine Pläne. Er beschloss, dass Stefan Zettl doch wichtiger als zuerst angenommen für sie war, man konnte es bei dieser einen zufälligen Begegnung nicht belassen. Sie mussten sich den Mann genauer ansehen.

10

Wie Schirmer vorhergesehen hatte, wartete Erhard bereits im Aufenthaltsraum der Polizeiinspektion auf ihn. Als der Hund sein Herrchen erblickte, begann er aufgeregt zu bellen und lief stummelschwanzwedelnd auf Schirmer zu. Der Ermittler bedankte sich bei der Kollegin, die sich bis jetzt um Erhard gekümmert hatte, mit einem tiefen Brummen und verkniff sich die Frage nach der Überbringerin des Hundes. Er wusste ohnehin, dass es die Haushälterin gewesen war. Katja hätte sich nie und nimmer dazu hinreißen lassen, eine Polizeidienststelle zu betreten, wenn es nicht einen triftigen Grund dafür gab. Stattdessen kraulte er Erhard eine Weile hinter dem Ohr und verschwand anschließend mit ihm nach oben.

Zu seiner Erleichterung fand er die Räume der Kriminaldienstgruppe leer vor. Ein Blick auf den an der Wand hängenden Dienstplan verriet ihm, dass Balogh heute früher Schluss hatte. Wenzel war wohl immer noch mit der Abholung des Dienstwagens beschäftigt. Als er den blauen Schnellhefter auf seinem Tisch sah, nickte er zufrieden. Es war der von Wenzel verfasste Zwischenbericht über Sonja Aumann. Schirmer klemmte ihn sich unter den Arm und verließ das Büro.

Auf dem Gang empfingen ihn Geräusche, die entfernt an einen Wasserfall erinnerten, in dem ein Schwein gegen das Ertrinken ankämpft. Das unheimlich klingende Arrangement kam aus den Sanitärräumen am Ende des Flurs und war teilweise menschlichen Ursprungs. Während Schirmer an der offen stehenden Tür vorbeischlich, erhaschte er einen Blick auf das nackte Hinterteil von Wenzel, der gerade aus der Dusche gestiegen war und sich abtrocknete. Eigentlich sollte er ihn zur Rede stellen, das Ganze sah verdammt nach frühzeitigem Dienstschluss aus. Schirmer überlegte einen Moment lang, ob er tatsächlich in die Sanitärräume stürzen und seine Dienstaufsichtspflicht wahrnehmen sollte, beließ es aber dabei. Er hatte keine Lust auf ein Gespräch mit einem nackten, vor Nässe triefenden Wenzel.

»Ist die Katze aus dem Haus …«, sagte er leise zu sich selbst und wandte sich Erhard zu, der auf dem Boden hockte und neugierig zu seinem Herrchen aufblickte. »Komm, Dicker. Sehen wir zu, dass wir tatsächlich das Haus verlassen.«

Auf dem Heimweg kamen sie an einem Einkaufszentrum vorbei. Schirmer kaufte Hundefutter, H-Milch und Zigaretten. Nach dem Verlassen der Tabaktrafik musste er sich eingestehen, dass er Erhard wohl zu lange hatte warten lassen. Der Hund stand neben einer Laterne und präsentierte seinem Herrchen voller Stolz den Haufen, den er gerade mitten auf den Gehsteig platziert hatte.

»Und dafür soll ich dich vermutlich auch noch loben«, fluchte Schirmer, während er die Leine löste. Schnell blickte er sich nach allen Seiten um. Keine Zeugen weit und breit, die Gelegenheit war günstig. Hastig verließen Hund und Herrchen den Tatort.

Zu Hause verstaute Schirmer den überschaubaren Einkauf in der Küche und holte im Anschluss daran den Karton mit seinen Wintersachen aus dem Keller. Alles roch muffig und war feucht. Mit gerümpfter Nase stopfte er die wenigen Kleidungsstücke, die seine Wintergarderobe darstellten, in die Waschmaschine, als ihm einfiel, dass er die durchgeschwitzten Sportsachen im Büro vergessen hatte. Mist.

Nachdem Erhard wie Schirmer Thunfisch aus der Dose gegessen hatte, machten es sich die beiden auf der Wohnzimmercouch bequem.

Als Schirmer erwachte, begann es draußen zu dämmern. Wie von der Tarantel gestochen fuhr er hoch und blickte auf die Wanduhr. Kurz nach sechs, zum Glück hatte er nicht die halbe Nacht verschlafen. Es blieb noch genügend Zeit, die Unterlagen durchzugehen. Gähnend streichelte er über den Rücken des fest schlafenden Tieres neben sich, während er nach dem Schnellhefter griff, den er eigentlich schon vor drei Stunden hatte durchgehen wollen, und sich eine Zigarette anzündete. Erhard räkelte sich, zuckte, träumte wohl.

Sonja Aumann war 1990 in Mödling geboren worden. Schirmer rutschte ein Stück tiefer ins Sofa und schüttelte den Kopf. So jung. 1990 hatte er gerade überlegt, ob er weiterhin in Wien Streife fahren oder um Zulassung zum Kriminaldienst ansuchen sollte.

Wo ist nur die Zeit hin, Schirmer?, wunderte er sich, während er weiterblätterte. Aumanns Eltern waren bei einem Verkehrsunfall ums Leben gekommen, Sonja, gerade mal neun, anschließend bei Pflegeeltern aufgewachsen, die laut den Datenbanken ebenfalls bereits tot waren. Es gab keine weiteren Angehörigen. Ein Ruck ging durch Schirmer, die berufsbedingte Neugier war in dem Kriminalbeamten erwacht. Er setzte sich auf und griff nach der Zigarette, die im Aschenbecher gloste. Einen tiefen Lungenzug später las er weiter.

Gymnasium, Abitur, Studium in Wien. Trotz der Prügel, die ihr das Schicksal zwischen die Beine geworfen hatte, war aus Sonja Aumann etwas geworden. Schirmer stellte sich eine zielstrebige Frau vor, die unbeeindruckt ihren Weg ging. Und er war mit Wenzel zufrieden. In der kurzen Zeit, die sie sich erst mit dem Fall beschäftigten, wenn es denn einer war, hatte sein jüngster Mitarbeiter einiges über die Journalistin zusammengetragen. Am Ende des Berichtes fand Schirmer sogar Bilder der Frau, die Wenzel aus dem im Dokumentenregister gespeicherten Datensatz zu Aumann kopiert hatte. Das Register beinhaltete Fotos von allen Bürgern, die einen Reisepass oder einen Personalausweis besaßen. Er blickte in ein Gesicht, das Wachsamkeit verriet.

»Wachsam und neugierig«, murmelte er und erntete dafür ein Grunzen von rechts. Erhard war aufgewacht. Der Mischling schüttelte sich, drehte sich ein wenig zur Seite und legte die Schnauze auf Schirmers Oberschenkel. »Neugierig, Dicker. Alle Pressefritzen sind neugierig. Wer weiß, wo die ihre Nase hineingesteckt hat? Womöglich in etwas, das ihr nicht bekommen ist.« Schirmer steckte den Bleistift in den Mund und ging in Gedanken das Gespräch mit Friedl noch einmal durch.

»Vögelt Zettl Aumann?«, kritzelte er auf ein weiteres Blatt, das er allerdings sofort zerknüllte und achtlos zu Boden warf. Eine weitere Frage, die von Belang war. Schirmer strich fast zärtlich über das Porträtfoto. Blondes Haar. Das gleiche Blond wie das von Clara. Er legte den Schnellhefter zur Seite und dachte angestrengt darüber nach, wo das verdammte Buch war, das Clara ihm geliehen, nein aufgezwungen hatte. Er kam nicht darauf. Der Wälzer, auf dessen Umschlag ein Mischwesen, halb Mensch, halb Elefant, abgebildet war, befand sich wohl doch bei Hasler.

»Wenn du Lust hast, führe ich dich in die Welt der Chakren ein«, hörte er seinen Assistenten sagen. »Nie im Leben hätte ich mir träumen lassen, dass ausgerechnet du Interesse an solchen Dingen entwickelst.«

»Vergiss es, Arno«, hatte Schirmer bärbeißig erwidert. »Das mache ich nur, weil ich der Tante das Gefühl geben will, dass wir sie ernst nehmen.«

Schirmer versuchte, wieder ins Hier und Jetzt zu finden. Mit aller Gewalt zwang er seine Gedanken weg von Clara und hin zu dem Schnellhefter. Noch einmal überflog er die Seiten, blätterte vor und zurück, um etwas zu finden, von dem er nicht wusste, was es war. Nirgendwo in den dreiundzwanzig Seiten war ein roter Faden erkennbar. Schirmer sprang auf, nahm das Telefon aus der Ladestation und wählte. Sein Anruf wurde sofort angenommen. »Wenzel, wo bist du?«

»Unterwegs.«

»Nicht mehr im Büro? Du hättest bis neunzehn Uhr Dienst gehabt, jetzt ist es kurz nach sechs. Was hast du nach dem Duschen gemacht? Da war es noch nicht einmal drei!«

Wenzel antwortete zögerlich. »Woher wissen Sie, dass ich geduscht habe?«

Schirmer genoss seinen kleinen Triumph. Einem alten Hasen wie ihm konnte man nichts vormachen. Wenzel war ins offene Messer gelaufen. Er klärte ihn über seinen Aufenthalt im Büro auf, verkniff sich das Lob über das Memorandum und beschwerte sich stattdessen, dass er den roten Faden nicht finden könne. »Klemm dich dahinter, Junge. Ich will die Ergebnisse der Spurensicherung so schnell wie möglich haben. Was ist mit dem Blut? Gibt es im Wagen verwertbare Spuren? Mach denen im Labor Dampf. Am besten sofort, du hast ohnehin etwas gutzumachen. Wie ich die Dinge sehe, bist du unerlaubt vorzeitig vom Dienst abgetreten.« Wie du selbst, Schirmer, ergänzte der Leiter der Mödlinger Kripo in Gedanken, ehe er seiner Neugierde freien Lauf ließ. »Was steckt hinter deinen seltsamen Arbeitszeiten? Antwort jetzt!«

»Also schön«, lenkte Wenzel ein. »Sie werden es ja doch herausfinden. Der Verkehrsoffizier hat eine neue Sekretärin. Mit der werde ich heute –«

»Oh mein Gott!«, unterbrach Schirmer lauter als beabsichtigt. »Der Verkehrsreferent! Wie passend. Junge, wie oft soll ich dir noch sagen, dass du deinen Stau nicht im Kolleginnenkreis abbauen sollst, das bringt nur Ärger. Muss es denn immer jemand aus unserer Firma sein?«

»Aber was soll ich denn dagegen tun, Chef?«

Schirmer konnte Wenzel förmlich vor sich sehen. Der Heißsporn zog vermutlich genau in diesem Augenblick den Kopf ein und hob dabei die Schultern, wie es seine Art war, wenn er sich rechtfertigen musste.

»Sie hat sich mir aufgedrängt! Ich habe sie getroffen, nachdem ich den Wagen aus der Werkstatt geholt hatte. Ein kurzes Gespräch auf dem Gang und zack!«

Schirmer wusste, dass die Geschichte nur bedingt der Wahrheit entsprechen konnte. Wenzel war ein Jäger, der nichts anbrennen ließ. Wenn das ausgesprochen gut aussehende, beinahe zwei Meter große Muskelpaket einmal Beute gewittert hatte, bearbeitete er das Objekt seiner Begierde so lange, bis er entweder eine Ohrfeige oder die Zusage für ein Date erhielt. Die Sache hatte bestimmt eine Vorgeschichte gehabt. »Aufgedrängt? Und zack? Ich glaube dir weder das eine noch das andere. Und jetzt ruf deinen Freund von der Spurensicherung an. Ich will wissen, wie weit der mit der Untersuchung des Wagens ist.«

»Aber in zehn Minuten soll ich Yvonne vor dem BPK treffen, Chef«, flehte Wenzel. »Wenn ich die Kleine versetze, dann –«

»Kannst du dir die Schnitte abschminken, genau«, fuhr Schirmer Wenzel in die Parade. »Heute werden keine Weiber aufgerissen. Spurensicherung anrufen! Labor anrufen! Und zack!« Schirmer legte auf. Er war zufrieden mit sich und der Welt. Pfeifend nahm er den Schnellhefter wieder zur Hand. Ein Detail war ihm doch aufgefallen. Zwar kein roter Faden, aber zumindest etwas, womit er beginnen konnte. Die Wohnung der vermissten Journalistin befand sich nur zwei Straßen weiter. Schirmer zog sich an, holte einen Dietrich aus dem Abstellraum und pfiff nach Erhard, der sich nur träge vom Sofa erhob.

11

Schirmer hätte es um einiges leichter haben können. Wie er aus Wenzels Bericht wusste, besaß die Hausmeisterin einen Zentralschlüssel zu den Wohnungen. Heftiges Klopfen an ihrer Tür, resolutes Auftreten und die Vorlage des Dienstausweises hätten gereicht, um ohne Komplikationen in das Apartment von Sonja Aumann zu gelangen. Doch der Leiter der Mödlinger Kripo bevorzugte ein anderes Vorgehen, zumal sein Bedarf an Kontakt zur menschlichen Rasse für diesen Tag mehr als gedeckt war.

Die Wohnung befand sich im zweiten Stock. Schirmer drückte das unversperrte Eingangstor auf, hob Erhard hoch und schlich die Stufen hinauf. Als er die buchefarbene Kunststofftür mit dem passenden Namensschild gefunden hatte, setzte er den Hund davor ab und begann, in den Taschen seiner Jogginghose zu kramen. Erhards Augen leuchteten hoffnungsfroh, er begann zu hecheln, aber leider kam nicht das zum Vorschein, was er sich gewünscht hatte. Das Ding in der Hand seines Herrchens glänzte im matten Weiß der Gangbeleuchtung metallisch und war nicht essbar.

Schirmer drehte das Werkzeug zwischen Zeigefinger und Daumen, als müsse er sich damit vertraut machen. Er hatte den Dietrich vor Jahren bei einem georgischen Einbrecher sichergestellt und ihn aufgrund seiner überaus professionellen Bauart behalten. Dafür war eine kleine Fälschung des Sicherstellungsformulars notwendig gewesen, die Schirmer mit dem dienstlichen Vorteil, den er eines Tages durch das Einbruchswerkzeug vielleicht haben würde, vor seinem polizeilichen Gewissen gerechtfertigt hatte. Heute endlich sah er sich in seiner Vorgehensweise bestätigt. Mit einem Siegerlächeln im Gesicht ruckelte er mit dem Dietrich im Türschloss so lange auf und ab, bis ein leises Knacken zu hören war. Behutsam drückte der Ermittler den Schließer nach unten und verschwand samt Hund wie ein Geist in Sonja Aumanns Wohnung.

Die Unordnung, die sich ihm im Vorraum bot, hatte nichts mit einer hastig durchsuchten Wohnung zu tun. Das hier war kein Tatort, niemand war in Sonja Aumanns intimsten Bereich eingedrungen und hatte sich durch das Leben der jungen Frau gewühlt. Die Journalistin nahm es offenbar nicht so genau mit der Sauberkeit oder hatte einfach zu viel um die Ohren, um die perfekte Hausfrau zu spielen. Schirmer tippte auf die zweite Möglichkeit. Müllsäcke, aus denen Papier, Plastik und allerhand anderes, undefinierbares Zeug quollen, standen an der Wand. Auf dem Boden lagen zwei verdreckte Flickenteppiche, die dringend einer Reinigung bedurften, an der Wand hingen ein Schlüsselbrett und ein Regal, auf dem sich leere Getränkedosen stapelten. Schirmer schaltete seine Taschenlampe ein und ging weiter.

Der restliche Teil der Wohnung hielt, was der Vorraum versprochen hatte. Großes Reinemachen war hier überfällig. Staub bedeckte fingerdick nahezu jedes Möbelstück.

»An was hast du gearbeitet? Was hat dich dein Umfeld so vernachlässigen lassen? Vermutlich bist du so besessen von deinem Job wie ich von meinem.« Er lachte kurz auf. Der Gedanke gefiel ihm und machte ihm die Frau sympathisch.

Schirmer schloss die Augen und vergegenwärtigte sich noch einmal die Räume, durch die er gegangen war. Vorraum, Wohnzimmer, Schlafzimmer, Küche, Bad, Toilette. Die Wohnung musste mindestens neunzig Quadratmeter groß sein. Ein Hauch von Neid regte sich in ihm. Wie konnte sich Aumann als Praktikantin so eine Wohnung leisten?

»Und du schuftest dich seit Jahrzehnten krumm und wohnst in einem Loch, das gerade mal halb so groß ist wie diese Wohnung.« Er stutzte, als er sich an einen Vorhang an der Wand erinnerte, gleich neben der Eingangstür. Schirmer ging in den Flur zurück und schob den zerschlissenen dunkelbraunen Stoff zur Seite. Er hatte das Arbeitszimmer gefunden. »Also hundert Quadratmeter.«

Auch hier bot sich ihm das gleiche Bild wie in den anderen Räumen. Ein Schreibtisch, ein Drehstuhl, ein volles Bücherregal, alles mit Staub bedeckt. Schirmer trat näher und griff nach einem Stapel Papier auf dem Rand der Tischplatte. Unter alten Zeitungen fand er eine Porträtaufnahme. Ein freundliches Männergesicht, Schirmer schätzte das Alter des Abgebildeten auf höchstens fünfundvierzig. Braun gebrannt, entspannt, dahinter strahlend blauer Himmel, am rechten Rand der Aufnahme ein Teil einer Palme. Ein Urlaubsfoto. Die perlweißen Zahnreihen des Mannes bildeten den Mittelpunkt des etwas unterbelichteten Bildes. Als Schirmer ein wenig nach vorne wippte, lenkte das leise Knirschen unter seinen Schuhsohlen seine Aufmerksamkeit nach unten. Ein kaputter Bilderrahmen aus Plastik. Schirmer hob ihn auf, schüttelte den Rest des noch vorhandenen Glases auf den Boden und legte das Bild in die Plastikumfassung. »Na bitte, passt perfekt.«

Ein Geräusch ließ ihn herumfahren. Ein tiefes, lang gezogenes Brummen, das irgendwo hinter ihm seinen Ursprung hatte. Kurz darauf breitete sich bestialischer Gestank aus.

»Du Sau«, fluchte Schirmer leise und blickte dabei zu seinem Hund.

Erhard lag zusammengerollt auf dem Flur vor dem Eingang zum Arbeitszimmer und tat, als würde ihn das alles nichts angehen.

»Verschwinde, bevor ich dir mit dem hier eins überziehe«, flüsterte Schirmer in Richtung seines Hundes und hielt dabei drohend den Bilderrahmen über seinen Kopf.

Erhard erhob sich schwerfällig und wackelte gelassen davon. Ein dumpfes Plumpsen verriet Schirmer, dass der Hund wenige Meter entfernt zum Liegen gekommen war. Er schüttelte den Kopf, untersuchte den Rest des Raumes und setzte dabei behutsam einen Schritt vor den anderen. Der Dielenboden knarrte bei jeder Bewegung. Er blieb vor einer Pinnwand mit zahlreichen Klebezetteln stehen. Diese Art der Gedankenarchivierung kannte er von seiner eigenen Art zu arbeiten. Manchmal notierte er auf den kleinen gelben Quadraten Belangloses, dann wieder Dinge, die sich – wenn auch erst später – als bedeutend erwiesen. Verfuhr Sonja Aumann genauso?

Brot
S
Frauenarzt!
Vladu

Schirmer pflückte die Zettel von dem Board wie reifes Obst vom Baum, steckte alle in seine Hosentasche und beschloss, auch das Foto des lächelnden Mannes mitzunehmen. Er wollte wissen, wer er war. Dann verließ er das Arbeitszimmer und ging noch einmal durch die anderen Räume. Im Badezimmer nahm er zwei Zahnbürsten an sich und stopfte sie in einen Plastikbeutel, den er vorsorglich mitgebracht hatte. Im Schlafzimmer durchsuchte er den Kleiderschrank und fand, auf dem Bauch liegend, unter dem Bett im Schein der schwächer werdenden Taschenlampe, einen Reisekoffer. Nichts Ungewöhnliches. Die Wohnung sprach nicht zu ihm. Erschöpft lehnte er sich an die Wand und gönnte sich eine Zigarette.

»Ich glaube nicht, dass Sonja Aumann verreist ist«, klärte er seinen Hund auf, der müde in das Zimmer schlich.

Als er die Eingangstür von außen ins Schloss drückte, trat ein Stockwerk unter ihm jemand aus einer Wohnung ins Treppenhaus. Husten. Das Klappern eines Schlüsselbundes, dann das hoher Absätze. Frauenschuhe. Die Geräusche wurden leiser und verloren sich schließlich. Vermutlich war die Person in die Tiefgarage gegangen. Schirmer blieb noch ein paar Minuten im Treppenhaus stehen und überlegte, in welcher Weise der in wenigen Stunden beginnende Arbeitstag seinen Anfang nehmen würde. Im Idealfall hatte Wenzel bereits die Ergebnisse der Spurensicherung parat. Außerdem mussten sie sich diesen Zettl zur Brust nehmen.

Erhard winselte. Wahrscheinlich vor Hunger.

»Schon gut«, flüsterte Schirmer. Er hob den Hund hoch und verschwand genauso lautlos aus dem Haus, wie er gekommen war.

12

15. Oktober

Er kannte die Staudners erst seit einigen Monaten und war überrascht gewesen, so schnell das Vertrauen des gut situierten Ehepaares gewonnen zu haben. Nur wenige Wochen hatte es gedauert, bis sie ihn zu sich nach Hause einluden.

Die Gründerzeitvilla befand sich in bester Wiener Lage, von der Terrasse aus konnte man bei klarem Wetter über die Stadt hinweg bis ins Marchfeld sehen. Das Haus war bis zum Dachboden vollgestopft mit Gemälden, Plastiken und Teppichen, die allesamt alt und teuer aussahen. Dr. Friedrich Staudner bezeichnete den Krempel als seinen Schatz, den er in mühevoller Arbeit zusammengetragen hatte.

Was für den Anwalt und seine Gattin, eine Steuerberaterin, wertvoll und einzigartig war, stellte für ihn nicht mehr dar als Staubfänger. Er interessierte sich nicht im Geringsten für das, was die Eliten des Landes gemeinhin als Kunst bezeichneten. Für ihn zählte einzig und allein die Tatsache, dass sich das Ehepaar kaufen konnte, was immer es wollte.

Ein halbes Jahr war vergangen, seitdem er die Staudners von einem Kollegen übernommen hatte. Neben den normalen Terminen kam es bald zu gemeinsamen Abendessen, Opernbesuchen und zahlreichen Runden auf dem hauseigenen Golfplatz. Vor wenigen Tagen war er nach dem Besuch einer uninteressanten Ausstellung im Kunsthistorischen Museum Wien in die Offensive gegangen. Beim Abendessen hatte er die Karten auf den Tisch gelegt. Wenige Tage nachdem er ihre Hoffnungen wie dünnes Glas zerbrochen hatte, trat er zwischen Hauptgang und Dessert als Erlöser auf. Und trotz der Erfahrung, die er mittlerweile besaß, war es anders gelaufen als geplant. Die Staudners hatten nicht so reagiert wie die meisten anderen Paare in ihrer Lage. Er war nicht brüskiert zurückgewiesen worden, hatte sich keinen Vortrag über seine Moralvorstellungen anhören müssen. Vielmehr hatte es den Anschein gehabt, als wäre sein Angebot genau das gewesen, worauf Marianne und Friedrich Staudner gewartet hatten.

Er schloss die Akte und sah auf. Wie zum Gebet faltete er die Hände, stützte sein Kinn auf die Fingerknöchel und schwieg zunächst. Er genoss Momente wie diesen gern, bevor er den Leidenden endlich das gab, wonach sie sich sehnten. Obwohl viel Geld im Spiel war und die Strafgesetzbücher eine andere Meinung dazu hatten, zweifelte er keine Sekunde daran, dass das, was er tat, gut war. Anders als damals, bei ihrem gemeinsamen Abendessen, wussten die Staudners, was sie erwartete.

»Bitte spann uns nicht länger auf die Folter.«

Er sah Dr. Staudner gütig an und lächelte. Erst vor wenigen Tagen hatte er den Advokaten in den Abendnachrichten bewundert. In einem hart geführten Interview hatte der Anwalt einen seiner Mandanten, einen ehemaligen Spitzenpolitiker, bis aufs Blut verteidigt. Im Prozess war es um Machtmissbrauch gegangen. Einer der vielen Fälle, die die österreichischen Gerichte seit Jahren beschäftigten. Der Moderatorin war es nicht gelungen, Staudner aus der Reserve zu locken.

Doch so abgebrüht der Advokat sich im Fernsehen präsentiert hatte, so verwundbar wirkte er jetzt. Der Schweiß stand ihm auf der Stirn, seine Stimme klang brüchig, seine zitternden Hände lagen in denen seiner Frau. Marianne Staudner saß eng an ihren Mann geschmiegt und presste sich immer fester in dessen Arm.

Bevor dich deine Frau in meinem Büro noch zerdrückt, erlöse ich euch lieber, dachte er amüsiert und sagte, was er zu sagen hatte.

Wenige Minuten nachdem er getan hatte, wofür ihn die Staudners teuer bezahlen würden, stand er auf und stellte sich zwischen die Eheleute. Sie hatten seine Anwesenheit völlig vergessen, schenkten nur dem Beachtung, was wenige Augenblicke zuvor durch Salzers Sprechstundenhilfe in den Raum gebracht worden war. Er legte beiden die Hände auf die Schultern und sprach, so sanft er konnte: »Auf dem Tisch liegt die Mappe, von der wir gesprochen haben. Darin findet ihr alles, was ihr benötigt. Beachtet bitte besonders das gelbe Kuvert mit dem Formular, das nur mehr deiner Unterschrift bedarf, Friedrich.« Bevor er sein Büro verließ, strich er der Frau noch kurz über den Rücken. »Nehmt euch so viel Zeit, wie ihr braucht. Und solltet ihr noch etwas benötigen, steht euch meine gute Amelie gerne mit Rat und Tat zur Seite, ihr müsst nur nach ihr rufen.«

Als er wenige Momente später den Flur entlangging, kamen ihm kurz doch Zweifel an seiner Vorgehensweise. Er blieb stehen und überlegte, ob er noch einmal umkehren sollte. Hatten sie den dezenten Hinweis bezüglich des Kuverts überhaupt mitbekommen? Lächelnd schüttelte er den Kopf. Natürlich hatten sie das. Der Betrag würde heute Abend, spätestens aber am nächsten Morgen auf dem Konto sein. Im Foyer nickte er Amelie freundlich zu und ging weiter bis zu den Treppen, die in das Kellergeschoss führten.

Ein Blick auf die Breitling. Sieben Uhr zwanzig morgens. Er hasste es, zu warten. Obwohl er zehn Minuten zu früh dran war, ärgerte er sich über Radulescu. Wo blieb der Rumäne? Sie hatten sich bereits vor dem Termin mit den Staudners getroffen, anschließend hatte Radulescu es vorgezogen, bis zum Abschluss des Geschäfts in seinem Wagen zu warten. Schließlich war er für das, was im Keller des Gebäudes vor sich ging, verantwortlich. Er lief zurück ins Foyer und blickte sich nach allen Seiten um. Endlich hörte er das markante Geräusch von genagelten Schuhsohlen auf Steinfliesen. Radulescu. Als der Rumäne um die Ecke bog, wusste er, dass die Sache im Keller jetzt endlich ein Ende haben würde.

13

Schirmer glich einem Marathonläufer im Endspurt. Das Zielband vor Augen, vom frenetischen Applaus Zigtausender getragen, die letzten Reserven mobilisierend. Er stellte sich vor, wie es wohl wäre, die verbleibenden Meter gegen Plasch um die Wette zu rennen. Es wäre ein Kampf zwischen Polizisten verschiedener Generationen, Schirmer ohne Zweifel in der bedeutend schlechteren Position. Altes musste Neuem weichen, das war nun mal der Lauf der Dinge. Unter dem Deckmantel notwendiger Reformen fraß der Fortschritt jeden Tag ein wenig mehr von dem auf, was für ihn einst Polizei gewesen war. Neue Arbeitsweisen, die mit einer Flut von neuen Handlungsanweisungen einhergingen. Der Mensch rückte immer mehr in den Hintergrund, verkam zu einem übernormierten Subjekt ohne Gesicht. Statt über Mitarbeiterzufriedenheit und Gesundheit nachzudenken, grübelten die schlauen Köpfe im Innenministerium beinahe jährlich über strukturelle Anpassungen des Polizeiapparats. Die Folge war ein Zustand permanenter Veränderungen, unter denen das gesamte Polizeikorps seit über einem Jahrzehnt litt. Schirmers Meinung nach war alles, was früher funktioniert hatte, zerstört worden. Nur Idealisten wie ihm war es zu verdanken, dass der Laden immer noch lief, wie er eben lief. Mist. Der Abstand zu Plasch wurde täglich größer. Schirmer konnte nicht mehr mithalten. Dies hier war nicht mehr seine Disziplin.

Er knöpfte seine Jacke auf. Es war viel wärmer als an den Tagen zuvor. Sollten die Temperaturen an diesen ersten Stunden des neuen Tages ein Gradmesser für das Wetter der kommenden Wochen sein, dann würde der Winter wohl doch noch einige Zeit auf sich warten lassen. Ein paar Schritte lang überlegte er, ob er vielleicht in der Wetterredaktion der »Mödlinger Zeitung« anrufen und die Schmierfinken für ihre falschen Vorhersagen maßregeln sollte.

Weiter, Schirmer, weiter.

Nach der Rückkehr aus Sonja Aumanns Wohnung war er vor dem Fernsehgerät eingeschlafen und um Punkt zehn wieder aufgewacht. Drei Stunden nachdem er zum Dienst hätte erscheinen müssen.

Die Leine straffte sich. Der verschlafene Erhard konnte seinem Herrchen nur mit Mühe folgen. Immerhin einer, dem er davonlaufen konnte. Auf der Wiener Straße, auf Höhe der Waisenhauskirche, gönnte Schirmer seinem Hund eine kurze Pause und nahm das Handy aus der Jackentasche. Auf dem Display sah er, dass Wenzel schon viermal angerufen hatte.

Völlig abgehetzt erschienen Hund und Herrchen kurz darauf vor dem Bezirkspolizeikommando, wo Schirmer Erhard endlich von der Leine ließ. Der Wachhabende öffnete ihnen die Tür, Erhard trappelte laut hechelnd und wegen der erlittenen Strapazen tödlich beleidigt den langen Gang entlang bis zu der Treppe, die in die oberen Stockwerke führte. Ein kurzes Innehalten, ein vorwurfsvoller Blick über die Schulter, dann war der Vierbeiner auch schon im Treppenhaus verschwunden.

»Was ist denn mit deinem Hund los?«, fragte der Wachhabende.

»Spinnt manchmal. Ganz so wie die Frauen, die in unregelmäßigen Abständen in mein Leben einschlagen«, antwortete Schirmer im Vorbeigehen und nahm dabei die Klebezettel und das Porträtfoto aus seiner Jackentasche.

Als er das Büro betrat, saß Erhard bereits auf Sarah Baloghs Schoß. Obwohl entkräftet und unentwegt hechelnd, fand der Hund noch genügend Kraft, die Leckerlis hinunterzuschlingen, die ihm seine Retterin unentwegt zwischen die Kiefer schob.

»Wir haben uns schon Sorgen um Sie gemacht, Chef«, sang Balogh mehr, als dass sie sprach, während sie Erhard verwöhnte.

Schirmers Nackenhaare sträubten sich bei dem Anblick. »Der soll nicht so viel fressen. Schafft ja nicht einmal mehr den Weg von zu Hause bis ins BPK, ohne dabei zu schnaufen wie eine Dampflok«, blaffte er. »Außerdem gibt's für meinen Hund kein zweites Frühstück. Er hat gerade erst eine Schale Trockenfutter verdrückt, das muss bis zum Abend reichen. – Wieso rechtfertige ich mich überhaupt vor dir?« In Schirmers Belehrung schwang unüberhörbar auch ein Hauch Eifersucht mit.

»Das ist Sarahs Mutterinstinkt, Boss.« Wenzel blickte über den Rand seines Monitors und grinste. Baloghs Reaktion, eine erhobene Hand mit ausgestrecktem Mittelfinger, kommentierte er mit fröhlichem Glucksen.

»Genug, ihr Streithähne!«, erstickte Schirmer den sich anbahnenden Konflikt bereits im Keim. »Wie ihr ja schon bemerkt habt, bin ich heute ein wenig später dran. Wir treffen uns in zehn Minuten im Besprechungsraum.« Schirmer suchte beleidigt das Weite. Sollte der dumme Köter doch auf Baloghs Schoß versauern.

Nachdem alle Platz genommen hatten, legte Schirmer ohne Umschweife los. »Mir gefällt die Sache nicht, da passt einiges nicht zusammen. Aumann ist wie vom Erdboden verschluckt. Drei Tage nachdem sie das letzte Mal bei ihrer Arbeit gewesen ist, finden wir ihren Wagen unversperrt nahe der Goldenen Stiege. Sie muss einen bestimmten Grund gehabt haben, dort raufzufahren. Ihre Wohnung befindet sich in der Andreas-Hofer-Gasse, mehr als zwei Kilometer vom Auffindungsort des Wagens entfernt. Für die Theorie mit der Parkplatzsuche ist das dann doch ein bisschen weit, ich denke, wir können sie verwerfen.«

»Wir stehen noch ganz am Anfang«, brachte Wenzel sich ein. »Außer dem wenigen, was ich über sie zusammengeschrieben habe, wissen wir praktisch nichts über die Frau.«

»Aber ein Mensch kann doch nicht durchs Leben gehen, ohne Spuren dabei zu hinterlassen«, meldete sich Balogh.

»Das werden wir herausfinden. Du, Sarah, wirst heute noch einmal die Datenbanken durchforsten. Ich will alles über Sonja Aumann wissen. Wo hat sie wann gewohnt und mit wem? Welche Autos hat sie bisher gefahren, wo kauft sie ein? Hat sie Geldprobleme, oder gibt es sonst etwas, das als auffällig bezeichnet werden kann? Ich will, dass wir das Leben der Frau sezieren. Höre dich auch bei ihren Nachbarn um, Sarah. Und du, Wenzel«, fuhr Schirmer fort, »hast du schon bei deinem Freund Ünal nachgefragt?«

»Die Spurensicherung hat im Wagen nichts gefunden, was von Relevanz für uns sein könnte. Aber –«

»Aber?«, wurde Schirmer ungeduldig. Das alles ging ihm viel zu langsam.

»Das Blut auf dem Asphalt ist laut der DNA-Analyse menschlichen Ursprungs und stammt von einer Frau.«

Schirmer klatschte begeistert in die Hände. »Sehr fein! Und ich habe noch etwas für euch.« Er öffnete den Plastikbeutel, der bis jetzt auf dem Tisch gelegen hatte, und entnahm die Zahnbürsten, die er aus Sonja Aumanns Wohnung hatte mitgehen lassen. »Mit dem Blut vergleichen. Die Kriminaltechniker sollen einen DNA-Schnelltest beantragen. Sollte es Probleme im Labor geben, will ich das sofort wissen. Die sollen ihre Ärsche in Bewegung setzen.«

Baloghs Kinn zeigte auf die Zahnbürsten. »Wo haben Sie die her?«

»Ich bin gestern Abend noch in Aumanns Wohnung gewesen und habe mich dort umgesehen. Zwei Zahnbürsten, entweder benutzt Aumann die abwechselnd, oder es gibt doch jemanden in ihrem Leben. Merke dir das, Sarah: Jeder Mensch hinterlässt Spuren, was auch immer er tut. Der da auch.« Schirmer hielt das Bild hoch und legte es neben die Zahnbürsten.

Balogh lachte laut auf. »Das gibt es doch nicht! So wird die ganze Sache fast schon zu einfach! Wieso haben Sie uns das nicht gleich verraten, Chef?« Sie deutete auf das Bild.

Schirmer hatte keine Ahnung, was sie meinte, und blickte ratlos zwischen Wenzel und Balogh hin und er. »Was denn? Was ist mit dem?«

»Machen Sie Witze? Sie wissen nicht, wer das ist?« Balogh nahm die Aufnahme an sich und tippte mit dem Zeigefinger darauf. »Herr Chefinspektor, darf ich vorstellen? Das ist Stefan Zettl, Chefredakteur der ›Mödlinger Zeitung‹.«

Schirmer ärgerte sich maßlos, dass er so wenig mit den Journalisten am Hut hatte. Hätte er auch nur Basiswissen über die ohnehin karge Medienlandschaft Mödlings gehabt, wäre ihm diese peinliche Situation erspart geblieben. »Das dachte ich mir schon«, log er. »Jonas Friedl hat mir geflüstert, dass Zettl angeblich etwas mit Aumann hatte.« Schirmer riss das Heft wieder an sich. »Den kaufen wir uns. Und hier habe ich noch etwas, Sarah.« Der kleine Stapel gelber Klebezettel aus Sonja Aumanns Wohnung landete wie aufgefächerte Spielkarten neben der Aufnahme von Zettl und den Zahnbürsten. »Geh das mal durch. Vielleicht hilft es dir ja bei deinen Nachforschungen. Allein für sich scheinen die Dinger zwar keinen Sinn zu ergeben, aber vielleicht kannst du ja ein erhellendes Ganzes draus machen.«

Nachdem Schirmer in sein Büro gegangen war, stellte er Erhard, der von Baloghs Platz zurückgekehrt war, eine Schale Wasser hin. Danach holte er die Pistole aus dem Waffenschrank, suchte erfolglos nach Handschellen und Pfefferspray und quittierte die flehenden Blicke seines Hundes mit einem gehässigen »Geh halt wieder zu deiner Sarah«. Hundetränen scherten Schirmer nicht. Nur das Piepsen seines Mobiltelefons bewahrte Erhard vor einer ausufernden Predigt seines Herrchens.

»Heute Mittagessen?«

Als er die Absenderin der SMS las, begann er zu lächeln. Er fühlte sich stark, hatte seinen Untergebenen eben die Marschrichtung vorgegeben und hatte mit Stefan Zettl womöglich einen Verdächtigen. Und er war begehrt. »Warum nicht?«, schrieb er zurück.

14

Das Büro von Stefan Zettl war größer als Schirmers gesamte Wohnung, durch die großflächigen Fenster an drei Seiten hatte man einen atemberaubenden Blick über ganz Mödling und das Umland. Dazu schwarze Möbel, schwarz gefliester Boden, Stahlrohrregale mit schwarzen Einlegeböden.

Schirmer empfand Mitleid mit der Putzfrau, die diese schwarze Unerträglichkeit jeden Tag vom Staub befreien musste. Er trat an eins der Fenster heran und blickte über die Dächer der Stadt. Rax und Schneeberg waren deutlich zu erkennen, ihre Gipfel glänzten in der Mittagssonne. Es schien, als würden die Spitzen der beiden Berge in Flammen stehen. Schirmer drückte die Stirn gegen das Glas und schloss die Augen. Sofort spürte er die angenehme Wärme der aufgeheizten Scheibe durch seinen Kopf strömen. Wie oft hatte sich Katja einen Ausflug zum Schneeberg gewünscht? Oder in den Wienerwald. Zum Neusiedler See. An die Grenze, um in den billigen ungarischen Läden sein sauer verdientes Geld verprassen zu können. In mehr als zwanzig Ehejahren waren sie ein einziges Mal weggefahren. Schirmer konnte sich nicht mal mehr an den Namen des Kaffs erinnern, in dem sie die längsten sieben Tage seines Lebens verbracht hatten. Sankt Irgendwas, an irgendeinem Badesee in Kärnten. Wie hatte es Katja nur so lange mit ihm ausgehalten?

Die Scheibe begann zu vibrieren. Schirmer öffnete die Augen und sah nach oben. Ein Hubschrauber flog tief über die Stadt hinweg und steuerte Richtung Mödlinger Krankenhaus. Im selben Moment zerriss ein schrilles Lachen die Fäden, die Schirmers Hirn gerade angefangen hatte zu spinnen. Es kam aus dem Vorzimmer, in dem Stefan Zettls Assistentin wohl gerade Wenzels Charme erlag. Die zierliche Schwarzhaarige hatte Schirmer um Geduld ersucht, bis Zettl Zeit für ihn habe, und ihn in dessen Büro gelassen. Wenzel war nach einem unmissverständlichen Kopfnicken seines Vorgesetzten im Vorzimmer geblieben.

Jetzt fragte sich Schirmer, ob Wenzel den Sinn dieser Geste richtig verstanden hatte. Das Gekicher ließ nicht gerade darauf schließen, dass sein Mitarbeiter die Schwarzhaarige über Sonja Aumann ausfragte.

»Arno hätte mich verstanden«, schnaubte Schirmer verzagt. Der treulose, auf Kur befindliche Hasler hätte behutsam ein Frage-und-Antwort-Spiel aufgezogen, die dunkelhaarige Versuchung nicht einmal mitbekommen, dass sie ausgequetscht wurde. »Sonja ist mehr als nur eine Praktikantin in der Chefredaktion«, hauchte Schirmer die Information, die er von Jonas Friedl bekommen hatte, an die Scheibe. Er drehte Rax und Schneeberg den Rücken zu, ging in die Mitte des Raumes und setzte sich auf einen Stuhl, der gegenüber von Stefan Zettls Schreibtisch stand. Kaum hatte er Platz genommen, wurde die Tür schwungvoll geöffnet.

»Guten Tag, Herr Chefinspektor. Verzeihen Sie bitte, dass ich Sie habe warten lassen. Wobei darf ich Ihnen behilflich sein?« Stefan Zettl durchschritt sein Büro genauso energisch, wie er die Tür geöffnet hatte. Mit federnden Schritten kam er auf Schirmer zu und drückte dessen Hand ein wenig zu fest.

Mit seinem Erscheinen hatten auch die Flirtkanonaden vor der Tür ein Ende gefunden, denn die Sekretärin war ihm gefolgt.

»Darf ich Ihnen etwas bringen lassen? Kaffee, Tee, Wasser?« Zettl setzte sich und lockerte den Knoten seiner Krawatte.

Schirmer winkte ab. »Ich bleibe nicht lange. Wir sind hier wegen Sonja Aumann.«

Zettl schickte seine Sekretärin raus, lehnte sich zurück und verschränkte die Arme vor der Brust.

Schirmer schätzte den Chefredakteur der »MZ« auf höchstens fünfzig. Sein solariumgebräuntes Gesicht und der pechschwarze, streng nach hinten gekämmte Haarschopf riefen Bilder in Schirmers Kopf hervor. Bilder von Gondolieri. Von spanischen Surflehrern und arbeitslosen Sonnenanbetern, die im Sommer ihre Tage lieber im Mödlinger Freibad verbrachten, statt auf Jobsuche zu gehen. Zettl war natürlich nichts davon. Schneeweiße Zähne strahlten mit Rax und Schneeberg um die Wette. Ganz so wie auf dem Bild aus Aumanns Wohnung. Schirmer zwang sich zurück in die Situation.

Zettls Körpersprache passte nicht zu der gespielten Offenheit, mit der er ihm begegnete, seine Arme waren immer noch abwehrend vor dem Oberkörper verschränkt. Der Mann war nicht authentisch. »Ach ja, Sonja. Eine seltsame Geschichte. Einer Ihrer Mitarbeiter hat mich vorgestern schon wegen ihr angerufen. Ich habe ihm gesagt, dass unser Küken seit einigen Tagen anscheinend blaumacht.«

Schirmer überlegte, ob er Zettl sofort mit dem Bild konfrontieren sollte, behielt seinen Trumpf aber dann doch noch im Ärmel und beschloss, das Spiel mitzuspielen. »Wir haben ihren Wagen unversperrt bei der Goldenen Stiege gefunden. In ihrer Wohnung ist sie nicht, überdies gibt es weitere Punkte, die uns Sorge bereiten.«

Lachen ertönte von draußen. Diesmal Wenzels.

»Könnte sie in einem Krankenhaus sein?«

Schirmer winkte ab. »Sämtliche auf der Hand liegenden Möglichkeiten haben wir bereits überprüft. Erzählen Sie mir etwas über Frau Aumann.«

»Ich kenne sie kaum«, antwortete Zettl. »Also, privat, meine ich. Sie arbeitet bei uns als Praktikantin, ist sehr tüchtig und wird sicher mal eine gute Journalistin.«

Schirmer nickte und hoffte, dass Zettl nicht die Wut bemerkte, die bei den Worten in ihm hochkam. »Hat sie in der Redaktion irgendwelche über das Berufliche hinausgehenden Kontakte?«

»Wie gesagt, ich kenne sie nur durch ihre Arbeit. Wahrscheinlich fragen Sie dazu besser meine Assistentin. Die ist ein wenig näher an den Mitarbeitern dran als ich.« Wieder lächelte Zettl.

Schirmer nahm die Zigaretten aus seiner Jackentasche und zeigte auf einen gusseisernen Aschenbecher, der Zettl als Briefbeschwerer diente.

»Bitte.« Zettl schob den Ascher über den Tisch. »Was genau macht Ihnen denn Sorgen?«

»Das kann ich Ihnen zum jetzigen Zeitpunkt leider noch

nicht sagen. Wir prüfen da so einiges.« Schirmer blies eine blaue Rauchwolke an die Decke und sah Zettl dabei in die Augen. »Sie beunruhigt das Verschwinden Ihrer Praktikantin nicht, wie ich feststelle?«

Zettl stand auf, drehte seinem Gast den Rücken zu und ging genau zu jener Stelle, an der Schirmer noch vor wenigen Minuten gestanden hatte.

Schirmer grübelte, ob Zettl wohl die brennenden Gipfel bewunderte oder im Geist seine nächste Lüge formulierte.

»Beunruhigen?«, sagte Zettl, immer noch aus dem Fenster schauend. »Sonja Aumann ist ein junges Ding. Wir wissen doch, was für Flausen Menschen ihres Alters im Kopf haben. Vielleicht ist sie mit einem Liebhaber durchgebrannt oder spontan zu einem Selbstfindungstrip nach Tibet aufgebrochen, was weiß denn ich?«

»Wie würden Sie Frau Aumann beschreiben? Soweit wir wissen, scheint sie ihren Beruf sehr ernst genommen zu haben. Wäre es unter diesen Voraussetzungen denkbar, dass sie mir nichts, dir nichts über Nacht abgehauen ist?«

»Ich muss das revidieren.« Zettl zeigte erstmals einen Anflug von Unsicherheit. »Aumann ist viel weiter als jede andere Praktikantin, die wir bisher hatten. Aus ihr wird eine gute Journalistin, wie ich schon sagte. Wenn ich darüber nachdenke, trifft das, was ich wegen der Flausen gesagt habe, bei ihr tatsächlich nicht zu.«

»Und während der vergangenen Tage haben Sie nicht eine Sekunde lang daran gedacht, die Polizei zu verständigen?«

Zettl wandte sich Schirmer zu. »Ich bin Sonjas Chef, nicht ihr Vater. Was glauben Sie, welche Dinge ich schon mit Mitarbeitern erlebt habe, aber ich mische mich nicht ein, wenn es ihre Arbeit nicht betrifft. Natürlich hoffe ich, dass ihr nichts zugestoßen ist. Ich gehe davon aus, dass Sie uns auf dem Laufenden halten?«

Schirmer stellte den Aschenbecher an seinen ursprünglichen Platz zurück. »Natürlich tun wir das.« Sonnenstrahlen brachen sich am Glas. Schirmer bemerkte den Ring an Zettls rechter Hand. »Sind Sie eigentlich verheiratet?«

»Was hat das mit Sonja Aumann zu tun?«

»Nichts«, lächelte Schirmer unschuldig. »Ich frage nur wegen des Rings.«

Zettl griff sich an den Ringfinger. »Seit siebzehn Jahren. Und das mehr als glücklich.«

»So viel Glück hatte ich leider nicht.«

»Benötigen Sie für den Moment noch etwas von mir, oder kann ich …?« Zettl trat zu seinem Schreibtisch und griff zum Telefon.

»Fürs Erste nicht.« Schirmer stand auf, hob den Zeigefinger und ließ einige Sekunden verstreichen, ehe er weitersprach. »Sie waren also auch nie in Frau Aumanns Wohnung oder mal mit ihr aus oder so etwas?«

»Da muss ich Sie enttäuschen, Herr Chefinspektor. Auch nicht so etwas. War es das jetzt?«

»Vorläufig.«

Zettl wählte eine Nummer. »Übrigens tolle Geschichte, die Sie da im August abgeliefert haben. Und natürlich glänzend für die ›Mödlinger Zeitung‹.« Er zeigte mit dem Hörer in Schirmers Richtung. »Ihre Ermittlungen haben Jonas Friedl eine packende Story beschert. Die Auflage in dieser Zeit war zwanzig Prozent höher als gewöhnlich. Ich hoffe, wir sehen uns bald wieder.«

»Das werden wir. Davon bin ich überzeugt«, flüsterte Schirmer, als er grußlos den Raum verließ.

»Er hat mich angeschmiert. Von hinten bis vorne hat mich dieser Lackaffe belogen«, hustete Schirmer, nachdem er für Wenzel vor dem Bürogebäude das Gespräch mit Zettl rekapituliert hatte.

»Und wie hat er das mit dem Foto erklärt?«

»Danach habe ich ihn noch nicht gefragt. Wir werden jetzt alles schön aufbereiten und die Auswertung der DNA-Proben abwarten. Wenn die Untersuchung einer der Zahnbürsten auf einen Mann hinweist, holen wir uns unseren Strahlemann da oben zur Abgabe einer Speichelprobe.« Schirmer warf die Zigarette zu Boden. »Und dann zerreiße ich den Typen in der Luft.«

»Aber wenn es so ist, wie Sie denken, Boss, dann ist Aumann doch in höchster Gefahr. Da oben sitzt der Schlüssel zu ihrem

Verschwinden, sollten wir der Staatsanwaltschaft nicht wenigstens einen Zwischenbericht vorlegen und um Weisungen bitten?«

»Wenn es so ist, wie ich denke, dann ist die Kleine bereits tot, mein Junge«, antwortete Schirmer mit einer Gleichgültigkeit, die Wenzel nicht zum ersten Mal, seit er mit Schirmer zusammenarbeitete, erschauern ließ. »Und sollte sie wider Erwarten doch noch am Leben sein, wird er sie jetzt, da er uns im Nacken spürt, bestimmt nicht umbringen.« Schirmer grunzte zufrieden. »Wie ist es mit der Schwarzhaarigen gelaufen?«

»Simone ...« Wenzel hielt seinem Vorgesetzten eine Visitenkarte mit dem Logo der ›Mödlinger Zeitung‹ vor die Nase. »Wir gehen demnächst mal aus.«

»Du bist echt der Wahnsinn«, schnaufte Schirmer. »Hat sie dir etwas über Aumann geflüstert?«

Wenzels Gesicht lief rot an. »Also, äh ... von Aumann haben wir nicht gesprochen.«

»Warum denn auch.« Schirmer beschloss, es dabei zu belassen. Die vorhin erhaltene SMS kam ihm wieder in den Sinn. »Fahr du schon mal vor. Ich esse hier in der Gegend einen Happen.«

15

Nachdem die Polizisten endlich sein Büro und das Vorzimmer verlassen hatten, legte Stefan Zettl den Hörer zurück auf die Gabel und blickte aus dem Fenster. Es dauerte eine Weile, bis er die beiden Männer aus dem Haus kommen sah. Von hier oben konnte er sie nur schwer auseinanderhalten. Der, den Zettl für Schirmer hielt, gestikulierte wild, als könne er seinen Worten dadurch mehr Ausdruck verleihen. Die beiden besprachen sich offenbar.

Zettl kratzte sich im Gesicht. Angestrengt dachte er darüber nach, ob er sich irgendwie verraten hatte. Ihm war beinahe das Herz in die Hose gerutscht, als Simone ihn vom Auftauchen der Polizisten unterrichtet hatte. Beim Gedanken an die Beamten, die womöglich einen Haftbefehl gegen ihn bei sich trugen, war ihm der Schweiß ausgebrochen. Während sie im Büro auf ihn warteten, hatte er sich auf der Toilette eingesperrt und zum tausendsten Mal über den verhängnisvollen Abend nachgedacht. Wie jeden Montag hatten sie sich in der kleinen Trattoria hinter dem Standesamt getroffen, einige Drinks gekippt und waren dann zu ihr nach Hause gefahren. Es folgten noch mehr Alkohol, hemmungsloser Sex, eine Prise Kokain, der Streit und wieder die alles verzehrende Gier nach ihrem Körper. Er war nackt neben ihr eingeschlafen und dann völlig verschmutzt in Straßenkleidung auf dem Sofa aufgewacht. Der unablässige Versuch, sich an das zu erinnern, was passiert war, trieb ihn schier in den Wahnsinn. Und zu allem Überfluss vermisste er seit diesem Abend auch noch seine Brieftasche, in der sich Fahrerlaubnis, Kreditkarten und jede Menge Visitenkarten befanden.

Jetzt ballte er die rechte Hand zu einer Faust. Die Knöchel schmerzten, Abschürfungen der Haut boten weiteren Raum für Spekulationen. Zum Glück hatte Schirmer nichts davon gemerkt. So wie er diesen unsympathischen Kriminalbeamten einschätzte, hätte er ihn ansonsten gelöchert, ihm Fragen gestellt, auf die er selbst keine Antworten wusste. Er ging zur Minibar und nahm einen kräftigen Schluck aus der erstbesten Flasche.

16

Adrian Radulescu war nach der strapaziösen Reise übermüdet und gereizt. Drei Tage hatte die Fahrt in Anspruch genommen, weil sie überlastete Hauptverkehrsrouten gemieden und weniger frequentierte Straßen benutzt hatten. Für die kurzen Ruhepausen hatten sie billige Absteigen in Dörfern und Kleinstädten gewählt, von denen Radulescu noch nie in seinem Leben gehört hatte. Pavel und er waren abwechselnd wach geblieben. Und wachsam. In ihrer Branche ging es oftmals gefährlich zu. Wollte man erfolgreich sein, waren Schwächen nicht erlaubt. Und seit sie Rumänien hinter sich gelassen hatten, hatten sie mit allem rechnen müssen. Die Arme derer, die Radulescu und seine Leute schützten, reichten nicht weiter als bis zur Grenze. Es war möglich gewesen, dass die Konkurrenz von ihrem Geschäft Wind bekommen hatte und bereits hinter ihnen her war. Nicht auszudenken, wenn ihnen eine rivalisierende Organisation die Ware abgejagt hätte.

In dem Augenblick, in dem Adrian Radulescu nun die Kellertreppe hinabstieg, wog der Ärger über die anstrengende Reise schwerer als die Aussicht auf eine schöne Stange Geld, die noch heute auf einem seiner Nummernkonten landen würde. Und zu allem Überfluss war da noch der Mann im Arztkittel vor ihm, der bei ihrem Abstieg in das Verlies einfach nicht aufhören wollte, sinnloses Zeug von sich zu geben. Radulescu deutete das für den Mediziner untypische Verhalten als Versuch, die Nervosität zu überspielen, die in jedem seiner Worte mitschwang. Als der Mann dann auch noch abrupt stehen blieb, sodass Radulescu in ihn hineinlief, verlor der Rumäne beinahe die Fassung. »Seien Sie doch vorsichtig, Sie Idiot!«, herrschte er seinen Vordermann an.

»Die Stufen sind uneben und ziemlich rutschig«, rechtfertigte sich der Arzt, während er sich am Hinterkopf rieb, der mit Radulescus Stirn kollidiert war. Bestimmt würde eine Beule bleiben.

»Passen Sie auf, wo Sie hintreten«, fuhr er im Weitergehen fort. »Wenn es quietscht, ist es eine Ratte. Die haben hier unten das Sagen.« Der Arzt lachte gekünstelt. »Und sehen Sie sich bitte auch wegen der Wände vor.«

Zu spät. Radulescu hatte mit seiner Schulter bereits die Wand berührt, feuchter Putz hob sich als heller Fleck von seinem Mantel ab.

Endlich erreichten sie das Ende der Treppe, und der Arzt schloss eine grün lackierte Stahltür auf, über der ein Notlicht brannte. Trotz ihrer Größe schwang das rostende Monstrum erstaunlich leicht und nahezu geräuschlos nach innen.

Nachdem sie den Raum betreten hatten, musste Radulescu mehrmals blinzeln, um seine Augen an das Halbdunkel zu gewöhnen. Sie befanden sich jetzt drei Stockwerke unter dem Erdgeschoss des Gebäudes in einem Bereich, der in keinem Plan eingezeichnet war. Nur wenige Menschen wussten von der Existenz der Kammer, die Jahre nach Fertigstellung des Baus hinzugefügt worden war. Radulescu sah sich um. Allmählich konnte er Umrisse erkennen. Ein Tisch, ein Schrank, ein Stahlrohrbett. Dazu der Gestank von Kot, Urin und Erbrochenem: Es roch nach Mensch.

Der Arzt tastete sich an der Wand entlang, bis er den Lichtschalter gefunden hatte. Es klickte leise, dann wurde das Verlies in das schwache Licht einer summenden Glühbirne getaucht.

Radulescu sah nach der Frau. Nackt, verletzt, wehrlos, willenlos. Der Anblick gefiel ihm.

»Was werden Sie mit ihr tun?« Der Arzt biss sich auf die Unterlippe. »Ich habe sie in den vergangenen Tagen mehrmals sediert und kann nicht garantieren, dass sie noch lange durchhalten wird.«

»Isst und trinkt sie?« Radulescu blickte gleichgültig zur Seite.

»Sie bekommt Infusionen.«

Der Rumäne ging zu dem Klapptisch und betrachtete die Gegenstände, die darauf angeordnet lagen. Schließlich griff er nach einer Spritze und hielt sie ins Licht. »Vergessen Sie die Infusionen«, flüsterte er heiser in fast perfektem Deutsch und legte die Spritze behutsam an ihren Platz zurück. »Sie muss nicht mehr durchhalten.«

»Aber wenn ich jetzt mit den Infusionen aussetze, stirbt mir das Mädchen binnen zwei Tagen. Ich bin Arzt, kein Mörder.«

»Kriegt sie etwas mit?«, überging Radulescu die Einwände des Arztes.

Der andere tupfte sich die Stirn mit einem Stofftaschentuch trocken. Trotz der Kälte, die hier unten herrschte, hatte er stark zu schwitzen begonnen. »Ich denke nicht. Ich sollte das Mittel stark genug dosiert haben.«

»Sie haben Ihren Teil der Abmachung vorbildlich erfüllt, Herr Doktor. Ab jetzt kümmern wir uns um die Frau. Wo ist Makeev?«

»Ich habe ihn in einer Pension am Stadtrand untergebracht.« Der Mann, dessen Name Salzer war, zeigte auf die Frau. »Wie geht es jetzt mit ihr weiter?«

»Wir werden sie mitnehmen.« Radulescu drehte den Kopf nach hinten und stieß einen leisen Pfiff aus. Wie ein Schatten kam Pavel in den Raum geschlichen.

Salzer hatte nicht bemerkt, dass Radulescus Fahrer hinter ihnen die Treppen herabgestiegen war.

»Lassen Sie den Rest nur unsere Sorge sein«, beendete Radulescu das Thema. Er griff sich an den Nacken, der von den letzten Tagen völlig verspannt war. Entgegen seinem ursprünglichen Vorhaben war es nun nicht mehr nötig, das Mädchen auszuquetschen. Der Journalist hatte vor seinem Tod gesungen wie ein Vogel, Oprita würde in den Dörfern seines Zuständigkeitsbereiches dafür sorgen, dass niemand redete, und wie es mit Stefan Zettl weitergehen sollte, stand für Radulescu auch schon fest. In seinem Job musste man unsichtbar bleiben, koste es, was es wolle, ein Zeuge war ein Risikofaktor, den es auszuschalten galt. Was er jetzt brauchte, war ein heißes Bad und ein paar Stunden Schlaf. »Wo werden mein Chauffeur und ich unterkommen?«

»Ich habe ein Gästezimmer für Sie vorbereiten lassen.«

»Gut, Herr Doktor, sehr gut. Entspannen Sie sich. Alles kommt in Ordnung. Adrian Radulescu hinterlässt keine Probleme, wenn er mit der Arbeit fertig ist. Sagt Ihnen die Ware zu?«

Der Arzt schluckte. Er konnte nicht fassen, dass ein Mensch das Thema so leicht wechselte. Vom Tod zum Geschäft. Er nickte stumm.

»Sehr schön.«

»Da ist noch etwas.« Salzer griff in die Tasche seines Kittels und gab Radulescu das Portemonnaie und das Mobiltelefon, die er schon seit Tagen mit sich herumtrug. Radulescu reichte die Gegenstände an Pavel weiter.

»Was machen wir mit ihren Sachen?«, fragte Salzer den Rumänen. »Ich habe einen Blick in den Speicher des Telefons geworfen, um sicherzugehen, dass keine Dinge darauf gespeichert sind, die uns belasten könnten.«

»Sind Sie verrückt, Mann?«, fuhr Radulescu ihn an. »Dass man die Dinger orten kann, haben Sie wohl in Ihre Überlegung nicht mit einbezogen?«

Salzer senkte beschämt den Kopf.

»Verbrennen«, wies Radulescu Pavel an. »Und beten Sie, dass Sie uns mit Ihrer dummen Vorgehensweise nicht in Schwierigkeiten gebracht haben.« Dann verließ er den Raum, ohne die Frau eines weiteren Blicks zu würdigen. Für ihn war sie schon tot. Tot wie der Journalist, der in den Grenzdörfern zu viele Fragen gestellt hatte. Tot wie bald schon Zettl. Makeev würde dafür sorgen.

17

Schlag zwölf öffnete Schirmer die Tür der an der Enzersdorfer Straße gelegenen Pizzeria. Er war hier noch nie zu Gast gewesen, konnte sich aber an einen Einbruch erinnern, den er vor Jahren in dem Lokal aufgenommen hatte. Der Täter war damals durch ein offen stehendes Fenster eingestiegen. Obwohl Schirmer sich sicher gewesen war, dass es einen Komplizen in den Reihen des Personals gab, konnte die Tat nicht aufgeklärt werden.

Schon beim Betreten des Lokals empfand Schirmer Unbehagen. Die eben noch vorhandene Selbstsicherheit fiel in sich zusammen wie ein Kartenhaus. Dieser Italiener war zu sauber, zu aufgeräumt, zu nobel und mit Sicherheit auch viel zu teuer für ihn. Er bevorzugte Gaststätten wie Alis Kebabhaus, in denen es viel Essen für wenig Geld gab. Ob der Boden dabei aus billigen Fliesen oder wie hier aus teurem Marmor bestand, war dem Leiter der Mödlinger Kripo herzlich egal.

Clara Ritter saß an einem Tisch beim Fenster. Sie blickte in den verwaisten Garten hinaus, der schon winterfest gemacht worden war. Schirmer griff sich an die Brust. Sein Herz schlug auf einmal so heftig, als wolle es platzen. Eben noch der scharfsinnige, mit allen Wassern gewaschene Ermittler, mutierte er binnen weniger Momente zum pubertierenden Teenager vor seinem ersten Rendezvous. Dies hier war ein Auswärtsspiel auf fremdem Boden, mit fremden Regeln. Das bezaubernde Geschöpf drehte den Kopf zu ihm und lächelte ihn einladend an. Bis in den hintersten Winkel seiner Seele schien es zu blicken, Schirmer fühlte sich nackt.

Umdrehen, Schirmer. Umdrehen und wegrennen.

Zu spät. Clara fesselte ihn förmlich, zog ihn Schritt für Schritt in das Lokal hinein.

»Schön, dass du es einrichten konntest.« Clara stand auf, ging auf ihn zu, und ehe er sich versah, hatte sie auch schon ihre Arme um ihn geschlungen. Nasse Küsse auf beide Wangen, der süße Duft eines Parfums.

Dass sie ihn eben geduzt hatte, drang erst zeitverzögert in Schirmers Bewusstsein. Er blähte die Wangen wie ein Breitmaulfrosch und löste sich sachte, aber bestimmt aus ihrer Umklammerung. »Keine Ursache. Ich meine, gerne ... habe sowieso schon Riesenhunger«, stammelte der Ermittler, während er Clara zum Tisch folgte und auf dem zweiten Stuhl Platz nahm.

Das Blut im Ermittlerkopf begann zu rauschen. Die Stromschnellen in seinem Schädel übertönten Claras Stimme, er bekam nichts von dem mit, was sie zum Kellner sagte. Lippen, die sich bewegten, ihre Hand auf seinem Oberarm, ein fragender Blick.

»... oder möchtest du lieber etwas anderes bestellen?«

»Nein, nein, hört sich gut an«, täuschte Schirmer vor, alles verstanden zu haben, und hoffte dabei inständig, dass sie keinen Fisch gewählt hatte. Kiementiere hasste er so sehr, wie er Kebab und Paniertes liebte. »Übrigens muss ich Ihnen ... also, dir ein Kompliment machen. Du siehst hinreißend aus.«

Verdammt, Schirmer. Hast du das eben wirklich gesagt?

Clara bedankte sich, dann kam der Kellner zurück und stellte zwei Gläser vor ihnen ab. Nicht mit Wein, sondern mit fermentiertem Kräutertee, wie Schirmer sofort erkannte. Clara musste das Zeug während seiner tauben Phase bestellt haben.

»Bist du nicht überrascht, dass ich dich so einfach zum Essen einlade? Immerhin kennen wir uns kaum, und ich habe die Nummer auf deiner Visitenkarte für ein privates Anliegen missbraucht.«

Wieder dieser durchdringende Blick, dem Schirmer nur kurz standhielt. Wenigstens wusste er jetzt, dass sie grüne Augen hatte. »Äh ... nein. Ich meine, ja. Das heißt, ich weiß nicht genau, was ich darauf antworten soll. Das mit der Nummer geht schon in Ordnung, ich meine, es macht mir nichts aus, dass du mich privat kontaktierst. Ach was, ich halte jetzt besser mal den Mund.«

Clara hob das Glas und prostete Schirmer zu. Nachdem sie einen Schluck getrunken und sich eine Weile angeschwiegen hatten, ergriff sie wieder die Initiative. »Na schön, Herr Kommissar. Du wirst mich vielleicht für verrückt halten, aber ich muss das jetzt tun«, flüsterte sie aufgeregt und begann, in ihrer Handtasche herumzuwühlen.

Schirmer beobachtete sie wie gelähmt. Was kam jetzt? Ein Foto von einem Mann, der ihr nachstellte? Eine Strafe wegen Falschparkens, die er für sie aus der Welt schaffen sollte?

»Sieh mich nicht so streng an. Du denkst sicher, ich habe dich eingeladen, weil ich etwas von dir als Polizist brauche«, murmelte sie, ohne dabei die Nase aus ihrer Tasche zu nehmen.

Schirmer zuckte zusammen. Sie wurde ihm immer unheimlicher. Konnte sie etwa tatsächlich Gedanken lesen?

Endlich schien sie gefunden zu haben, wonach sie gesucht hatte. Laut stieß sie Luft aus und zog dabei ein Kuvert aus der Tasche. »Ich sage dir, die Handtasche einer Frau ist ein wahrer Mikrokosmos.« Clara reichte ihm den Umschlag über den Tisch. »Öffnen und vorlesen.«

Schirmer zögerte einen Moment, griff dann aber doch nach dem elfenbeinfarbenen Umschlag. Eine Strafanzeige enthielt er auf keinen Fall, dafür sah er viel zu teuer aus.

Der Kellner servierte die Speisen, und Schirmers Herz sank.

»Ich hoffe, du magst Lachsravioli«, sagte Clara, den Blick gespannt auf das Kuvert gerichtet.

Schirmer schob den eben vor ihm abgestellten Teller mit einem undefinierbaren Seufzer zur Seite und öffnete den Umschlag. Eine Glückwunschkarte kam zum Vorschein.

»Liebe Clara«, begann er so leise wie möglich zu lesen, »heute ist dein Geburtstag. Und weil es in Österreich vermutlich niemanden gibt, der dir zu deinem Sechsundvierzigsten gratuliert, springe ich ein und mache dir dieses Geschenk.« Schirmer legte seine Stirn in Falten. Er hatte nicht die leiseste Ahnung, was das zu bedeuten hatte.

»Ich lebe allein, wie du vielleicht weißt«, erklärte Clara. »Es gibt in Mödling niemanden, zu dem ich näheren Kontakt habe. Niemanden außer meinen ›Polizisten im Rayon‹.«

Schirmer stand kurz davor, zu hyperventilieren.

»Ich habe mir gedacht, dass wir beide möglicherweise ganz gut miteinander könnten«, setzte Clara fort.

Nicht aufsehen, Schirmer. Jetzt bloß nicht aufsehen.

»Versteh das bitte nicht falsch, aber ich weiß, dass es dir ähnlich geht wie mir. Wir könnten doch beide ein wenig Gesellschaft vertragen.«

Schirmers Kopf bewegte sich wie von einer höheren Macht geleitet langsam nach oben. Fassungslos starrte er Clara an.

Sie lachte nervös, nahm die Gabel und begann, in den Ravioli herumzustochern. »Schau mich nicht an, als hätte ich dir gerade ein unmoralisches Angebot gemacht, Herr Kommissar. Du bist allein, ich bin allein. Wir könnten doch ab und zu etwas miteinander unternehmen.«

»›Chefinspektor‹ heißt das in Österreich«, war alles, was Schirmer herausbrachte.

»Na gut, Chefinspektor«, sprach Clara artig nach. Sie spießte einige Ravioli auf und führte sie langsam zu ihrem Mund. »Und jetzt lies die Karte zu Ende.« Die rautenförmigen Teigwaren verschwanden hinter ihren Lippen.

»Gutschein für einen Feuerlauf zu zweit.« Stille. Das Klappern von Geschirr und die Unterhaltungen der übrigen Gäste drangen nur noch wie durch Watte zu ihm vor.

»Ist das nicht aufregend?« Clara legte die Gabel zur Seite. »Ich habe mir einen Feuerlauf geschenkt, und du wirst mich begleiten. Wir werden im kommenden Jänner, wie ihr Österreicher so schön sagt, über einen Teppich aus glühenden Kohlen laufen.«

»Toll.« Die einzige Glut, die Schirmer freiwillig an sich heranließ, war jene seiner Zigaretten. Plötzlich hatte er Sehnsucht nach einem tiefen Lungenzug und einem dringenden Anruf, der ihn hier rausholte.

»Ich merke schon, du weißt nicht, worum es dabei geht. Über Kohlen zu laufen, das bedeutet, sich zu überwinden. Zu glauben, Vertrauen zu fassen, tief verwurzelte Ängste zu besiegen. Und obwohl ich noch nicht viel von dir weiß, ist mir eines doch sonnenklar.« Sie trank von dem Kräutertee.

»Ängste?«, krächzte Schirmer.

»Tief in dir steckt ein guter Kern. Deine raue Schale hast du dir zugelegt, um dich vor dem zu bewahren, was dir Angst macht. Vor Veränderungen, vor Neuem, vor allem, was fremd ist und den wahren Harald Schirmer in seinem Innersten berühren könnte.«

»Du hast also heute Geburtstag?« Schirmers Hand wanderte langsam unter die Tischplatte und verschwand in seiner Hosentasche. Wo war nur das verdammte Handy? »Außer dir alles Gute zu wünschen, weiß ich erst mal nicht, was ich dazu sagen soll«, spielte er auf Zeit. Endlich bekam er das Telefon zu fassen.

»Musst du auch nicht. Zumindest jetzt nicht. Denke darüber nach und iss. Deine Ravioli werden kalt.«

18

»Hallo, Stefan. Unsere hübsche Empfangsdame sagte eben, dass du mich noch vor dem Mittagessen sehen möchtest?« Jonas Friedl grinste spitzbübisch, als er in der Tür stand.

»Setz dich einen Augenblick. Ich muss etwas mit dir besprechen.« Stefan Zettl zeigte auf die Ledercouch, die in einer Ecke seines Büros stand.

Jonas Friedl war überrascht. Dort empfing der Chefredakteur vielleicht den Bürgermeister, einflussreiche Landespolitiker oder Vorstandsmitglieder des Konsortiums, das sich die »Mödlinger Zeitung« vor einigen Jahren einverleibt hatte, seine Mitarbeiter mussten für gewöhnlich auf den unbequemen Stahlrohrsesseln vor seinem Schreibtisch Platz nehmen. Es sei denn, bei dem Mitarbeiter handelte es sich um eine von den Praktikantinnen, die Zettl vorzugsweise am späten Nachmittag empfing, um …

»Nimmst du auch einen?«

Das Klirren zweier Gläser, die aneinanderschlugen, riss Jonas Friedl aus seinen Gedanken.

»Ach, was frage ich. Sicher nimmst du einen.« Zettl setzte sich neben Friedl und griff nach der Flasche mit der bernsteinfarbenen Flüssigkeit, die auf dem Couchtisch stand.

»Alkohol vor dem Essen? Das wird mich umbringen«, protestierte Jonas Friedl der Ordnung halber. Natürlich wusste er, dass man gefälligst zu trinken hatte, wenn Zettl es einem anbot. Stefan Zettls Wort war Gesetz bei der »MZ«. Schweigend prosteten sich die Journalisten zu, und obwohl Jonas Friedl nur an seinem Glas nippte, verspürte er sogleich ein Brennen in der Kehle. Wasser trat ihm in die Augen.

»Ich sehe, er schmeckt dir«, lachte Zettl und schenkte sich nach. »Den habe ich aus Schottland mitgebracht. Nur ausgewählte Personen kommen in den Genuss.«

Jonas Friedls innere Stimme schlug Alarm. »Dann muss ich mich jetzt wohl geehrt fühlen«, lachte er und stellte das Glas vor sich auf den Tisch. Das Äußere seines Chefredakteurs wirkte perfekt wie immer. Die Haare mit Gel nach hinten geklatscht, gebräuntes Gesicht, gezupfte Augenbrauen, gebleichte Zähne. Maßanzug. Rolex. Einzig die tiefen Ringe unter seinen Augen und die Nervosität, die heute von ihm ausging, waren ungewohnt für Friedl. Er hatte seinen Chef noch nie so aufgekratzt erlebt.

»Du kennst diesen Schirmer doch näher?«

Jetzt war die Katze aus dem Sack, und Friedl stellte zufrieden fest, dass er sich auf sein Gespür verlassen konnte. »Unser Kripohäuptling.« Er lehnte sich zurück und strich über seinen Kinnbart. »Näher kennen ist zu viel gesagt. Er redet mit mir, und das allein ist schon als Erfolg zu werten, wenn man weiß, wie er sonst mit der Presse umgeht. Bis in die kleinste Zelle seines Körpers ein Menschenfeind. Man sagt, er könne nur zu seinem Hund nett sein. Und ab und zu auch zu Arno Hasler, seinem Assistenten. Seltsam, dass du mich nach Schirmer fragst. Ich habe erst gestern mit ihm gesprochen.«

Die dosiert verabreichte Information zeigte augenblicklich Wirkung. »So? Was wollte er von dir?«, fragte Zettl eine Spur zu erregt.

Intuitiv beschloss Friedl, seinem Chef einen weiteren Happen zu servieren. »Er wollte mich über Sonja ausfragen, sie soll verschwunden sein. Hast du eine Ahnung, was das zu bedeuten hat?«

»Verschwunden«, murmelte Zettl nachdenklich, ehe er sich wieder Friedl zuwandte. »Die Kleine hat sich vor einer Woche telefonisch krankgemeldet. Schirmer war vorhin da und hat mich dazu befragt. Ich habe versucht, ihm klarzumachen, dass junge Leute sehr sprunghaft sein können. Vielleicht ist sie ja gar nicht krank und braucht Zeit, um über ihr Leben nachzudenken? Hat ihr der Job bei uns nicht zugesagt? Oder ist sie mit einem Lover durchgebrannt? Was weiß denn ich! Wäre allerdings trotzdem schade, ich hätte sie irgendwann mal gerne fix bei uns angestellt.«

Jonas Friedl zuckte mit den Achseln. »Ich habe Schirmer gesagt, dass ich praktisch nichts über sie weiß. Außer natürlich dass sie sicher ihre Qualitäten hat, sonst wäre sie nicht Praktikantin bei uns.« Sofort wurde Friedl bewusst, dass es keine gute Idee gewesen war, seinen Vorgesetzten mit einer eindeutig zweideutigen Aussage herauszufordern.

»Qualitäten.« Zettl stellte das Glas ab, stand auf und ging zu den Panoramafenstern. »Obwohl ich hier oben sitze, bekomme ich doch alles mit, was unter mir geschieht, Jonas. Ich muss nicht selbst hören und sehen, das erledigen andere für mich. Und egal, was die Leute sagen, es stimmt nicht. Ich habe weder Sonja Aumann noch irgendeine andere unserer Praktikantinnen gefickt. Sollte Schirmer von diesem Gerede Wind bekommen, denkt er am Ende noch, dass da etwas Wahres dran ist. Deshalb wollte ich ein wenig über ihn erfahren. Ich hoffe, dass er sich von solchen Gerüchten nicht beeinflussen lässt.«

»Ach, komm schon, Stefan.« Friedl stand nun ebenfalls auf und hob beschwichtigend die Arme. Nur mühsam konnte er die Befriedigung hinter seiner zur Schau getragenen ernsten Miene verbergen. »So habe ich es doch nicht gemeint. Ich habe von ihren journalistischen Fähigkeiten gesprochen. Gib nichts auf das, was die Leute erzählen, wenn sie es denn überhaupt erzählen«, sagte Friedl, ohne dabei rot zu werden. »Mir persönlich ist auf jeden Fall nichts dergleichen zu Ohren gekommen. Und wegen Schirmer mach dir mal keine Gedanken. Er ist ein knallharter Bulle, glaubt nur das, was er selbst sieht und hört.«

»Nehmen wir aber mal an, diese hirnrissigen Falschheiten verselbstständigen sich. Kannst du dir vorstellen, worauf das hinausläuft?« Zettl nahm hinter seinem Schreibtisch Platz. Die vertrauensselige Atmosphäre war mit einem Mal dahin. Er schlug die Unterschriftenmappe auf und sah Friedl über den Rand seiner Lesebrille hinweg an. »Du verstehst, worauf ich hinauswill?«

Der Whisky hatte Spuren hinterlassen. Auf dem Weg zu seinem Büro blieb Jonas Friedl am Kaffeeautomaten stehen und wählte einen doppelten Espresso. Dann versperrte er seine Tür von innen und legte eine CD in die Stereoanlage. Während Santana seine Gitarre quälte, schlürfte Friedl Espresso, nahm anschließend Papier und Stift zur Hand und machte es sich in seinem Korbsessel bequem. Er erinnerte sich an die Praktikantinnen zurück, die in der letzten Zeit ihr Glück im Haus versucht hatten. Stella, die Halbitalienerin, die bereits nach einem Tag alles hingeschmissen hatte. Dann die zierliche Burgenländerin, deren Name ihm nicht mehr einfallen wollte. Wenige Wochen nachdem sie bei der »MZ« angefangen hatte, war ihr die Ehre zuteilgeworden, Stefan Zettl zu einem Kongress nach Bregenz zu begleiten. Silke aus Berlin. Drei ganze Tage hatte ihr Praktikum bei der »MZ« gedauert. Und Sonja. Während er sich die Gesichter der Mädchen ins Gedächtnis rief, fasste er einen Plan.

Nachdem Stefan Zettl die Unterschriftenmappe durchgearbeitet hatte, rief er seine Sekretärin zu sich. Erleichtert stellte er fest, dass für heute keine Termine mehr anstanden. Die nächste Redaktionssitzung war erst für den nächsten Tag angesetzt, Zettl konnte sich also getrost den Rest des Tages für andere Dinge freinehmen. Ihm war klar geworden, dass er von Friedl nichts erwarten durfte. Jonas Friedl war ein Vollblutjournalist, eine gefräßige Ratte, immer auf der Suche nach einer spektakulären Story. Für eine gute Schlagzeile würde ihn der Althippie opfern, ohne dabei mit der Wimper zu zucken. Loyalität gab es in dieser Branche nicht.

Als Stefan Zettl mit dem Aufzug in die Tiefgarage fuhr, ärgerte er sich über seinen Versuch, Friedl über Schirmer auszufragen. Jetzt wusste er, dass er sich über Sonja mehr Gedanken machte, als er nach außen hin zugab. Er schaute auf seine Rolex. Die Kinder würden nicht vor dem späten Nachmittag aus der Schule kommen und dann bei ihrer Großmutter bleiben. Seine Frau hatte einen Termin bei ihrem Friseur und wollte sich im Anschluss daran mit einigen Freundinnen in Wien treffen. Er hatte also ausreichend Zeit.

Während er aus der Garage fuhr, plante er die nächsten Stunden. Er würde in einer Bar, die schon so früh geöffnet hatte, einige Drinks nehmen und dabei versuchen, die Lücke zu schließen, die seit dem verdammten Abend in seinem Kopf bestand. Und dann würde er … Plötzlich begann sein Herz zu rasen, er fuhr rechts ran, öffnete das Fenster und atmete so lange tief ein und aus, bis er seine Angst wieder halbwegs unter Kontrolle hatte. Die Polizei hatte nichts gegen ihn in der Hand, was womöglich bedeutete, dass es für all das auch eine einfache Erklärung gab. Stefan Zettl ließ den Motor wieder an. Der Reserveschlüssel zu ihrer Wohnung baumelte am Schlüsselring. Sollte es dort noch irgendetwas geben, das auf ihn hindeutete, so musste es verschwinden. Als er in Gedanken die Räume des Apartments durchging, traf es ihn wie ein Blitz.

19

Ihr Atem ging flach, ihre Gliedmaßen waren starr, unfähig zur Bewegung. Doch der in einer tauben Hülle gefangene Verstand arbeitete auf Hochtouren. In ihrem erschöpften Gehirn setzten sich einzelne Bilder zu einer schrecklichen Gewissheit zusammen, die nur die Spitze von etwas Großem darstellte, das aus Korruption, Gier und Brutalität bestand. Der endgültige Beweis hierfür war die Art, in der man mit ihr verfuhr. Sie war ihnen zu nahe gekommen.

Einer der Männer, die sich über sie unterhalten hatten, als wäre sie ein Stück Vieh, war ihr nicht fremd. Seine Stimme war mit einem Erlebnis verbunden, das tief in ihrem Bewusstsein verankert, aber nicht deutbar war. Der Schatten einer nicht abrufbaren Erinnerung. Was war mit Vladu Sorin geschehen? Das Rauschen in ihrem Kopf steigerte sich zu schrillem Pfeifen. Der Ton nahm mit jeder verstreichenden Sekunde an Intensität zu und machte sie unfähig, rational zu denken. Sie versuchte, ihre Gesichtsmuskeln anzuspannen, zu schlucken, den Kopf zur Seite zu drehen, wollte um sich schlagen, schreien und an den Fesseln zerren. Am Ende blieb sie trotz aller Bemühungen reglos auf dem verrosteten Bettgestell liegen. Erst Sorin und jetzt sie.

Wie lange bist du schon hier?, ging es ihr durch den Kopf. *In diesem finsteren Dreckloch, gefangen zwischen Hoffen und Bangen. Mehr tot als lebendig. Wann haben sie dich ausgezogen und nackt an das Bett gebunden? Wissen sie wirklich nicht, dass du das Summen der Glühlampe und ihren matten Schein durch deine geschlossenen Augenlider hindurch wahrnehmen kannst? Dass du zuhörst? Oder ist es ihnen schlichtweg gleichgültig, weil sie dich ohnehin töten werden?*

Mit einem Mal realisierte sie, dass ihr Sterben begonnen hatte, und ihre Erinnerungen bohrten sich wie tausend feine Nadeln in ihr Gehirn, sodass die Bilder zurückkehrten.

Die Goldene Stiege, das Warten in der Dunkelheit. Aufkommende Angst, gespeist aus menschlichen Urinstinkten. Stefan, ihr zitternder Leib. Kalter Asphalt, der ihre Wunden kühlt. Hektik, überall Blut, die Stimmen. Vater, der sie, das lachende Mädchen, auf seine Schultern hievt. Mutter, so wächsern und friedlich in den schrecklichen Minuten des endgültigen Abschieds. Das Geräusch des Schlüssels im Türschloss vorhin, die Stille im Raum.

Das Licht brannte. Sonja Aumann fühlte den künstlichen Schein auf ihren Augenlidern. Obwohl die Angst neuerlich übermächtig nach ihr griff, verlor sie diesmal nicht die Beherrschung.

Aber du bist nicht tot. Noch nicht. Du lebst. Du bist eine Kämpferin. Und du wirst es ihnen so schwer machen, wie es nur geht.

Ein Kribbeln lief durch ihren Unterleib.

20

»Ich schäme mich, Alter. Hals über Kopf davongelaufen bin ich. Wie die Ganoven, denen ich schon mein halbes Leben lang hinterherjage. Dein Herrchen ist ein mieser Feigling. Braucht billige Ausreden, um einer unangenehmen Situation zu entkommen.« Schirmer ließ Erhard von der Leine, und der Hund trabte auf die nächste Grünfläche, schnüffelte lustlos an einem Grasbüschel und kehrte schließlich zu seinem Herrchen zurück.

Schirmer bemerkte die Geste der Solidarität nicht einmal. Gedankenverloren blickte er auf die Fassade des Bezirkspolizeikommandos und analysierte rauchend seine lachhafte Vorstellung in der Pizzeria. Die Hilflosigkeit war immer noch deutlich spürbar. Sie war in ihm hochgekrochen wie ein ekliger Käfer, hatte ihn anfangs gelähmt und schließlich zu einem Verhalten verleitet, das ihn zu einem vollkommenen Deppen gemacht hatte.

»Tief in dir steckt ein guter Kern. Deine raue Schale hast du dir zugelegt, um dich vor dem zu bewahren, was dir Angst macht. Vor Veränderungen, vor Neuem, vor allem, was fremd ist und den wahren Harald Schirmer in seinem Innersten berühren könnte.« Claras Worte hatten sich in sein Gedächtnis gebrannt. Ungeordneter Rückzug war die Folge gewesen.

»Die Hexe hat in mir gelesen wie in einem offenen Buch«, raunte er der Hauswand zu. »Auch wenn natürlich nichts von dem stimmt, was sie gefaselt hat. Was sollte der Schwachsinn eben überhaupt? Glut, Kohle, Feuer. Pah! Von wegen harte Schale und weicher Kern. Ich kenne mich selbst am besten.«

Er war durch einen simplen Trick aus dem Lokal entkommen. Mit gerunzelter Stirn hatte er das Diensthandy aus der Tasche geholt, eine Weile das Display betrachtet und so getan, als würde er etwas Besorgniserregendes lesen. »Es ist dienstlich, meine Leute brauchen mich dringend.« Ohne ein Wort des Abschieds war er vom Sessel aufgesprungen und aus dem Lokal geeilt, hatte

Clara, die Ravioli und zwei Teller mit Tiramisu, die der verdutzte Kellner schon in den Händen gehabt hatte, zurückgelassen.

Dienstlich. Dringend. Meine Leute brauchen mich. *Schirmer, du feiger Lügner.*

Die blonde Deutsche hatte es ohne viel Mühe fertiggebracht, in die dunkelsten Bereiche seiner Seele vorzudringen. Eine gefährliche Odyssee. Gefährlich für Clara und vor allem für Schirmer selbst, der sich dabei wehrlos wie ein Neugeborenes gefühlt hatte. War es wirklich Vertrauen, das in seinem Leben fehlte? Leichtigkeit? Unbeschwertheit?

»Scheißdreck! Wer in der heutigen Zeit geht schon leicht, unbeschwert und voller Vertrauen durchs Leben? Diese neumodischen Floskeln passen auf all die Wäschewascher, Tamponkäufer und Frauenbekocher, aber doch nicht auf mich! Ich pisse im Stehen, dusche kalt und trage meine Unterhose auch mal zwei Tage hintereinander, wenn ich der Meinung bin, dass es so sein muss!«, setzte er den Monolog fort. »Ich stehe mitten im Leben und habe für diesen esoterischen Mist nichts übrig. Gar nichts.«

»Ihr Hund?«

Erschrocken wirbelte Schirmer herum. Er hatte die zwei Streifenbeamten, die eben das Gebäude verlassen hatten, nicht bemerkt. Der jüngere von ihnen, ein untersetzter Blondschopf mit Sommersprossen im Gesicht, zeigte auf Erhard, der neben dem Haupteingang des Polizeigebäudes an die Fassade pinkelte. Schirmer kniff die Augen zusammen und versuchte vergeblich, den Namen des Blonden abzurufen. Wenigstens kannte er den älteren der beiden. »Meinen Hund kennt jeder im BPK, Fritz«, grunzte er. »Wenn du den neuen Kollegen besser eingewiesen hättest, müsste er nicht so eine dumme Frage stellen. Erhard ist praktisch ein Kollege.« Schirmer schüttelte ehrlich bestürzt den Kopf.

»Ich habe noch nie einen Kollegen gesehen, der an die Fassade des Bezirkspolizeikommandos pinkelt, Harald«, entgegnete Revierinspektor Friedrich Wagner und deutete dabei auf den dunklen Fleck an der Hauswand.

Dann hättest du vor drei Jahren nach der Weihnachtsfeier der

Kripo mal hier vorbeikommen sollen, dachte Schirmer, behielt dieses kleine Geheimnis aber für sich. »Ist ja nur Wasser. Also, was ist jetzt, Fritz? Stellst du mir einen Strafzettel aus? Was kostet illegales Pissen heutzutage überhaupt?«

Wagner atmete laut aus und hob beschwichtigend die Hände. »Der Junge hat es ja nicht böse gemeint. Er heißt übrigens Richard.«

»Also schön. Hallo, Richard, und auf Wiedersehen, Richard. Tschüss, Fritz. Ich muss jetzt jedenfalls weiter. Wie du weißt, habe ich einen Haufen Arbeit am Hals. Wichtigere Dinge als angepinkelte Hauswände.« Ohne den Kollegen weiter Beachtung zu schenken, ging er an ihnen vorbei und verschwand im Gebäude. Im Schlepptau Erhard, der sich keiner Schuld bewusst war.

In seinem Geschoss angekommen traute Schirmer seinen Augen kaum. Balogh und Wenzel saßen tatsächlich friedlich nebeneinander und blickten auf denselben Bildschirm. Dass sich die beiden so nahe waren, ohne dabei aufeinander loszugehen, musste etwas zu bedeuten haben. Aber bevor Schirmer seine zwei potenziellen Streithähne dazu befragen konnte, geschah etwas Unfassbares: Die Tür zu seinem Büro wurde von innen geöffnet, und dieses behaarte Etwas von einem Kriminaltechniker spazierte seelenruhig auf ihn zu, als wäre es die natürlichste Sache der Welt, sich ungefragt in seinem Büro aufzuhalten. Noch dazu drehte Tarek Ünal seelenruhig einen von Schirmers Bleistiften zwischen Zeige- und Mittelfinger. Als er den Besitzer des Schreibwerkzeugs erblickte, winkte er ihm damit zu, als wären sie alte Freunde.

Gotteslästerung, den Tempel beschmutzt, das Büro betreten. Todesstrafe. Schirmer atmete tief durch und zählte in Gedanken langsam bis fünf.

Eins.

»Hi, Chef!«

Zwei.

»Gut, dass Sie endlich da sind.«

Drei.

»Es war schon höchste Eisenbahn.«

Vier.

»Wir haben Neuigkeiten für Sie.«

Fünf.

Schirmer blickte sich nach einem Wurfgegenstand um. Einem schweren Aschenbecher, einem Ordner oder einem Stuhl. Egal was, Hauptsache, es war geeignet, um in den nächsten Sekunden auf dem Schädel dieses respektlosen Lurchs zu landen.

Wenzel streckte sich, sein Kopf ragte über den Monitor. »Sie sollten sich das unbedingt ansehen«, sagte er nun zu Schirmer und war sich nicht im Geringsten bewusst, dass er damit ein Unglück verhindert hatte.

Schirmers Neugier siegte über seine Mordlust.

»Erwin hat recht. Wir haben hier einiges gefunden«, ergänzte Balogh, ohne dabei den Blick vom Bildschirm zu nehmen.

Schirmer war sprachlos. Warum nannte Balogh Wenzel nicht wie sonst einen Idioten, ein gehirnamputiertes Arschloch oder den größten Macho auf Gottes Erden? Warum schlicht und einfach Erwin? »Ihr wisst, dass ich es nicht leiden kann, wenn um den heißen Brei herumgeredet wird. Warum sind plötzlich alle so fickrig? Kaum bin ich ein paar Stunden weg, geht es hier drunter und drüber. Raus mit der Sprache!«

»Deshalb, Chef.« Balogh drehte den Monitor um hundertachtzig Grad und tippte auf die Zettel, die an seinem Rahmen klebten. »Das sind die Hafties aus Aumanns Wohnung. Beherrschen Sie eigentlich Englisch?« Balogh stand auf, ging auf die andere Seite des Tisches, auf der Schirmer stand und hilflos den Monitor anblickte, auf dem eine Website in englischer Sprache zu sehen war.

Schirmer roch Baloghs süßes Parfum, als sie auf den Bildschirm tippte. Zum ersten Mal, seit er Sarah kannte, nahm er sie als Frau wahr. Er schob die neue Einsicht weg, sehr weit weg. Im Büro war nun wirklich kein Platz dafür. »Mein Englisch ist ein wenig eingerostet. Was steht da?«

Sie deutete auf den Bildschirm. »Was Sie hier sehen, ist ein sogenannter Blog oder auch ein Weblog.«

»Aha.« Schirmer forderte Balogh mit einer unmissverständlichen Geste auf, weiterzumachen.

»Ein Blog ist so etwas wie ein Tagebuch. Man veröffentlicht auf einer eigens dafür eingerichteten Seite im Internet Meinungen, Erlebnisse oder was immer einen berührt.«

»Und was hat man davon?« Schirmer zündete sich eine Zigarette an und dachte darüber nach, wie wohl ein von Clara Ritter erstellter Blog aussehen mochte. Nach seinem Verhalten vorhin würde sie ihn darin ganz sicher verreißen.

»Journalisten nutzen dieses Medium gerne, um ihre Arbeit publik zu machen«, erklärte Ünal, ohne von Schirmer gefragt worden zu sein.

Schirmer entging der Blick nicht, den Ünal dabei Balogh zuwarf. Toll. Schon wieder zwei Turteltäubchen.

»Auf einem der Hafties steht: ›Vladu‹. Wir haben das Wort unzählige Male mit verschiedenen Kombinationen gegoogelt, bis wir auf diesen Blog von Vladu Sorin gestoßen sind.«

»Und Vladu Sorin hat einiges zu berichten«, unterbrach Wenzel, während er auf seinem Sessel vor- und zurückrollte.

Schirmer blickte zwischen den dreien hin und her. Er war anscheinend der Einzige im Raum, der noch nie etwas von einem Blog gehört hatte. »Was steht da?«, wurde er fahrig. »So wie ich euch einschätze, habt ihr den Blog doch schon durchgeackert, während ich essen war.«

»Sorin ist ein rumänischer Journalist und prangert in dem Blog die wirtschaftlichen und politischen Missstände in seinem Land an«, begann Balogh zu erklären. »Er thematisiert fragwürdige Geschäfte von Personen des öffentlichen Lebens, im Speziellen von Politikern, und lässt die Besucher seines Blogs offen darüber diskutieren. Es geht um Vetternwirtschaft, illegale Vergabe von öffentlichen Bauaufträgen, Beziehungen von staatlichen Einrichtungen zur organisierten Kriminalität und so weiter und so fort.«

»Und wie hängt das mit unserem Fall zusammen?« Schirmer zwängte sich zwischen Balogh und Ünal, die sich verdächtig nahe gekommen waren.

»Wir haben den Blog durchforstet und sind in Sorins Gästebuch fündig geworden«, antwortete Ünal, während Balogh sich an einem anderen Rechner zu schaffen machte. Ünal legte einen Finger auf den Bildschirm. »Schauen Sie sich die Mailadresse an, von der dieser Eintrag geschickt wurde.«

Schirmer setzte sich auf den nächsten freien Stuhl und rollte an den Bildschirm heran. Er schärfte seine Sinne. Clara und all der ganze Nonsens waren plötzlich weit weg. Er war wieder der Ermittler. Das hier war wichtig. Er verstand kein Wort der in englischer Sprache verfassten Nachricht, erkannte aber, dass sie von Sonja Aumanns Zugang bei der »Mödlinger Zeitung« abgeschickt worden war. »Was steht da?«

»Melde dich«, begann Balogh zu übersetzen. »Ich kann dich telefonisch leider nicht mehr erreichen. Es ist wichtig. Wir müssen wegen S. sprechen.«

Schirmer kratzte nachdenklich die Haut unter seinen Bartstoppeln am Kinn. »Das hilft uns«, flüsterte er dann und stand blitzartig auf, als er Ünals Arm auf seiner Schulter spürte. »Irgendwie hilft uns das weiter«, wiederholte er, während er auf Distanz zu dem Kriminaltechniker ging.

»Überdies wissen wir möglicherweise, um wen oder was es sich bei diesem ›S.‹ handeln könnte.« Balogh tippte wie wild auf der Tastatur herum, ohne Näheres zu verraten.

Wenzels Blick war auf Ünal gerichtet. Ünals auf Balogh. Dann sahen alle Schirmer an. Er fühlte sich in seine Kindheit zurückversetzt. Diese Weihnachtsabende, wenn die ganze Familie vor dem Baum versammelt war und der kleine Harald dabei beobachtet wurde, wie er ein Geschenk nach dem anderen öffnete. Socken von Tante Hedi, Hemden von Onkel Franz, ein Briefmarkenalbum von Großonkel Herbert.

Schluss, aus, Schirmer!

»Macht ihr euch einen Jux daraus, mich hinzuhalten? Wenn wir weiter so herumeiern, muss ich den Fall in die Pension mitnehmen, die ich frühestens in zehn Jahren antrete!«

»›S.‹ könnte für ›Sulz‹ stehen«, erlöste Ünal Schirmer von seinen Qualen. »Das ist natürlich jetzt sehr gewagt, und ich weiß nicht, ob es tatsächlich so zusammenpasst. Aber Sulz im Wienerwald ist die letzte Adresse, die in Aumanns Navigationsgerät eingegeben war. Wenn wir mit unserer Zeitleiste richtigliegen, ist sie einen Tag vor ihrem Verschwinden dort gewesen.«

»Das könnte der rote Faden sein, von dem Sie immer sprechen, Chef«, sagte Wenzel. »Wieso fahren wir nicht dorthin und –«

Schirmers erhobene Hand ließ keinen Zweifel an seiner Meinung. Wenzel und die anderen hatten jetzt Sendepause. Der Chefermittler musste nachdenken. Wenzels Memorandum über Aumann, Zettl, der gelogen hatte, dass sich die Balken bogen. Und jetzt Sulz?

Eines nach dem anderen abarbeiten, irgendwo werden wir schon hängen bleiben.

Schirmer klatschte in die Hände, sprang auf und ging zu Balogh hinüber, die ihm die gespeicherten Daten von Sonja Aumanns Navigationsgerät präsentierte. »Ausdrucken und her damit. Du gibst Bescheid, wenn sich was tut. In der Zwischenzeit hältst du hier die Stellung, arbeitest an den Fahrraddiebstählen und notierst alle eingehenden Anrufe. Weitere Aufgaben teile ich auf, wenn wir wieder zurück sind.«

»Zurück wovon? Und wer ist ›wir‹?« Wenzel strich sich fragend über seinen Bürstenhaarschnitt.

»Du und der Kriminaltechniker, ihr werdet mich morgen nach der Mittagspause nach Sulz begleiten.«

21

»Was ist los, Harald? Alles in Ordnung bei dir?« Arno Hasler gähnte in den Hörer.

Schirmer hatte der Nachtschwester der Kuranstalt unmissverständlich klargemacht, dass der Patient Hasler geweckt werden müsse, drei Uhr morgens hin oder her. Unaufschiebbare Ermittlungen der Mödlinger Kriminalpolizei waren wichtiger als der Schönheitsschlaf eines Kurgastes. »Wenn du wieder da bist, gibt's einiges zu erzählen. Willst du wissen, woran wir im Moment arbeiten?«

»Du rufst mich mitten in der Nacht an, um mich das zu fragen? Sag, dass das nicht wahr ist.«

Schirmer atmete tief ein, griff nach der letzten Zigarette und warf das leere Päckchen zu Boden. Das Benzinfeuerzeug schnappte mit einem metallischen Klicken erst auf, dann wieder zu. Ein tiefer Lungenzug. Heißer Rauch drang in Schirmers Körper ein, entspannte ihn, und er stellte die Lehne nach hinten. »Nein, ich rufe an, weil ich noch im Büro bin. Ich habe bis acht an den Dingen gearbeitet, die wir im Moment zu erledigen haben. Dann war ich eine Kleinigkeit essen und bin noch mal hoch. Nachdenken über dies und das und so Zeugs. Eigentlich wollte ich gleich im Büro pennen, morgen fahren wir –«

»Nein.«

Schirmer setzte sich auf. »Was, nein?«

»Normale Menschen liegen um diese Zeit im Bett, Harald. Und wenn alles in Ordnung ist, wenn dir nicht ein Messer in der Brust oder eine Pistolenkugel im Rücken steckt, dann würde ich auch gerne wieder zur Spezies des Homo schlafiens gehören.«

»Schon okay. Ich verstehe dich ja. Eigentlich wollte ich auch nur … Äh, ich brauche die Zugangsdaten für meinen PC. Wo du nicht da bist, kann ich alles allein machen!«, platzte es aus Schirmer heraus.

Stille.

»Bist du noch dran, Alter?« Schirmer presste den Hörer fester ans Ohr.

»Also gut.« Die Resignation in Haslers Stimme war von Mürzzuschlag bis nach Mödling zu hören. Neben den kritischen Momenten, in denen er dafür sorgte, dass der Schirmer'sche Vulkan nicht ausbrach, gab es auch immer wieder Situationen wie diese. Schirmer, der Mensch, der einen Kloß im Hals hatte, dem der Schuh drückte. Und weil Schirmer dann und wann auch mit jemand anderem als Erhard sprechen musste, stellte sich Arno Hasler auf ein längeres Telefonat ein. Er hörte sich an, was sich seit seiner Abreise ereignet hatte, und sprang bereits nach wenigen Sätzen auf die Vorfälle an.

Schirmers Bericht wurde zum Frage-und-Antwort-Spiel. Sein Assistent machte geduldig mit und hakte nach, wenn es galt, Details zu hinterfragen. Als Schirmer mit seiner Erzählung am Ende war, dauerte es einige Momente, bis Mürzzuschlag sich wieder meldete.

»Den Zettl müsst ihr in die Mangel nehmen. Wenn Friedl dir keinen Mist erzählt hat und Zettl und Aumann tatsächlich ein Liebespaar sind oder waren, dann hat er bei deinem Besuch mehr als merkwürdig reagiert.«

Schirmer nickte, als würde Hasler hier in seinem Büro sitzen und nicht knappe hundert Kilometer entfernt.

»Was Sulz bedeutet, kann ich von hier aus nicht abschätzen.«

»Irgendetwas sagt mir, dass es wichtig ist, Arno«, sagte Schirmer. »Wir sitzen hier in der Scheiße, vielleicht gelingt uns dort endlich der Durchbruch. Führe mich gedanklich wohin, wo ich noch nicht gewesen bin, bitte, Arno!«

»Aumann«, sagte Hasler plötzlich.

Schirmer sank enttäuscht wieder in den Sessel zurück. Der Name der Journalistin war jetzt wirklich nicht neu. War es ein Fehler gewesen, Arno zu kontaktieren?

»Eine Streife hat sie uns im letzten Sommer ins Büro gebracht. Kannst du dich an den Vorfall nicht mehr erinnern?«

Schirmer verneinte.

»Es ging um Stalking oder so etwas in der Art. Aumann wurde

kurzzeitig festgenommen, weil sie sich an einen reichen Arzt herangemacht haben sollte.«

Schirmer musste noch immer passen. »Ich habe keinen blassen Schimmer, Arno. Wann soll das gewesen sein?«

»Ende Juli, Anfang August herum. Auf jeden Fall war es brütend heiß. Ich weiß noch, dass wir die Sache mangels Zuständigkeit nicht übernommen haben, die Jungs von der Polizeiinspektion haben das erledigt. Du hast die Kollegen samt Aumann ziemlich forsch auf die Geschäftsordnung hingewiesen.«

Schirmer dachte angestrengt nach, konnte jedoch nichts von alldem abrufen. Ein »Danke« lag ihm auf der Zunge, überschlug sich, krallte sich in seiner Mundhöhle fest, wollte unter keinen Umständen seinen Rachen verlassen und verwandelte sich am Ende in eine nüchterne Feststellung. »Wird Balogh recherchieren.«

»Gern geschehen«, gähnte Hasler in den Hörer.

»Äh, Arno?«

»Liegt dir sonst noch was auf dem Herzen? Ich spüre das doch.«

»Blödsinn. Bist du schon wieder auf dem Guru-Trip? Hörst dich an wie meine Ex in ihren einfühlsamen Phasen.« Als Schirmer das letzte Wort gesprochen hatte, wusste er auch schon, dass er das eben Gesagte einen Deut zu roh nach Mürzzuschlag geschickt hatte. Wie gerne hätte er seinem Assistenten von Clara erzählt. Von den Dingen, die sie in ihm ausgelöst hatte, die ihn ängstigten und verunsicherten. Von dem geschlossenen Wurzelchakra, der fehlenden Selbstliebe, der rauen Schale und dem Vertrauen, das nicht vorhanden war.

»Angst7«, überging Hasler Schirmers Antwort.

»Was?«

»Du hast mich vorhin nach dem Passwort für deinen PC gefragt. Es lautet ›Angst7‹. Deine Benutzerkennung ist ›Schirmer3‹.«

Nachdem Schirmer sich Passwort und Benutzerkennung notiert hatte, wünschte er seinem Assistenten endlich eine gute restliche Nacht und beendete das Gespräch. Erst nachdem der

Hörer wieder auf der Gabel lag, fiel ihm auf, dass er sich überhaupt nicht nach Haslers Befinden erkundigt hatte. »Du hast ja auch nichts darüber erzählt«, rechtfertigte er sich brummend vor sich selbst und blickte auf den Zettel mit dem Passwort. »Arno, du Narr.«

22

16. Oktober

»Folgen Sie der Bundesstraße. Nach der Abfahrt Hinterbrühl gibt es eine Abzweigung nach Sparbach. Von dort ist es dann nicht mehr weit nach Sulz. Wenn Sie möchten, sage ich Ihnen den Weg an, Chef.«

Schirmer schüttelte den Kopf, sodass Wenzel das Blatt zusammenfaltete, auf dem die Daten von Sonja Aumanns Navigationsgerät aufgelistet waren, und es auf die Rückbank warf. Als es Tarek Ünal am Kopf traf, kicherten Wenzel und der Kriminaltechniker hysterisch.

Schirmer blickte genervt in den Rückspiegel. Kinder! Er drückte den Zigarettenanzünder in die Buchse und drehte das Radio lauter.

Jetzt bist du diesen Schuljungen und ihrer Karte ausgeliefert, Schirmer. Wenn wenigstens Arno dabei wäre.

Als der Zigarettenanzünder wieder klickend aus der Buchse sprang, griff Schirmer hastig danach und hielt die glühende Metallspule an die Zigarette, die schon seit Minuten in seinem Mundwinkel hing. Einen Lungenzug später legte sich ein blaugrauer Schleier auf die Innenseite der Windschutzscheibe.

Währenddessen startete Ünal von der Rückbank aus eine Attacke auf Wenzel, indem er ihm mehrmals auf den Kopf schlug. Wenzel löste den Sicherheitsgurt, drehte sich um und versuchte, Ünal an den Handgelenken zu packen.

Als Wenzels Ellenbogen Schirmers Ohr streifte, platzte dem Leiter der Mödlinger Kripo endgültig der Kragen. »Hört gefälligst mit diesem kindischen Quatsch auf!«, brüllte Schirmer so laut, dass seine Mitarbeiter erschreckt in der Bewegung verharrten.

Wenzel drehte seinen Oberkörper ganz langsam wieder nach vorne, griff nach dem Sicherheitsgurt und ließ ihn einrasten, ohne ein Wort zu verlieren. Ünals Gesicht verschwand augenblicklich hinter seinem Tablet.

»Nur weil ich euch in Sulz vielleicht brauche, heißt das noch lange nicht, dass ihr euch in meinem Wagen aufführen könnt wie zu Hause!«, grunzte der Ermittler, während er blaue Wölkchen durch die Nasenlöcher in Wenzels Richtung blies. Dienstauto = Schirmers Auto = Schirmers Regeln.

»Entschuldigung, Chef. Das mit Ihrem Kopf war –«

»Dich hat keiner gefragt, Erwin!«, schrie Schirmer. »Und jetzt nimm die verdammte Liste mit den Navi-Daten zur Hand! Wenn ich etwas benötige, will ich nicht minutenlang warten müssen, bis ihr eure Kinderspielchen beendet habt.«

»Was sollten Sie denn brauchen, Chef? Ich habe Ihnen doch vorhin schon gesagt, wie Sie fahren müssen. Nach Sulz sind es keine zwanzig Kilometer, und auf dem Ausdruck steht nicht mehr als –«

»Verdammt, Wenzel!«, schrie Schirmer. »Mach einfach, was ich dir sage. Konzentriere dich auf deinen Job und benimm dich nicht wie ein Kindergartenkind!« Schirmer legte einen höheren Gang ein. Irgendwo hinter ihnen blitzte es zweimal, ein sicheres Zeichen, dass der Volvo eben von einer Radarbox erfasst worden war.

Wenzel traf ein eiskalter Blick von links. Er wusste, dass nun Stille angebracht war. Über ihnen sammelten sich pechschwarze Wolken, Regentropfen prasselten auf die Windschutzscheibe. Für Wenzel hatte es den Anschein, als würde sich das Wetter Schirmers Laune anpassen.

Die Häuser von Sulz lehnten sich zu beiden Seiten der Hauptstraße an die sie umgebenden Hänge, schienen gefangen zu sein vom Wald, der bereits sein Sommerkleid abgelegt hatte. Nachdem Schirmer die Ortstafel passiert hatte, hielt er in einer Parkbucht für Linienomnibusse. »So, Herr Kriminaltechniker, wir wären dann da. Welche Adresse ist noch mal in Aumanns Navi gespeichert?«

Tarek Ünal rieb sich die Augen, Schirmers Ansprache hatte ihn unsanft aus einem Nickerchen gerissen.

Wenzel nutzte die Zeit, die Ünal zum Wachwerden benötigte, um Schirmer mit Fakten über den Ort zu versorgen. »Sulz hat ungefähr tausenddreihundert Einwohner und gehört zum Gemeindeverband Wienerwald, in dem wiederum etwa zweieinhalbtausend Menschen wohnen. Die Gemeinde Wienerwald wird von einem konservativen Bürgermeister regiert.«

Schirmer blickte desinteressiert aus dem Fenster. Er hatte weder für Politik noch für die demografischen Details dieses Kaffs etwas übrig. Was auf der Fahrt nach Sulz als Herbstregen begonnen hatte, wuchs sich nun zu einem Wolkenbruch aus. Schirmers Blick wanderte über die Häuser auf der gegenüberliegenden Straßenseite. Grau und trostlos erschienen sie ihm, genauso wie die Farbe der Tropfen, die immer heftiger gegen die Windschutzscheibe platschten. Das Thermometer im Armaturenbrett zeigte sechs Grad über null an. »Gibt's für so Sachen keine App?«, lästerte er.

»Die gibt es tatsächlich. Und zwar heißt die –«

»Schon gut. Ich weiß auch so einiges über diese Einöde, zum Beispiel, dass es hier sogar eine Polizeiinspektion gibt. Und obwohl Sulz zum Bezirk Mödling gehört, kann ich mich nicht daran erinnern, hier jemals einen Einsatz gehabt zu haben.« Nach einer kurzen Pause fuhr er fort: »Wenn der Herr Kriminaltechniker dann so weit wäre?«

»Im Navi ist die Kirchengasse als Zieladresse eingegeben. Fahren Sie weiter, dann rechts und irgendwo oben am Hang noch einmal rechts.« Ünal zeigte in eine unbestimmte Richtung.

Schirmer schüttelte den Kopf und legte einen Gang ein.

In Schrittgeschwindigkeit rollten sie durch die Hauptstraße, die sich kurvig durch Sulz schlängelte. Der Regen erschwerte ihr Vorankommen. Dann und wann fegte ein Windstoß ihn mit voller Wucht gegen den Wagen. Bei diesem Wetter ging nur vor die Tür, wer unbedingt musste. Sie fuhren an einem Gemischtwarenladen, einem Reitstall und einer Bankfiliale vorbei, bis nach einer scharfen Rechtskurve plötzlich das blaugraue Hinweisschild einer Polizeiinspektion im Regen aufleuchtete. Schirmer parkte den Wagen vor der Dienststelle, riss die Autotür auf und lief die wenigen Meter zum Eingang. Die Dienststelle war vorübergehend geschlossen. Ein Schild wies auf eine Ge-

gensprechanlage mit Klingel hin, die eine Verbindung zur Bezirksleitstelle Mödling herstellen würde, falls man sie betätigte.

»Da fahre ich bei diesem Scheißwetter in die Einöde, nur damit man mir mitteilt, dass ich durch einen Druck auf diesen bescheuerten Knopf mit Mödling verbunden werde? Das kann es doch nicht sein, oder?« Zurück im Wagen trocknete Schirmer mit dem Ärmel sein nasses Gesicht und drehte das Gebläse auf maximale Leistung. Im Handschuhfach kramte er nach einer Landkarte des Bezirks. »Auswendig weiß mein kluger Herr Kriminaltechniker ja vermutlich nicht, wo wir hinmüssen«, murrte er in das offene Fach und erhielt keine Antwort. Nachdem er fündig geworden war, richtete er sich mit einem lauten Schnaufen auf und drückte dem neben ihm sitzenden Wenzel den Plan in die Hand. »Wenn ich schon nass bis auf die Knochen geworden bin, sollt ihr auch in den Genuss kommen. Wir lassen den Wagen hier stehen und sehen uns ein wenig um. Vergessen wir die Navi-Daten und den ganzen technischen Kram, sammeln wir Eindrücke.«

»Dort vorne müssen wir nach rechts!«, rief Ünal kurze Zeit später über Wenzels Kopf hinweg nach vorne. Er faltete die völlig durchweichte Straßenkarte zusammen und verstaute sie in seiner Gesäßtasche.

Schirmer stemmte sich dem nächsten Windstoß entgegen und stapfte mechanisch weiter die Straße steil bergauf. Als die Männer von einer orkanartigen Böe erfasst wurden, suchten sie in einer Hauseinfahrt Schutz. Wind und Wetter peitschten an den drei Kriminalbeamten vorbei.

»Was kann für Aumann hier von Interesse gewesen sein?« Schirmer beugte sich nach vorne und spähte um die Ecke. »Ich sehe nur Häuser und Wald. Na ja, eigentlich sehe ich gar nichts.«

Plötzlich färbte sich der Regen um ihn herum indigoblau, der Klang eines Folgetonhornes explodierte unmittelbar vor ihnen, die Hauseinfahrt wirkte dabei wie ein Verstärker. Instinktiv pressten sich die Ermittler die Hände auf die Ohren und wichen zurück, dann richtete sich der Suchscheinwerfer eines Polizeifahrzeuges auf sie.

Der Streifenbeamte, der sich umständlich aus dem Wagen schälte, hatte eindeutig zu viele Kilos auf den Rippen. Trotz des Regens und der beißenden Kälte trug er seine Uniformjacke offen, ob ein Gürtel die Hose am Leib hielt, konnte Schirmer aufgrund des riesigen Bierbauchs, den der Mann vor sich herschob, nur erahnen. Schirmer tippte auf Bauchfett statt Gürtel.

»Können Sie mir erklären, was Sie hier zu suchen haben?«, hielt sich der Beamte nicht groß mit Freundlichkeiten auf, während er die zwei Schritte, die zwischen dem Wagen und der schützenden Hauseinfahrt lagen, schlurfend zurücklegte. Als er vor Schirmer stand, war er nass bis auf die Knochen. Der Regen glänzte auf dem kahlen Haupt des Mannes im blauen Licht des Blitzbalkens.

Obwohl er eher einem tapsigen Tanzbären als einem Vertreter der Staatsgewalt glich, riet etwas in der Ausstrahlung dieses Mannes Schirmer zur Vorsicht. Es war weder die Hand des Kollegen, die locker am Griff seiner Pistole lag, noch seine massige Gestalt, die ihnen den Weg verstellte. Tief in Schirmers Magen meldete sich sein Instinkt. Und weil Schirmers Spürsinn so ziemlich das Einzige war, dem Schirmer vertraute, reagierte er gänzlich anders, als Wenzel und Ünal es erwarteten. Bemüht freundlich stellte er sich und seine beiden Kollegen vor und erklärte dem Polizisten, warum sie nach Sulz gekommen waren.

Gruppeninspektor Ferdinand Lugger schüttelte den Kopf. Sein Blick verriet Desinteresse. »Ich kenne keine Sonja Aumann.«

»Hast du davon nichts in der Zeitung gelesen, Kollege?«, fragte Schirmer.

»Ich lese keine Zeitungen.«

»Aber das Mitfahndungsersuchen ist doch gewiss bis nach Sulz gelangt?«

»Für so etwas habe ich keine Zeit.« Lugger kratzte seine nasse Glatze. »Ich bin der einzige Polizist hier. Was denkt ihr, was ich den lieben langen Tag über mache? Mir den Hintern im Büro wärmen? Auch wenn wir ein kleiner Ort sind, gibt's eine Menge zu tun. Seit die Grenzen offen sind, wird bei uns gestohlen und eingebrochen, was das Zeug hält.« Er spuckte verächtlich aus.

»Und weil die hohen Herren in Wien meinen, dass ein Polizist für Sulz genügt, bin ich mehr draußen als drinnen. Aber das könnt ihr mit Sicherheit nicht nachvollziehen.« Ein weiterer Schleimbatzen klatschte auf den Asphalt und verfehlte Schirmers Schuh nur knapp.

Die Nasenflügel des Ermittlers blähten sich, und er dachte erneut darüber nach, ob er schon einmal wegen eines Einbruchs oder eines Diebstahls hier gewesen war. Er musste passen, hatte keine Ahnung. Er seufzte, Arno hätte es mit Sicherheit gewusst. Immerhin stand nach diesem Auftritt fest, dass von Lugger keine Hilfe zu erwarten war. »Wir wollen dich nicht aufhalten, Herr Kollege, aber kannst du uns noch verraten, was für jemanden, der nicht von hier ist, an der Kirchengasse von Interesse sein könnte?«

»Wir haben einen schönen Friedhof.«

Schirmers Versuch eines gekünstelten Lachens misslang. Er lachte auch sonst kaum, wie hatte er da annehmen können, mit diesem Verhalten das Eis zu brechen, das meterdick zwischen ihm und diesem sonderbaren Kollegen stand?

Lugger drehte sich um, ging grußlos zum Wagen zurück und wandte sich noch einmal zu Schirmer um. »Auf Höhe des Friedhofs besteht für die Kirchengasse ein Fahrverbot. Dort oben wohnen Leute, die ihre Ruhe haben möchten und sofort anrufen, wenn man ihnen die nicht zugesteht. Ich nehme an, dass der schwarze Volvo, der vor meiner Polizeiinspektion steht, euch gehört? Ihr könnt von Glück reden, dass ich den nicht habe abschleppen lassen. Woher hätte ich auch wissen sollen, dass es sich um ein Polizeifahrzeug handelt.« Lugger öffnete die Tür. Nachdem er sich schwerfällig in den Streifenwagen zurückgezwängt hatte, richtete Schirmer noch einmal das Wort an ihn.

»Wie kommt es, dass du uns so mir nichts, dir nichts anhältst? Es sieht für mich ganz so aus, als hättest du auf uns gewartet.«

»Drei so jämmerliche Gestalten erregen eben Aufsehen in einem kleinen Ort wie unserem. Ihr solltet wissen, dass die Menschen in Sulz achtsam sind. So wie ich.«

Was der griesgrämige Dorfpolizist ihnen verschwiegen hatte, war, dass die Gasse mit jedem Meter steiler anstieg. Schirmer ging keuchend voran. Schnell setzte der Schmerz in seinem Brustkorb ein, sicheres Zeichen dafür, dass sein Tempo zu hoch war. Er rief nach Ünal, der sich wie Wenzel einige Schritte hinter ihm befand. Schirmer wusste nicht, ob er für die beiden zu schnell ging oder ob er ihnen nur als Schutz gegen den Regen diente, der gerade von vorn kam.

Der Kriminaltechniker, der seinen Kopf unter der Kapuze seiner Jacke verbarg, sodass nur die Spitze seiner Hakennase hervorragte, schloss auf. Doch noch bevor Schirmer das Wort an ihn richten konnte, zeigte Ünal auf ein kreisrundes Verkehrsschild, das auf ein Fahrverbot hinwies. Eine Ausnahme bestand nur für Anrainer. Rechts von ihnen zeichneten sich die Umrisse einer Mauer ab, vermutlich der Friedhofsmauer.

»Was um alles in der Welt hat Sonja Aumann nur hier in Sulz gesucht?«, schrie Schirmer ratlos in den Regen.

»Vielleicht sollten wir weitergehen. Gut möglich, dass sie den Wagen hier stehen gelassen und zu Fuß ihren Weg fortgesetzt hat.« Ünal rieb sich die Hände. Der Regen wurde plötzlich schwächer, doch die Kälte blieb. Eine weitere Windböe fegte über die Gruppe hinweg.

Doch Schirmer hatte genug für heute. Sulz warf Fragen auf, Antworten konnten auch noch am nächsten Tag gefunden werden. Er strich sich den nassen Schopf aus dem Gesicht. Obwohl es nur ein Katzensprung bis Mödling war, hatte er keine Lust darauf, heute noch einmal auf die Dienststelle zu fahren und am nächsten Tag wieder hier rauszukommen. »Nicht weitergehen. Wir bleiben heute Nacht vor Ort und schauen uns morgen früh um.« Ohne auf eine Antwort seiner Mitarbeiter zu warten, drehte er sich um und ging zurück.

23

Der Gasthof befand sich gleich neben der Polizeiinspektion. Über dem Eingang prangte ein Schild, auf dem ein beleibter, rotnasiger Mann einen großen Krug schäumenden Bieres in beiden Händen hielt und freundlich lächelte. Ein beleuchteter Schaukasten neben dem Eingang warb mit warmer Küche und ganzjährig verfügbaren Fremdenzimmern.

Die drei Kriminalbeamten wurden vom Knistern des Kaminfeuers und dem Geruch nach Holzpolitur empfangen. Der Gasthof bestand aus einer Schank, einer Küche und einem Raum, in dem sieben Tische standen. Die Schank diente zugleich als Rezeption, schloss Schirmer anhand des Schlüsselbretts, das hinter dem Pult an der Wand hing. Ungeduldig schlug er auf die Klingel, die vor ihm auf dem Pult stand. Erst einmal, dann noch einmal und noch einmal.

»Komme schon!«, brummte eine tiefe Stimme. Sie kam aus der Küche, klang bärbeißig und war der von Schirmer nicht unähnlich.

Während die Ermittler warteten, dachte Schirmer einen Augenblick lang darüber nach, wie er die Nächtigungskosten vor Plasch rechtfertigen sollte.

»Drei Einzelzimmer? Hätte es ein Zweibettzimmer mit einem Zustellbett nicht auch getan?«, hörte er den Offizier jetzt schon sagen, dann wurde er aus seinen Gedanken gerissen.

»Wo brennt's denn? Was kann ich für die Herren tun?« Ein groß gewachsener Mann war aus der Küche gekommen. Er war viel zu mager für seine Größe und den Bass, der in seiner Stimme mitschwang. Er stand vornübergebeugt, als würde er jeden Moment das Gleichgewicht verlieren. Seine Brauen waren zu einem dichten grauschwarzen Band zusammengewachsen, unter dem Augen funkelten, die genauso dunkel waren wie die Holztäfelung an den Wänden.

»Den Wirt will ich sprechen«, gab Schirmer griesgrämig Kontra.

»Das bin ich. Wirt, Koch und Portier in einer Person. Was ist jetzt? Ich kann euch nur etwas zu trinken anbieten. Essen gibt's erst wieder um sechs.«

»Wir brauchen drei Zimmer für eine Nacht, heißes Badewasser und später was Ordentliches zu beißen.« Schirmer schlug neuerlich auf die Klingel, als könne er damit das eben Gesagte im Gehirn des Wirtes abspeichern.

»Von mir aus«, seufzte dieser und drehte sich zum Schlüsselbrett. »Ich bin der Novak, Abendessen ist also um sechs. Heute gibt es Nudelsuppe, Krautfleckerl und Topfenstrudel.« Er gab ihnen die Schlüssel. »Die Zimmer sind im ersten Stock. Die Treppe nach oben ist draußen.«

Während das Wasser in die Wanne lief, stand Schirmer auf dem Balkon seines Zimmers und blickte auf die Hauptstraße hinunter. Starker Wind pflügte durch die umliegenden Wälder und zwang die kahlen Baumwipfel, sich vor ihm zu verneigen. Schirmers Hand fuhr in die Jackentasche. Mist! Er hatte die Zigaretten im Wagen liegen lassen. Seltsamerweise war sein Verlangen nach den Glimmstängeln heute nicht so unbändig wie üblich, die Finger reichten als Ersatz. Während er an seinen Nägeln kaute, beugte er sich vor und sah zur Polizeiinspektion. Neben ihrem Fahrzeug stand nun der Streifenwagen des Postens. Schirmer überlegte, ob er sich vor dem Essen noch einmal mit diesem aufgeblasenen Dorfpolizisten anlegen sollte, als sein Mobiltelefon läutete. Er spuckte den abgekauten Fingernagel über die Balkonbrüstung, griff nach dem Handy und ging ins Zimmer. »Balogh«, stand auf dem Display.

»Was?«

»Hallo, Chef«, überging Balogh die herzliche Begrüßung ihres Vorgesetzten. »An und für sich wollte ich schon vor Stunden nach Hause gehen. Sie wissen schon, ich bin die wertlose Halbtagskraft.«

Während Balogh sprach, wurde Schirmer klar, dass niemand

in Mödling von seinem Vorhaben wusste, die Nacht in Sulz zu verbringen. Und dass er Erhard im Bezirkspolizeikommando zurückgelassen hatte. Bei Balogh. Für ein paar Stunden. Ursprünglich. »Ach, Sarah? Also, die Jungs und ich bleiben über Nacht in Sulz, wir müssen uns hier ein wenig umsehen.« Er schälte sich umständlich aus der nassen Jacke, warf sie auf den Boden und setzte sich auf die Bettkante. »Wir haben immer noch keine Idee, was Aumann mit diesem Kaff verbindet. Und genau das ist es, was mir zu denken gibt. Nach unserem derzeitigen Wissensstand haben wir es mit einer Vollblutjournalistin zu tun. Außer dem Job dürfte es im Leben von Aumann nicht viel geben. Ich kann mir nicht vorstellen, dass sie wegen der schönen Landschaft nach Sulz gefahren ist.« Im Hintergrund hörte Schirmer jetzt Erhard bellen. »Wegen des Hundes –«

»Ich nehme ihn mit nach Hause«, erleichterte Balogh sofort ihren Vorgesetzten. »Patrick freut sich schon auf Erhard.«

»Patrick?«

»Mein Sohn.«

»Natürlich. Dein Sohn. Also.«

»Also.«

Schirmer legte auf und ging ins Bad. Durch die dünne Wand konnte er trotz des laufenden Wassers Gelächter hören. Wenzel und Ünal hatten auf ihre Einzelzimmer verzichtet. Jetzt tobten die beiden vermutlich wie kleine Jungs auf ihrem Doppelbett herum. Durch die dünnen Wände waren Wortfetzen zu hören. »Bauernkaff … geile Weiber … der Chef … manchmal verrückt.«

Schirmer zog die restlichen nassen Kleider aus, hängte sie über einen Stuhl, schob diesen so nahe wie möglich an den Heizkörper und ließ sich dann in das heiße Badewasser gleiten.

Um kurz nach sechs betrat er die Stube. Das Bad hatte ihm gutgetan, Hemd und Hose waren wieder halbwegs trocken. Der Geruch nach gerösteten Zwiebeln ließ augenblicklich seinen Magen knurren, und er verschob den geplanten Gang zum Dienstwagen auf später. Das Toilettentäschchen, das er immer für Notfälle dabeihatte, und die Zigaretten konnten warten.

Wenzel und Ünal saßen bereits am hintersten Tisch und winkten Schirmer zu. Im Näherkommen zählte der Leiter der Mödlinger Kripo acht leere Biergläser vor den beiden.

»Na, was geht, Jungs?«

»Alles geht«, antwortete Wenzel mit schwerer Zunge.

»Und nichts«, setzte Ünal nach. »Da drüben«, sein Kopf machte eine eindeutige Geste, »die zwei Mädels schauen dauernd zu uns herüber. Ein Jammer, dass sie in Begleitung hier sind.«

Schirmer sparte sich einen Blick über die Schulter. Schon beim Hereinkommen hatte er die Frauen und ihre Begleiter bemerkt. Zwei junge Männer, die ihr tägliches Brot offenbar mit schwerer körperlicher Arbeit verdienten. Fleischige Gesichter, muskulöse Nacken und Hände, die mühelos Knochen brechen konnten, sprachen eine deutliche Sprache. Dass die Aufmerksamkeit ihrer Begleiterinnen ausschließlich Wenzel und Ünal galt, deutete Schirmer als schlechtes Vorzeichen für den Abend. »Packt eure Schwänze wieder ein, Jungs. Alles, was hier herumläuft, ist tabu für euch. Wir werden keinen Krieg anfangen, ist das klar?« Schirmer unterstrich seine Worte, indem er die Hände auf die Tischplatte niederfahren ließ, sodass die leeren Gläser bedenklich wackelten.

Sofort erschien der Wirt. »Macht mir keinen Ärger. Die Steiner-Brüder haben mich schon gefragt, wer ihr seid. Denen gefällt es überhaupt nicht, wenn man ihre Herzensdamen anstarrt.« Mit einer eindeutigen Handbewegung gab Novak zu verstehen, dass das Thema für ihn damit erledigt war. »Darf ich den Herren Kriminalbeamten noch was zu trinken bringen? Drei Bier vielleicht?«

Schirmers Kopf ruckte zu Ünal und Wenzel. Er blickte seine Mitarbeiter durchdringend an. Wer von den beiden Saufsäcken hatte sich verplappert? Als würden sie seine Gedanken lesen können, schüttelten Wenzel und Ünal synchron die Köpfe.

»Mineralwasser wird ab jetzt für uns reichen«, antwortete Schirmer, dann packte er den Wirt an seiner fettigen Schürze und zog ihn sanft, aber bestimmt zu sich heran. »Wie kommen Sie darauf, dass wir Kriminalbeamte sind?«

»Weil wir keine Trotteln sind, hier in Sulz«, entgegnete Novak emotionslos und befreite die Schürze aus Schirmers Griff. »Außerdem reden die Leute hier noch miteinander.«

»Und der Dorfpolizist schwätzt wie ein altes Waschweib«, schlussfolgerte Schirmer.

Novak hob gleichgültig die Schultern, als die Tür aufging, ein elegant gekleideter Mann eintrat und dem Wirt mit einer herablassenden Art, die etwas Herrisches hatte, winkte. Augenblicklich vergaß Novak Schirmer und lief dem Gast entgegen. »Guten Abend, Herr Doktor!«, rief er und breitete seine Arme aus.

Schirmer taxierte den Neuankömmling. Er wirkte fehl am Platz. Niemand, der sich nach einem Arbeitstag den Frust von der Seele soff, bestimmt kein Durchreisender.

Jetzt drehte sich der schlaksig wirkende Mann mehrmals nach allen Seiten um, als würde er etwas suchen. Oder jemanden. Die übrigen Gäste nickten ihm zu und widmeten sich dann wieder einander. Der Mann schien also bekannt zu sein.

»Was darf es denn sein, Herr Doktor?«, fragte der Wirt.

Guter Kunde oder wichtige Persönlichkeit, schloss Schirmer aus der Art und Weise, wie der Mann behandelt wurde.

»Eine Schachtel Moods, Herr Novak«, antwortete er leise, als wäre ihm die Anwesenheit in dem Gasthof peinlich.

Als Schirmer sah, wie die Zigarillos über die Theke wanderten, setzte auch bei ihm sogleich das Verlangen nach etwas Rauchbarem ein. Voller Ungeduld hob er den Arm. »Dreimal Krautfleckerl, die Flasche Mineral und eine Schachtel Marlboro!«, rief er dem Wirt zu, der gerade damit beschäftigt war, den Gast zu verabschieden.

Einen Augenblick lang starrten Novak und der andere in seine Richtung. Ein Nicken, ein Händeschütteln, dann war der Mann wieder verschwunden.

Wenig später brachte der Wirt Mineralwasser und Zigaretten an den Tisch.

»Wer war der Mann?«, fragte Schirmer mit der Neugier eines Kriminalbeamten, der er ja auch war.

»Das war der Herr Dr. Salzer«, entgegnete der Wirt, während er die leeren Gläser auf ein Tablett stellte.

»Euer Gemeindearzt?«

»Um Himmels willen, nein«, lachte Novak. »Frauengeschichten macht der.« Dann wurde der Wirt wieder reserviert. »Aber eigentlich geht Sie das nichts an.« Er streifte die Zellophanverpackung vom Zigarettenpäckchen ab. »Rauchen würde ich an Ihrer Stelle jetzt nicht mehr. Die Suppe kommt gleich.«

Nach dem Abendessen blieben sie noch eine Weile sitzen. Schirmer rührte in einem viel zu schwachen Espresso, Wenzel und Ünal waren damit beschäftigt, wach zu bleiben. Der Alkohol, das Essen und die gut beheizte Stube setzten ihnen zu. Schirmer blickte sich um. Die Steiner-Brüder und ihre Begleiterinnen waren zum Glück vor wenigen Minuten gegangen, ohne dass es zu Problemen gekommen war. Insgesamt waren noch vier der übrigen Tische besetzt. Schirmer nahm einen Bierdeckel zur Hand und begann, darauf herumzukritzeln: »Balogh anrufen. Salzer.«

Etwas an diesem Mann gefiel Schirmer nicht. War es die selbstverständliche Art gewesen, mit der Salzer nicht in das Gasthaus gekommen, sondern regelrecht erschienen war? Oder die Blicke, mit denen ihn der Mann gemustert hatte? Im Moment wusste er darauf keine Antwort. Er ließ den Bierdeckel in die Brusttasche seines Hemdes wandern und gähnte. »Der Wirt soll alles auf mein Zimmer schreiben«, knurrte er.

Ünal hob den Kopf und stieß Wenzel in die Rippen.

»Und dann seht ihr zwei Mädels zu, dass ihr in die Betten kommt. Wenn einer von euch morgen über Schädelweh klagt, reiße ich ihm den Besagten eigenhändig ab.«

Als Schirmer das Zimmer betrat, blinkte sein Mobiltelefon auf der Matratze grün. Er griff sich das Handy. Neun Anrufe in Abwesenheit von Balogh, der letzte gerade eben. Schirmer wurde heiß und kalt zugleich, und er rief zurück. »Ist was mit Erhard?«, kam er sofort zur Sache. Ein lautes Summen in der Leitung, dann ein Rauschen. »Dem Dicken geht es doch gut?«, versuchte er, die atmosphärischen Störungen zu übertönen.

»Mein Gott, Chef!« Balogh lachte. »Natürlich geht's ihm gut. Patrick hat ihn den ganzen Abend verwöhnt. Sie müssten die zwei mal sehen. Wie –«

»Und warum rufst du dann an?«

»Das Mobilfunkunternehmen, dessen Kundin Aumann ist, hat die Auswertung der Handydaten geschickt. Der Wachhabende im Bezirkspolizeikommando hat sich bei mir gemeldet, weil er sonst niemanden erreicht hat. Ich habe mir die Liste nach Hause mailen lassen.«

»Komm auf den Punkt, Sarah. Wäre es nicht wichtig, hättest du nicht so oft angerufen.«

»Damit haben Sie natürlich recht, Chef. Am Abend ihres Verschwindens war Aumanns Handy bei einem Sendemast in unmittelbarer Nähe ihrer Wohnung eingeloggt.«

»Werte die Nummern aus, die zur selben Zeit dort eingeloggt waren«, unterbrach Schirmer.

»Das habe ich schon veranlasst. Interessant wird es ab circa dreiundzwanzig Uhr des besagten Abends. Ab da sind Verbindungen zu einem Sendemast in der Nähe der Goldenen Stiege verzeichnet. Der Datentransfer reißt irgendwann zwischen elf und zwölf ab.«

»Kann bedeuten, dass sie ihr Telefon ausgeschaltet hat.«

»Oder dass es ausgeschaltet wurde«, präzisierte Balogh und sprach damit genau das aus, was Schirmer eigentlich gemeint hatte. »Es folgt tagelange Funkstille. Bis gestern«, fuhr sie fort.

»Jetzt komm schon, Sarah, rück endlich raus mit den wichtigen Dingen.« Schirmer wusste manchmal nicht, ob er einfach nur zu ungeduldig war, nicht zuhören konnte, oder aber, ob seine Mitarbeiter in Situationen wie dieser ihn absichtlich auf die Folter spannten.

»Gestern war Sonja Aumanns Handy für einen kurzen Zeitraum bei einem Sendemast eingeloggt, der Teile des Mödlinger Stadtzentrums abdeckt.«

»Interessant. Frag doch gleich noch einmal bei der Mobilfunkgesellschaft nach, was es damit auf sich haben kann. Stell sicher, dass denen kein Irrtum unterlaufen ist.« Schirmer sah auf seine Uhr. Balogh hatte vorhin gesagt, dass sie samt Kind und Hund zu Hause war. »Quatsch, geh jetzt lieber ins Bett.« Er blickte neuerlich auf sein Handgelenk, und die Ziffern verschwammen zu einem neongrünen Ganzen. »Wir machen das gemeinsam, wenn ich wieder zurück bin. Sollte gegen Mittag sein.«

»Geht es Ihnen gut?«, fragte Balogh.

»Ich bin hundemüde und in Begleitung zweier Beamter, die sich wie Teenager benehmen.«

»Muss ich Letzteres verstehen?«, lachte Balogh in die Leitung.

»Nicht einmal ich verstehe es. Und danke, dass du dich um Erhard kümmerst.« Er drückte den roten Knopf seines Telefons, ließ sich aufs Bett zurücksinken und schloss die Augen.

Wo ist der verdammte rote Faden, Schirmer?

Immer wieder stellte er sich die gleiche Frage, fand aber keine Antwort. Unscharfe Bilder begleiteten ihn in einen unruhigen Traum. Er sah Sonja Aumanns Gesicht vor sich. Stefan Zettl, der mit Handys jonglierend auf dem Parkplatz bei der Goldenen Stiege stand. Sendemasten, Berge von Akten, die wie eine Springflut über ihn hereinbrachen. Hasler, der in einem Liegestuhl lümmelte und emotionslos dabei zusah, wie sein Chef in Buchstaben ertrank. Er hörte Wenzel lachen, den Wind, der am Fensterrahmen rüttelte, eine Tür, die ins Schloss fiel, das Folgetonhorn eines Streifenwagens.

24

Wieder einmal hatte sich Jonas Friedl auf seinen Spürsinn verlassen können. Obwohl das, was auf der anderen Seite der Straße gerade vor sich ging, nicht mehr als die logische Summe einer Addition mehrerer Fakten war, war er hochzufrieden. Die Kunst war es gewesen, die einzelnen Komponenten dieser einfachen Rechnung sichtbar zu machen, richtig zu deuten und zur Stelle zu sein.

»Ich hätte Bulle werden sollen.« Friedl rieb sich Schlaf aus seinen Augen, rutschte ein Stück weiter in den Sitz und wartete, bis die Gestalt endlich im Haus verschwunden war. Er blickte sich nach allen Seiten um. Nichts. Mödling schlief, die Straße war menschenleer, und die Polizei hatte es versäumt, das Haus unter Beobachtung zu stellen. »Anscheinend ist dir das nicht wichtig genug, Schirmer«, stellte der Journalist fest, während er sich bereit machte. Er hätte dem Leiter der Mödlinger Kripo wirklich mehr Intuition zugetraut. Wäre Friedl für die Fahndung nach Sonja Aumann verantwortlich, hätte er rund um die Uhr einen Beamten abgestellt, um ihre Wohnung zu observieren. »Ich hätte wirklich Bulle werden sollen«, wiederholte der Journalist, stieg aus und schlich so schnell wie möglich über die Fahrbahn. Auch wenn das Wort »Dankbarkeit« in Schirmers Vokabular ihm gegenüber noch nicht vorgekommen war, würde ihm der Kriminalbeamte für das hier mindestens einen Gefallen schulden. *»Quid pro quo«*, zitierte Jonas Friedl eine Stelle seines Lieblingsfilmes, in dem eine FBI-Agentin einen Deal mit einem irren Serienmörder einging. »*Quid pro quo*, Schirmer.«

Jonas Friedl hatte den dunkelblauen Mercedes erreicht, der direkt vor dem Haus parkte. Lächelnd tippte er mit seiner Schuhspitze gegen das Nummernschild, holte das Mobiltelefon aus seiner Jackentasche und wählte die Nummer. »MZ 1. Ein dümmeres Wunschkennzeichen ist dir wohl nicht eingefallen, Herr Chefredakteur«, flüsterte er.

25

17. Oktober

Der Leiter der Mödlinger Kripo schonte seine verkaterten Mitarbeiter nicht. Er weckte sie um kurz vor sechs, und um halb sieben, nach einem hastig eingenommenen Frühstück, saßen Wenzel und Ünal bereits im Wagen und warteten auf Schirmer, der noch die Rechnung beglich.

Der Abschied von Novak erfolgte stumm. Schirmer steckte Kreditkarte und Rechnung ein, nickte dem Wirt zu und verließ den Gasthof. Er war froh, dass es an diesem Morgen wenigstens nicht regnete. Obwohl es bitterkalt war, streckte die Sonne bereits erste Strahlen nach dem Ort aus, es würde ein klarer Tag werden. Nachdem Schirmer sein Toilettentäschchen im Kofferraum verstaut hatte, nahm er auf dem Fahrersitz Platz und ließ den Motor an. Er war froh, in Sulz genächtigt zu haben und nun bei besserem Wetter die Stelle aufzusuchen, die für Sonja Aumann aus irgendeinem Grund wichtig gewesen war. Wenige Minuten später parkte er den Volvo neben der Friedhofsmauer.

»Ich gehe nicht davon aus, dass Aumann auf den Friedhof wollte«, teilte er den anderen seine Sicht der Dinge mit. Sie waren ausgestiegen, vor ihnen breitete sich eine Lichtung aus, die bergab bis zum Ortskern führte. Schirmer erkannte das Dach des Gasthofs und ein Stück weiter südlich die Bundesstraße, die sich wie eine graue Schlange durch die Landschaft wand. Fünfzig Meter oberhalb ihres Standorts änderte die Kirchengasse ihr Aussehen, wurde schmäler und tauchte zwischen Bäumen ein. Schirmer zeigte auf das kreisförmige weiße Schild mit der roten Umrandung. »Ich denke, wir sollten uns ansehen, welche Herrschaften da oben wohnen.«

Wenzel und Ünal folgten Schirmer auf dem Fuß. Die Kriminalbeamten hatten sich am Vorabend verausgabt und waren jetzt froh, mit dem deutlich älteren Schirmer halbwegs Schritt halten zu können.

Dr. Aribert Salzer beobachtete die fette Frau, bis diese in ihren SUV eingestiegen und losgefahren war. Er zog die Gardinen zu, setzte sich an seinen Arbeitsplatz und überflog die Notizen, die er sich im Lauf der letzten Tage zu seiner neuen Kundin gemacht hatte. Jana Holikova besaß drei Boutiquen in der Tschechischen Republik und war bereits zum dritten Mal verheiratet. Er hatte sich ihre Leidensgeschichte und vor allem ihre Liebesgeschichten angehört, eine bedrückte Miene zur Schau getragen und mehrmals fassungslos den Kopf geschüttelt. »Ihr Schicksal erfüllt mich mit großer Traurigkeit, meine Liebe«, hatte er so langsam und deutlich wie möglich gesagt. Holikova sprach schlechtes Deutsch, es war eine Qual für ihn gewesen, ihr so lange zuzuhören. »Aber ich kann Ihnen versichern, dass ich gemeinsam mit Dr. Stejskal alles tun werde, um auch Ihre Geschichte gut ausgehen zu lassen.«

Der tschechische Kollege, ein Tennispartner von Salzer, hatte seinen Anteil am Geschäft bereits erhalten. Einige Monate lang würde Salzer nun die übergewichtige, nach teurem Parfum riechende Einnahmequelle hinhalten, ehe er ihr die traurige Nachricht überbringen würde. Zwei oder drei Wochen später würde dann Stejskal oder Salzer selbst mit dem Angebot vorstellig werden. So lief es immer, und meistens funktionierte es.

Zufrieden schob er den Ordner zur Seite und starrte eine Weile auf das Telefon. Lugger hatte versprochen, ihn auf dem Laufenden zu halten. Salzer genoss den Respekt, mit dem man hier auf dem Land einer höher gestellten Persönlichkeit noch begegnete. Die Bitte, ihn aufgrund seiner angeborenen Neugier mit Informationen zu versorgen, hatte ihm der kleine Dorfpolizist einfach nicht abschlagen können. Nach einer Weile nahm er den Hörer in die Hand und wählte Radulescus Nummer. »Habe ich Sie geweckt?«

»Es ist schon zehn.«

»Wie weit sind Sie? Es sollte nun endlich losgehen. Gestern Abend waren drei Polizisten aus Mödling hier.«

»Und was beunruhigt Sie daran?«

»Sie haben nach dem Mädchen gefragt. Der Wirt, dieses alte Waschweib, hat es mir gesteckt.«

»Da ich mit Ihnen spreche, gehe ich davon aus, dass immer noch alles in Ordnung ist.«

»Aber wenn die eins und eins zusammenzählen, dann –«

»Dann ist die Sache längst erledigt«, wurde Salzer harsch unterbrochen. »Und wenn sie unbedingt in Sulz herumschnüffeln wollen, sollen sie das tun, bis sie grün werden. Was werden die schon finden? Heute Abend ist das mit dem Mädchen erledigt. Ich melde mich bei Ihnen, sobald alles vorbei ist und wir wieder in Rumänien sind.«

Die große Ruhe, die Salzer eben noch verspürt hatte, war verflogen. Hier ging es nicht um die üblichen Geschäfte, sondern um Mord. Das Schicksal wäre für die junge Frau ein anderes gewesen, hätten sich ihre Wege damals nicht gekreuzt.

»Sind Sie noch dran?«, fragte Radulescu nach einer Weile.

»Ja, es ist … es ist nichts.«

»Gut. Löschen Sie nach dem Auflegen meine Nummer aus Ihrem Telefon. Beim nächsten Mal melde ich mich mit einer neuen.«

Das Knacken in der Leitung, das folgte, war endgültig. Dr. Aribert Salzer lehnte sich zurück und atmete tief durch. Er versuchte, sich abzulenken, griff noch einmal nach Holikovas Unterlagen. Er würde sie mit Leichtigkeit zufriedenstellen können.

»Hast du diese Drecksau gesehen, Erwin? Schreib dir das Kennzeichen auf, die Frau hat mich ja beinahe überfahren!«, schrie Schirmer und blickte dem Geländewagen nach, der eben an ihnen vorbeigerast war.

»Der Wagen war zu schnell, Chef«, erwiderte Wenzel kleinlaut. »Aber es war ein tschechisches oder slowakisches Kennzeichen. Keine Ahnung, ob man der Fahrerin überhaupt einen Strafbescheid nachschicken könnte.«

»Es ist wirklich zum Aus-der-Haut-Fahren! Euer Vorgesetzter wird beinahe über den Haufen gefahren, und was tut ihr? Träumen! Sauft beim nächsten Mal lieber Buttermilch, wenn euch Bier nicht bekommt. Kinder!« Schirmer schaute in die Richtung, in der das Fahrzeug verschwunden war. Wie aus dem Nichts heraus war der Wagen vor ihnen aufgetaucht. Mit mindestens doppelt so hoher Geschwindigkeit, wie erlaubt gewesen wäre.

Wenzel und Ünal – Letzterer hatte an diesem Morgen noch keinen Laut von sich gegeben – standen da wie begossene Pudel und ließen die Standpauke geduldig über sich ergehen.

Nachdem Schirmer Dampf abgelassen hatte, liefen sie weiter. Nach wenigen Metern machte die Gasse eine neuerliche Biegung, und Schirmer wunderte sich, wie der Wagen bei dem hohen Tempo die enge Kurve genommen hatte.

»Da!«, schnaufte Wenzel und zeigte auf ein zweistöckiges Haus. »Hier ist weit und breit nichts außer diesem Bau. Vielleicht ist die Frau von da losgefahren?«

Schirmer betrachtete das Haus. Glas traf auf Stahl. Das Resultat modernster Architektur, in einem überdimensionalen Quader mit riesigen Fenstern zum Ausdruck gebracht. Er ging auf das Eingangstor zu, las das Namensschild und grinste zufrieden.

»Wir haben uns gestern Abend im Gasthof gesehen«, begann Dr. Aribert Salzer das Gespräch, nachdem er und die drei Kriminalbeamten in seinem Büro Platz genommen hatten. »Was kann ich für die Herren tun?«

Doch Schirmer wusste selbst nicht so genau, wie er beginnen sollte. Er war einer Eingebung gefolgt, war einfach losgegangen und hier gelandet. »Wie viele Häuser befinden sich in der Kirchengasse hinter dem Fahrverbotsschild?«

»Oberhalb meines Hauses gibt es nur noch eine Jagdhütte an einer Forststraße im Wald, soweit ich weiß. Dürfte ich fragen, warum Sie das interessiert?«

»Ich wurde vorhin nur wenige Meter von Ihrem Haus entfernt fast von einem Wagen überfahren. Eine Frau saß am Steuer, kam die vielleicht von Ihnen?«

»Nein, ich lebe alleine und hatte heute Morgen auch keinen Besuch. Ich hoffe, es ist Ihnen nichts geschehen?«

Schirmer winkte ab. »Eigentlich sind wir wegen etwas anderem in Sulz. Erwin?«

Wenzel reichte Schirmer ein Foto von Sonja Aumann. »Wir suchen nach dieser Frau. Sie hat sich möglicherweise vor einigen Tagen hier aufgehalten.«

Dr. Aribert Salzer nahm das Bild in die Hand, betrachtete es einige Sekunden lang eingehend und reichte es dann wieder an Schirmer zurück. »Noch nie gesehen, so leid es mir auch tut. Ein hübsches Ding.«

»Ihr Wagen, ein grüner Toyota Yaris, ist der Ihnen möglicherweise aufgefallen?«

Kopfschütteln.

»Es könnte sein, dass er vor einigen Tagen vor dem Friedhof abgestellt war.«

»Leider hat sich weder das Mädchen noch der von Ihnen beschriebene Wagen in meinem Gedächtnis verankert. Darf ich noch etwas für Sie tun?«

Schirmer resignierte. Bei Salzer kam er nicht weiter, Sulz schien eine Sackgasse zu sein. Außer einer Rechnung über eine Nächtigung für drei und einem Beinahe-Unfall durch eine wild gewordene Autolenkerin würden sie von ihrem Besuch hier nichts mitnehmen. Der rote Faden musste irgendwo anders seinen Anfang nehmen. »Danke für Ihre Zeit.« Schirmer stand auf und winkte seinen beiden Mitarbeitern, die es ihm zeitverzögert gleichtaten.

Salzer schüttelte ihnen die Hände und begleitete sie zur Tür.

»Was für eine Art von Arzt sind Sie eigentlich, Dr. Salzer?«, fragte Schirmer, bereits im Vorgarten stehend. Natürlich wusste er es schon von Novak, suchte aber einen Anknüpfungspunkt für ein paar weitere Worte. »Ihr Türschild verrät es nicht.«

»Ich betreibe eine gynäkologische Ordination in Mödling. Sulz ist mein Rückzugsgebiet. Hier finde ich die Ruhe, die ich zwischendurch brauche, um meinen Job gut machen zu können.«

Schirmer scharrte mit der Fußspitze im Kies. »Mödling? Komisch, dass ich Sie gar nicht kenne. Aber so oft gehe ich ja auch nicht zum Frauenarzt.« Künstliches Gelächter folgte, mit dem Schirmer versuchte, die Stimmung ein wenig aufzulockern.

Salzer stimmte nicht weniger gezwungen ein.

Während Salzer immer noch lachte, war Schirmer schon mit einem Screening beschäftigt. Er prägte sich den Arzt ein, fragte sich, ob seine Exfrau Katja vielleicht Patientin bei Salzer war. Mehr, als dass sie sich in der Zwischenzeit wieder verlobt hatte, wusste Schirmer über ihr neues Leben nicht. Für den Bruchteil einer Sekunde geriet er in Versuchung, sich beim Arzt nach ihr zu erkundigen und die Frage als Ermittlung zu tarnen. Doch als Salzer endlich zu lachen aufhörte, war auch Schirmers hirnrissige Idee wieder verflogen. Es stand unleugbar fest: Sulz war ein Flop gewesen.

Sie waren schon einige Minuten lang auf dem Rückweg, als Schirmers Mobiltelefon läutete. Mit dem Kinn zeigte er auf das in der Mittelkonsole kreischende Handy. »Abheben, Wenzel.«

Wenzel gehorchte, schaltete den Lautsprecher ein und hielt das Gerät neben Schirmers Ohr.

»Gut, dass ich Sie erreiche, Chef!«, kam es erleichtert durch die Leitung. Es war Balogh.

»Ich habe dir doch schon gesagt, dass wir die Sache mit den Handydaten gemeinsam durchgehen, wenn wir wieder zurück sind. Sulz war ein Reinfall, wir sind ohnehin schon auf dem Rückweg und in spätestens einer halben Stunde da.«

Doch Balogh ging nicht auf Schirmer ein. »Gestern Nacht hat ein anonymer Anrufer einen Wohnungseinbruch gemeldet. Eine Streife konnte den Täter auf frischer Tat festnehmen.«

»Ich nehme an, der Bursche sitzt in Untersuchungshaft? Wir werden ihn einvernehmen, sobald Zeit ist.«

»Wollen Sie denn überhaupt nicht wissen, um welche Wohnung es sich dabei gehandelt hat?« Balogh wartete mit der Antwort gar nicht erst, bis Schirmer nachfragte. »Andreas-Hofer-Gasse siebzehn, Tür neun«, sang sie in den Hörer. »Klingelt es bei Ihnen?«

Und ob es das tat. »Wer?«, fragte er knapp.

»Raten Sie mal.«

26

Schirmer verglich den Einvernahmeraum im Keller des Bezirkspolizeikommandos Mödling gerne mit dem »Theater zum Fürchten«, einer beliebten Mödlinger Bühne, die in einem ehemaligen Luftschutzstollen der Stadt untergebracht war. Sowohl das Verhörzimmer als auch die Bühne befanden sich tief unter der Erde. Beide schlecht beheizbaren Orte boten mit nackten Wänden aus Beton und Stein den perfekten Schauplatz für atmosphärische Stücke, nur ihre Darsteller variierten: Im Theater agierte ein ambitioniertes Ensemble, im Keller des Bezirkspolizeikommandos der Leiter der Mödlinger Kripo als Hauptdarsteller in Vorstellungen, die immer ähnlich abliefen. Schirmer leitete die Verhöre wie ein Dirigent sein Orchester. Wenn er es für richtig hielt, ließ er Dialoge zu Monologen werden, schüchterte Verdächtige ein, machte ihnen Hoffnung, wenn sie nur mit ihm zusammenarbeiten würden. Drohte labilen Charakteren Schrecklichkeiten an und stellte scheinbar harten Knochen die Vernichtung ihrer Existenz in Aussicht, sollten sie weiterhin den starken Mann spielen. Im Hintergrund stets Hasler, der, einem Regisseur gleich, den Rahmen absteckte, in dem sich der Hauptdarsteller entfalten konnte. Begab Schirmer sich zu weit in den Grenzbereich zwischen Rechtsordnung und Willkür, war er zur Stelle. Ein Räuspern, eine kurze Unterbrechung, ein dezenter Hinweis genügte. Duo infernal.

Obwohl seit ihrer ersten Begegnung nur zwei Tage vergangen waren, wirkte Stefan Zettl um Jahre gealtert. Im sonnenbankbraunen Gesicht zeigten sich weiße Flecken. Schirmer fragte sich, ob Zettl diese für gewöhnlich mit Make-up abdeckte, sie waren ihm bei seinem Besuch in der Redaktion nicht aufgefallen. Die Haare standen dem Chefredakteur der »MZ« wild zu Berge, Schuppen, die auf dem schwarzen Unterleibchen besonders gut zu sehen waren, bedeckten seine Schultern. Dazu tiefschwarze

Ringe unter den Augen und eine Platzwunde am rechten Jochbein, die laut Polizeibericht von massiver Gegenwehr bei der Festnahme herrührte und mit vier Stichen genäht worden war.

Schirmer las laut aus dem Protokoll vor. »Widerstand gegen die Staatsgewalt, versuchter Einbruchdiebstahl zum Nachteil der Sonja Aumann, eineinhalb Promille … Sie waren besoffen wie ein Bierkutscher.« Zufrieden stellte er fest, dass manche Dinge doch noch so waren, wie sie sein sollten. Widerstand gegen Polizisten musste seiner Meinung nach unweigerlich Schmerzen zur Folge haben. Schirmer legte die Akte auf den Tisch, schwang ruckartig die Beine von demselben, stand auf und war mit einem Satz neben Zettl. »Und jetzt werden Sie mir verraten, was Sie mit Sonja Aumann sonst noch getan haben. Wo ist das Mädchen?«

Stefan Zettl vergrub das Gesicht in seinen Händen, die Handschellen klackten laut aneinander. »Ich weiß es nicht«, flüsterte er.

»Wie?«

»Ich …«

»Er weiß es nicht!« Schirmer wandte sich an Balogh und Wenzel, die links und rechts von Zettl saßen, richtete sich kerzengerade auf und lachte übertrieben. Seine Stimme wurde von den Wänden des spartanisch eingerichteten Raumes zurückgeworfen – ein höhnisches Echo.

»Ihre Kollegin hat mich das schon mehrmals gefragt. Ich habe keine Ahnung. Die Dinge … was geschehen ist … meine Erinnerung daran …«

»Ach, Scheiße! Riesengroße Scheiße!« Schirmer packte Zettl am Arm und zerrte ihn vom Stuhl. Ihre Nasenspitzen berührten sich, Schirmer roch das Jod, mit dem man Zettls Platzwunde am Vorabend gereinigt hatte. »Ich werde dir jetzt mal sagen, was passiert ist. Du hast Aumann verschwinden lassen. Jeder bei der ›MZ‹ weiß, dass du die Kleine gevögelt hast«, warf er Zettl vor und bedankte sich gedanklich noch einmal bei Jonas Friedl für die Information. »Und nebenbei bist du verheiratet, hast also viel zu verlieren, nicht wahr? Frau, Kinder, deine Stellung! Was war los? Hat Sonja Aumann dich erpresst? Wollte sie mehr von dir? Hat sie gar in die Zitze gebissen, die sie säugt? Du hast sie doch mit Sicherheit für ihr Entgegenkommen belohnt, oder? Fragen über Fragen, und du weißt die Antworten nicht!« Mit einem heftigen Rempler stieß Schirmer Zettl zu Boden.

Balogh sprang auf und stellte sich vor den wimmernden Chefredakteur, der einen kläglichen Anblick bot. Ein dunkler Fleck zeichnete sich auf seiner Hose ab und wurde immer größer. Es begann, nach Urin zu stinken. »Jetzt machen Sie mal halblang, Chef! So können Sie doch nicht mit –«

»Ich werde dir gleich zeigen, was ich kann und was nicht!« Der Schirmer'sche Vulkan war ausgebrochen. Dem Ermittler rann der Geifer aus dem Mund. Sulz. Nässe. Kälte. Alles Zeitverschwendung. Nirgendwo ein roter Faden. Und noch dazu Hasler weg. Die während der letzten Tage angestauten Emotionen brachen sich Bahn. Schirmer schob Balogh zur Seite, krallte sich in Zettls Leibchen und zog ihn wieder hoch, bevor der Chefredakteur mit einem lauten Krachen kopfüber auf dem Tisch landete. Die darauf liegenden Akten flogen wie der Aschenbecher, Schirmers Zigaretten und sein Mobiltelefon durch den Raum.

»Es waren wirklich keine angenehmen Tage für mich, seit du Sonja hast verschwinden lassen. Bis jetzt sind wir im Dunkeln getappt, dabei ist doch alles so einfach. Ich hätte mich nur auf meinen Instinkt verlassen müssen. Du steckst so tief in der Sache, dass es jetzt schon für einen Haftbefehl reicht!« Schirmer war klar, dass er übertrieb, aber er hatte den Frontalangriff gewählt, da er spürte, dass er Zettl so lange einschüchtern musste, bis er zusammenbrach und gestand. Die geringe Chance, dass Sonja Aumann noch am Leben war, trieb Schirmer zusätzlich an. Zusammen mit der Wut, die ihn in diesem Augenblick durchfuhr, vereinte sie sich zu einem hochexplosiven Gemisch. Er erhöhte den Druck. »Wohin hast du sie geschafft? Lebt sie noch, oder hast du Scheißkerl das Mädchen um die Ecke gebracht?«, schrie er dem bäuchlings auf dem Tisch liegenden Zettl ins Ohr.

Wenzel und Balogh standen abseits und beobachteten die Szenerie ungläubig. Balogh war sichtlich entsetzt über den Wutausbruch ihres Vorgesetzten, Wenzel bewunderte Schirmer für die harte Art und Weise, mit der er Zettl anpackte. Sie hatten es hier mit einem Verdächtigen zu tun, vielleicht war Sonja Aumann ja noch am Leben?

»Chef, Sie bringen ihn gleich um!«, entfuhr es Balogh ungewollt. Zettls Anblick machte ihr Sorgen, das Gesicht des Journalisten hatte eine tiefrote Farbe angenommen, er schnappte nach Luft.

»Sie erdrücken mich«, keuchte Zettl, als Schirmer sich jetzt auch noch auf seinen Oberkörper lehnte. »Ich kriege kaum –«

»Na schön!« Der Chefermittler lockerte seine Umklammerung, drehte Zettl mit Schwung auf den Rücken und setzte ihn auf. Einige Sekunden lang waren nur Zettls Husten und Schirmers schweres Keuchen zu hören. Der Ermittler bohrte seine Blicke förmlich in den Festgenommenen, während er einige lose Blätter zusammenraffte, die ihm Balogh vor der Einvernahme vorgelegt hatte. Es handelte sich dabei um die Auflistung von Rufnummern, die zur selben Zeit bei demselben Sendemast eingeloggt gewesen waren wie Sonja Aumanns Anschluss. Dass Balogh in diesem Moment still und heimlich den Raum verließ, bemerkte Schirmer nicht.

Als wäre nichts gewesen, überflog er die Daten, senkte seine Stimme und fuhr betont langsam fort. »Ich habe ja nicht viel Ahnung von dem ganzen technischen Zeug. Zum Glück gibt es dafür Mitarbeiter. Meine Kollegin hat den ganzen Zahlenkram analysiert und zusammengefasst, damit auch ein Saurier wie ich es versteht.« Er hielt ein Blatt hoch. »Aber bevor wir dazu kommen, habe ich noch eine Bitte an dich: Rede mit mir.« Umfassungsangriff statt frontaler Attacke. »Sag die Wahrheit, und wir bringen das zu einem vernünftigen Ende. Du kennst das ja bestimmt: Mitwirken, Strafmilderung und all der ganze Kram. Ihr Fritzen schreibt ja andauernd über solche Dinge«, murmelte Schirmer die letzten Worte in das Zigarettenpäckchen, dem er mit den Zähnen einen Glimmstängel entnahm.

Wenzel nutzte die Gelegenheit, um ihm ein weiteres Blatt zu reichen und auf eine rot markierte Stelle zu zeigen.

»Soll ich dir sagen, wo sich dein Mobiltelefon am Abend des

10. Oktober um dreiundzwanzig Uhr dreiunddreißig befunden hat?« Der finale Akt, Schirmer hob die Hand, wollte keine Antwort hören. »Sag es nicht, ich verrate es dir. Dein Telefon war just zu jenem Zeitpunkt bei dem Handymast eingeloggt, der der Goldenen Stiege am nächsten ist. Und dort in der Nähe ist, wie du ja sicherlich weißt, Sonja Aumann verschwunden! Das Seltsame an der Sache ist, dass du dich an all das nicht mehr erinnern kannst und das Telefon des Mädchens wie von Zauberhand verschwunden war, bis es die Kollegen nach deiner Festnahme in deinem Wagen gefunden haben. Schönes Teil übrigens. Ich wollte, ich könnte mir auch einen Mercedes leisten.«

Zettl begann zu weinen. Dank Schirmers physischer Spezialbehandlung war die Wunde am Jochbein wieder aufgeplatzt. Blut mischte sich mit Tränen. »Ich kann mich nicht mehr an alles erinnern«, beteuerte er verzweifelt. »Damals ... an dem Abend hatten wir Streit. Ich hatte zu viel getrunken, und ... ich kann mich nur mehr bruchstückhaft ... aber ich schwöre ...« Stefan Zettl brach unter lautstarkem Schluchzen zusammen. Er wurde von Weinkrämpfen geschüttelt, gelber Rotz rann aus seiner Nase.

Für einen Augenblick empfand Schirmer beinahe so etwas wie Mitleid mit dem Mann. Einen kurzen Augenblick. »Und da hast du dir gedacht, du brichst mal schnell in ihre Wohnung ein. Wozu eigentlich?«

»Wegen des Bildes«, flüsterte Zettl.

»Das Bild, auf dem du drauf bist? Ich hatte es schon in ihrer Wohnung gefunden, bevor wir zu dir in die Redaktion gekommen sind, wo du bestritten hast, näher mit Aumann bekannt zu sein. Eine kleine, aber feine Lüge, mit der eine ordentliche Haftstrafe in greifbare Nähe rückt, mein Freund. Wieso hast du gelogen?«

Schluchzen.

»Warum hattest du ihr Telefon?«

»Sie hat es schon vor Tagen in meinem Wagen vergessen.«

»Vor Tagen? Wann genau? An dem Abend, an dem sie verschwand? Oder sollte ich besser sagen: an dem sie beseitigt wurde?«

»So war es bestimmt nicht! Weil mir die Erinnerung fehlt, kann ich nur mutmaßen, aber …«

»Am Ende ist dann alles immer einfach. Eine plumpe Beziehungsgeschichte.« Schirmer schnippte mit den Fingern.

Wenzel reichte ihm ein Kuvert, in dem sich ein Wattestäbchen befand.

»Ich werde dir jetzt sagen, wie es weitergeht. Wir nehmen eine Speichelprobe von dir und vergleichen sie mit der DNA, die wir in der Wohnung gefunden haben. Natürlich kannst du das verweigern, aber dann werde ich dir –«

»Du wirst hier gar nichts mehr, Chefinspektor.« Major Plasch stand in der Tür. »Die Vernehmung ist hiermit zu Ende, und du hältst dich bereit für mich. Herr Wenzel, Sie sorgen dafür, dass Herr Zettl noch einmal ärztlich versorgt und in seine Zelle zurückgebracht wird.« Plasch drehte sich um und verließ ohne ein weiteres Wort den Verhörraum. Er ließ einen verdutzten Wenzel zurück, einen in Tränen aufgelösten Zettl, einen Schirmer, dem die Zornesröte ins Gesicht stieg, und eine Balogh, die im Türrahmen stand und nicht wagte, einzutreten.

Als Schirmer seine Kollegin sah, wusste er Bescheid. Langsam ging er auf die Verräterin zu und richtete anklagend den Zeigefinger auf sie. »Du«, flüsterte er. »Du, du, du.« Er war nur noch einen Schritt von Balogh entfernt.

Sie senkte den Kopf. Würde ihr Schirmer jetzt auch den Arm umdrehen, sie auf den Boden werfen und …?

»Du weißt ja gar nicht, was du eben getan hast«, spie er ihr ins Gesicht, drehte wenige Zentimeter vor ihr ab und ging zu der Treppe, die in die oberen Stockwerke des Bezirkspolizeikommandos führte.

27

Bis zu dem Zeitpunkt, an dem man ihr die Kanüle grob aus dem Arm gerissen hatte, war ihr nicht bewusst gewesen, ob sie träumte, halb bewusstlos vor sich hin dämmerte oder bereits tot und auf der anderen Seite war. Doch ihr plötzliches Erwachen, ausgelöst durch das Brennen der Nadel, die ihre Vene verließ, beseitigte alle Zweifel.

Sofort ahnte sie, dass das hektische Treiben um sie herum nichts Gutes verhieß. Als würden hunderttausend Volt durch ihren Körper fahren, bäumte sie sich auf, öffnete die Augen und fiel im selben Moment kraftlos auf die schmutzige Matratze zurück. Sie atmete schwer, Schweiß perlte auf ihrem nackten Körper, sie zitterte vor Kälte.

Kurz bevor sie neuerlich in die Ungewissheit zwischen Leben und Tod hinüberglitt, erschien eine Fratze vor ihrem Gesicht. Zwei Hände nahmen ihren Hinterkopf, zerrten sie hoch. Augen starrten sie emotionslos an. Es war keine Einbildung, wie ihr sofort klar wurde. Nach Wein und Knoblauch stinkender Atem auf ihrer Haut, Schweißgeruch, der herbe Duft eines Männerparfums hingen in der Luft. Dann begann sich der Schleier zu heben, und sie nahm ihre Umgebung deutlicher wahr. In einiger Entfernung von ihr stand ein elegant gekleideter Mann und betrachtete angewidert ihren dreckigen Körper. Der Zweite war von hagerer Statur und trug einen weißen Kittel, der ihm bis zu den Knien reichte. Sein Anblick löste ein Gefühl in ihr aus, das sie nicht deuten konnte. Erst nach einer Weile dämmerte es ihr, wen sie vor sich hatte. Er war es auch gewesen, der die Nadel aus ihrem Fleisch gezogen hatte. Jetzt warf der Mann Nadel samt Infusionsschlauch achtlos zu Boden und trat zur Seite. Den Dritten entdeckte sie einen Atemzug später. Sein teigiges Gesicht war mit Narben übersät. Im Gegensatz zu den anderen war seine Kleidung stark verschmutzt, seine Statur wurde von einer abgetragenen Daunenjacke verborgen. Sonja fiel auf, dass er deutlich kleiner war als die anderen. Dass sie immer noch nackt war, interessierte die Männer offenbar nicht im Geringsten. Eine Hand packte ihr Kinn, eine andere fixierte ihren Kopf. Jemand begann, in einer fremden Sprache zu sprechen.

»Was war mit der gerade los? Haben Sie gesehen, wie sie reagiert hat?«

»Wundert dich das, Pavel?«, antwortete Radulescu. »Irgendwann muss sie doch verrückt werden.« In ihrem Zustand erinnerte die Frau ihn an seine Zeit bei der Securitate. So und noch viel schlimmer hatten die Menschen ausgesehen, die in den Kellern der rumänischen Geheimpolizei durch seine Hände gegangen waren. Er hatte es verstanden, die Festgehaltenen tagelang gerade noch am Leben zu halten, mit ihren Hoffnungen auf Freiheit und ein Ende ihrer Schmerzen zu spielen. Bis alles aus ihnen herausgequetscht worden und der Tod unausweichlich gewesen war. Ein um den Hals geschlungenes Kabel, eine Kugel in den Nacken oder ein einfacher Holzprügel, er war variabel in seinen Methoden gewesen. »Wie weit bist du?«, fragte er jetzt Makeev.

Der Russe hatte der Frau bis jetzt keine Beachtung geschenkt, sondern die Utensilien vorbereitet, die er gleich brauchen würde. »Kann losgehen.« Makeev sah zum ersten Mal zu der Matratze hinüber, musterte die junge Frau. Das Mädchen dürfte kaum mehr als fünfzig Kilo wiegen, er würde sie mit der Hilfe von Radulescus Chauffeur mühelos aus dem Keller tragen und in den Wagen verladen können.

Radulescu nickte zufrieden. In diesem Moment war ihm danach, etwas zu der Frau zu sagen. Es war ihm egal, dass sie vermutlich nichts davon verstehen würde. »Du dummes kleines Mädchen. Warum hast du nur so tief gegraben? Im Leben ist es manchmal besser, wenn man nicht zu viele Fragen stellt. Selbst dann, wenn man einen Beruf hat, in dem das Schnüffeln essenziell ist. Das hättest du dir zu Beginn deiner Recherchen schon hinter die Ohren schreiben müssen – so wie dein rumänischer Freund. Aber auch er hat zu viel gefragt. Am Ende hat ihn das sein Leben gekostet. Makeev hat ihm den Kopf abgeschnitten und an die Säue verfüttert. Kannst du dir vorstellen, wie ein Mensch schreit, dem man den Schädel vom Rumpf trennt? Sicher kannst du das nicht. Glaube mir, es geht einem durch Mark und Bein. An dem Abend, an dem du auf Sorin gewartet hast, war der Gute übrigens schon lange tot. Du hast tagelang mit mir kommuniziert und es nicht bemerkt. Wir haben diesen lästigen Schmierfinken umgebracht und dann seinen Rechner geknackt. Ich kenne Leute, die echt gut sind in so Sachen. Unser Schriftverkehr war wirklich amüsant, du unwissendes Ding.« Radulescu schnaufte einmal tief durch. »Sorin ist ein für alle Mal Geschichte. Ich habe ihn und seine Aufzeichnungen einfach ausgelöscht.« Mit gespieltem Mitleid zeigte er auf die Spritze, die neben dem Bett auf dem Boden lag. »Wir mussten dir das antun, weil wir nicht wussten, wie viel du weißt.« Er lächelte kalt. »Leider hattest du von nichts eine Ahnung, wie sich herausgestellt hat. Wir hätten dich gleich umbringen sollen, das hätte uns Arbeit und Zeit gespart.«

Wie gerne hätte sie dem Mann ins Gesicht gespuckt oder ihm die Augen ausgekratzt. Auch wenn sie kein Wort vom eben Gesagten verstanden hatte, fühlte sie, dass der Mann sie verhöhnte. Doch alles, was sie fertigbrachte, war ein gurgelnder Laut, der sich ihrer Kehle entrang. Der Knebel in ihrem Mund saß zu fest.

»Ich kann dich nicht leben lassen, das verstehst du doch?«, fuhr Radulescu jetzt in akzentfreiem Deutsch fort. »Was hast du dir für sie ausgedacht?«, fragte er Makeev und wechselte dabei in perfektes Russisch, während er auf den nackten Körper vor sich blickte.

»Ich werde sie sauber verpacken und dann in den umliegenden Wäldern entsorgen. Auf der Fahrt hierher habe ich einige Waldwege gesehen, die von der Bundesstraße abzweigen. Oder hast du eine andere Idee?«

»Das passt. Pavel wird dir dabei zur Hand gehen.«

Obwohl ihr Herz raste und ihre Ängste immer stärker wurden, zwang Sonja Aumann sich dazu, die Hoffnung nicht aufzugeben. Sie versuchte, sich so viele Details wie möglich einzuprägen. Vielleicht würde sie die Männer nach ihrer Rettung beschreiben müssen. Sie würde nicht aufgeben, bis zum letzten Atemzug kämpfen und am Ende gerettet werden. Der Fall einer vermissten Journalistin, auch wenn sie nur Praktikantin war, konnte doch nicht unbeachtet bleiben. Möglicherweise suchten bereits Hundertschaften nach ihr, überflogen in dieser Minute mit Wärmebildkameras ausgerüstete Polizeihubschrauber die Wälder rund um Mödling. Hatte die Polizei schon Stefan ins Visier genommen? Steckte er mit ihnen unter einer Decke? Wieder sah sie sein Gesicht vor sich. Die Goldene Stiege, Stefan, der Schlag auf ihren Kopf. Ihre Zunge fuhr an jene Stelle des Unterkiefers, an der die Zähne fehlten. Das Zahnfleisch war immer noch geschwollen, und der Kiefer tat nicht weniger weh als in den letzten Tagen. Wenigstens hatte der Schmerz in ihrem Bein nachgelassen.

Adrian Radulescu, Geschäftsmann. Export, Import. Ehemaliger Mitarbeiter des rumänischen Geheimdienstes. Spricht sechs Fremdsprachen. Sorin hatte ihn mit Sulz in Verbindung gebracht. Bei ihrem Peiniger musste es sich um Radulescu handeln. Plötzlich machten sich wieder Hände an ihr zu schaffen, und sie versuchte, keinen Laut von sich zu geben, nur weiter zu beobachten.

Nachdem Radulescu und Salzer gegangen waren, machte sich Makeev an sein Werk. Als er damit fertig war, richtete er sich auf und grunzte zufrieden. Verschnürt wie ein Paket lag die Frau vor ihm. Unter anderen Umständen hätte er sich durchaus vorstellen können, noch seinen Spaß mit ihr zu haben, aber nicht heute. Er schaltete das Licht aus und machte sich zusammen mit Pavel auf den Weg nach oben.

Dunkelheit. Unbändige Wut überkam sie und ließ ihren nackten, frierenden Leib erbeben. Tränen rannen aus ihren Augenwinkeln und tropften leise unaufhörlich zu Boden. Sie begann, sich hin und her zu wälzen, rollte von einer Wand zur anderen und konnte endlich schreien. Der schalldichte Raum fraß ihre Stimme, doch das störte sie nicht. Jeder Laut, den sie von sich gab, nahm ihr etwas von ihrer Angst. Energien bauten sich auf und verließen gemeinsam mit den Schreien ihren Körper. Reinigende Ströme, die sie befreiten und ihr dabei halfen, rationale Gedanken zu fassen. Und mit jedem klaren Gedankengang ihres Bewusstseins wuchs die Einsicht, dass sie nahe dran gewesen war. So verdammt nah. Es gab sie wirklich. Die anderen, die Männer im Schatten, deren Machenschaften sich über halb Europa erstreckten.

28

»Geh nach oben und halte dich bereit, bis ich dich zu mir rufe.« Schirmer hatte immer noch Plaschs Worte in den Ohren. Jetzt saß er in seinem Büro und wartete auf das Unausweichliche, wie auch immer es aussehen mochte. Vier Stunden waren vergangen, seit er auf Plaschs Geheiß hin das Feld geräumt hatte. Vier Stunden, in denen Schirmer in seinem Zimmer gesessen und nicht verstanden hatte, warum er sich so folgsam verhielt. Keine Widerrede, stattdessen stummer Abgang. Lag es daran, dass er ehrlich entsetzt war über das, was im Einvernahmeraum passiert war? Dass er just in dem Moment, in dem Stefan Zettls Schädel unsanft auf der Tischplatte gelandet war, die eigene Ohnmacht so stark gespürt hatte? Dass er sich jetzt, vier Stunden und eine Packung Marlboro nach dieser unbegreiflichen Eskalation, eingestehen musste, ohne Hasler dienstlich nicht mehr überlebensfähig zu sein? Seine ungezügelt ausgebrochenen Emotionen hatten sich wie ein alles vernichtender Lavastrom über Stefan Zettl ergossen und beinahe auch vor Balogh nicht haltgemacht.

»Du weißt ja gar nicht, was du eben getan hast«, wiederholte er die Worte, die er ihr ins Gesicht geschrien hatte, als wären sie ein Mantra. »Du weißt ja nicht, was … Himmel und Herrgott, große Scheiße!« Mit ein bisschen Phantasie konnte man den Satz auch als Drohung auffassen.

Aus die Maus, Schirmer. Disziplinarverfahren, Anzeige wegen Misshandlung eines Verdächtigen und gefährlicher Drohung gegenüber einer Mitarbeiterin. Job weg. Drauf geschissen.

Er stand auf und öffnete das Fenster. Aus dem Europapark drang das Gebell spielender Hunde zu ihm nach oben. Die kalte Abendluft wirkte belebend, sie half ihm dabei, wieder klare Gedanken zu fassen. »Der Hund«, flüsterte er, während er sich wieder setzte und seine Schuhe auszog. »Balogh hat noch meinen Hund.« Er hatte keinen blassen Schimmer, wie er es anstellen sollte, Erhard zurückzubekommen. Schirmer zog das Telefon zu sich und wählte Wenzels Handynummer. Der Anruf wurde sofort auf die Sprachbox umgeleitet. Er legte auf, blätterte sich im Adressverzeichnis zu Hasler vor, drückte erst auf die grüne, dann aber sofort auf die rote Taste. Sein Assistent konnte ihm auch nicht mehr helfen. Immerhin war der Vulkanausbruch vorüber, der Fall Aumann für ihn erledigt. Wer immer Stefan Zettl neuerlich befragen würde, er würde mit ein klein wenig Geschick ein Geständnis erhalten. Nie im Leben würde Zettl all die Indizien, die gegen ihn sprachen, entkräften können.

»Eifersucht!« Schirmer schlug mit der Faust auf seinen Oberschenkel. Eifersucht galt stets als eines der Hauptmotive, beinahe jeder Mord, der in Österreich geschah, war eine Beziehungstat. Schirmer war sich sicher, dass Zettl die Beamten bald zu dem Ort führen würde, an dem er Sonja Aumann versteckt hatte. Die Zusammenhänge würden deutlich werden, Stefan Zettl den roten Faden spinnen, sich gewissermaßen die Schlinge selbst um den Hals legen. Und das alles ohne großartige Ermittlungsarbeit. Der Chefredakteur der »MZ« hatte sich durch den Einbruch in die Wohnung seiner Geliebten selbst überführt. Schirmer hustete, kramte in einer Schreibtischschublade, ohne nach etwas zu suchen, und schlug sie dann mit solcher Wucht zu, dass der Knall bis auf den Gang zu hören sein musste.

War es das gewesen? Hatte das Gefühl, nichts zur Aufklärung des Falles beigetragen zu haben, seine Sicherungen durchbrennen lassen? Oder war es die Summe der Widrigkeiten, die ihm in den letzten Tagen widerfahren war? Früher hatte man fast alles mit einer ordentlichen Faustohrfeige geregelt, jetzt lagen die Dinge anders. Modern, mit einer Fülle an Bürgerrechten und viel zu vielen Einspruchsmöglichkeiten. Mindestens noch zehn Jahre würde er sich mit all dem, was die sogenannte neue Polizei ausmachte, herumschlagen dürfen. Es war zum Kotzen.

Als das Handy summend begann, Kreise auf der Tischplatte zu drehen, stand Schirmer auf und verließ das Büro, ohne das Gespräch anzunehmen. Er wusste ohnehin, wer der Anrufer war und was er wollte.

»Misshandlung eines Festgenommenen bei dessen Einvernahme, wenn es dumm läuft, als Sahnehäubchen noch eine gefährliche Drohung gegenüber einer Kollegin. Innerhalb von achtundvierzig Stunden brichst du alle Regeln, die ein Kriminalbeamter brechen kann, und wunderst dich dann darüber, dass ich mich aufrege?« Major Plasch saß kerzengerade hinter dem schweren Eichenholztisch und presste die Antwort auf Schirmers Frage förmlich zwischen seinen Lippen hervor.

Für gewöhnlich kam es Schirmer so vor, als würde sein Vorgesetzter das Möbel als Schutzschild verwenden. Der wuchtige Tisch verschaffte dem Offizier stets die nötige Distanz zu seinem Gegenüber, vertrauensvolle Atmosphäre kam selten auf, wenn er zum Gespräch bat. Doch obwohl Plasch auch heute wie ein Gardesoldat dasaß, steif und beinahe regungslos, schienen die Dinge diesmal anders zu liegen. Schirmer spürte, dass es nur mehr einen kleinen Tropfen brauchte, um das Fass zum Überlaufen zu bringen.

»Korrigiere mich bitte, wenn ich falschliege«, fuhr Plasch fort, während sein rechter Arm langsam über die gläserne Tischplatte glitt, bis die Finger einen Bleistift zu fassen bekamen. »Tagelang herrscht Funkstille, ich werde über keinen deiner Schritte informiert. Weder darüber, dass wir mit Stefan Zettl eine Auskunftsperson haben, noch über deine sogenannte heiße Spur, die nach Sulz führt und der du nachgehst, wodurch du Frau Balogh, eine Halbtagskraft, alleine zurücklässt. Kannst du mir mal erklären, wie jemand, der nur zwanzig Wochenstunden bei uns arbeitet, den Laden in der Abwesenheit der gesamten restlichen Abteilung schmeißen soll? Du kannst froh sein, dass nichts schiefgegangen ist.« Das Ende des Bleistiftes klopfte in unregelmäßigen Abständen, aber immer heftiger auf die Tischplatte.

Qualitativ hochwertiges Glas, sonst wäre das Teil schon längst zu Bruch gegangen, schätzte Schirmer.

»Zum Glück«, Plasch ließ den Bleistift fallen, rollte mit seinem Drehstuhl zurück und stand auf, »hat Frau Balogh mich über deinen Ausraster während der Einvernahme rechtzeitig informiert! Herrgott, Harald! Was hättest du getan, wenn ich nicht eingeschritten wäre? Zettl umgebracht?« Der Offizier faltete die Hände, holte tief Luft und sprach dann deutlich leiser, fast beschwörend weiter. »So geht das nicht, Chefinspektor. So leid es mir auch tut, aber ich kann dir das nicht durchgehen lassen. Es hat mich meine ganze Überredungskunst gekostet, die Wogen zu glätten. Nach der Einvernahme seines Klienten hat Zettls Verteidiger –«

»Wer hat Zettl einvernommen?«, unterbrach Schirmer. Auf einmal war er wieder voll bei der Sache.

»Aufgrund der Umstände habe ich das kurzerhand zur Chefsache erklärt.«

»Was?« Jetzt war es Schirmer, der sich von seinem Stuhl erhob. Er konnte sich nicht daran erinnern, dass Plasch oder einer seiner vielen Vorgänger jemals die niederschriftliche Einvernahme eines Tatverdächtigen vorgenommen hatten. Plasch war Offizier, Leiter der Dienststelle, ein Bürokrat. In Schirmers Augen Erfüllungsgehilfe der Entscheidungsträger im Innenministerium, aber nie und nimmer ein kriminalistisch erfahrener Beamter. »Aber du … den Stand der Ermittlungen … die Vorhalte, die ich Zettl machen wollte …«

»Du hast Zettl misshandelt und verletzt. Verstehst du das unter ›Vorhalte machen‹?«

»Die Wunde am Jochbein hatte er schon. Die hat sich der gute Mann selbst zuzuschreiben. Hättest du den Bericht sorgfältig gelesen, wüsstest du, dass Zettl bei der Festnahme massiven Widerstand geleistet hat. Aber vielleicht kannst du mir ja mit deiner langjährigen Erfahrung als Polizeibeamter erklären, warum jemand, der nichts zu befürchten hat, so etwas tut?«

Plasch plumpste in seinen Sessel zurück. »Ich sehe schon, wir kommen hier nicht weiter. Ich fasse zusammen: Zettl hat mir gestanden, Sonja Aumann im Streit geschlagen zu haben. Das war am 10. Oktober. Laut seinen Aussagen ist sie daraufhin aus ihrer Wohnung gerannt. Setz dich wieder hin, es macht mich nervös, wenn du wie ein Tiger im Käfig auf und ab läufst.«

Schirmer reagierte nicht. Schon Plaschs Ausführungen war

er nicht mehr gefolgt. Die Worte des Offiziers waren im wirren Durcheinander im Hirn des Ermittlers untergegangen.

»Harald? Hast du gehört, was ich eben gesagt habe?«

Schirmer kam wieder ins Hier und Jetzt zurück und fand sich an der Wand lehnend wieder. Er konnte sich nicht erinnern, aufgestanden zu sein. Hatte er sich eben das Hemd aufgeknöpft oder noch in seinem Büro? Ihm war heiß und kalt zugleich. Seine Knie zitterten. Er musste sich hinsetzen. Sofort. »Nein. Ja, ich meine, nein. Du hast mir die Ermittlungen versaut. Zettl wird uns nicht die Wahrheit sagen, wenn wir nicht den Druck erhöhen!« Schirmer schloss die Augen. Das konnte doch alles nicht wahr sein. Er hoffte, jeden Moment aus diesem schrecklichen Alptraum zu erwachen. Mit Hasler neben sich. Hasler, der alles kittete und beschwörend auf Plasch einredete. Schirmer stöhnte auf. Sein Körper schien plötzlich nicht mehr in gewohnter Art und Weise zu funktionieren, er fühlte sich kraftlos. »Ich kann einfach nicht glauben, dass du mir so in die Parade fährst. Ich mache den Job doch nicht erst seit gestern.«

»Fakt ist, dass wir Zettl nicht einmal einen Einbruch anhängen können. Er besitzt den Ersatzschlüssel zu Aumanns Wohnung nicht rechtswidrig. Natürlich werden wir ihn weiterhin beobachten, und sollte das Ergebnis der Observation etwas erbringen –«

»Beobachten? Du hast ihn doch nicht etwa gehen lassen?«

»In der Tat habe ich das. Er verzichtet sogar auf eine Anzeige gegen dich. Stefan Zettl ist sehr daran interessiert, dass die Sache aufgeklärt wird. Ich habe den Eindruck, dass ihm das Verschwinden von Aumann nicht egal ist.«

Sicher ist es das nicht, weil er sie gevögelt hat. Und du Lackaffe sitzt hier in deiner blauen Uniform, lächelst gütig und erklärst mir, wie man meinen Job zu erledigen hat. Was ist das nur für eine Welt geworden? Schirmer stand mühsam auf.

»Ich werde dich aus der Schusslinie nehmen. Wir denken, dass es besser ist, wenn du vorerst nicht an dem Fall weiterarbeitest, Chefinspektor.«

»›Wir‹?«

Plasch zögerte.

»Wer ist ›wir‹, Major?«

»Ach, Schirmer, jetzt hör halt auf! Balogh wird sich von nun an um die Sache kümmern, aber bis auf Weiteres gibt es in dieser Angelegenheit operativ nichts zu tun. Wir haben Aumann zur Fahndung ausgeschrieben und behalten Zettl im Fokus. Es gibt andere Dinge, denen ihr euch wieder widmen könnt. Der Exhibitionist und die Diebstähle am Bahnhof bereiten mir Kopfzerbrechen.«

In Zeitlupentempo griff Schirmer nach seiner Pistole. Unter den ungläubigen Blicken seines Vorgesetzten zog er die Waffe aus dem Holster und legte sie behutsam vor sich auf den Tisch. Die Dienstmarke folgte. Der Entschluss war wie ein Platzregen über ihn gekommen. So wollte, so konnte er nicht weitermachen. Das hier war nicht mehr seine Polizei. Er räusperte sich mehrmals. »Danke, dass du alles so gut gelöst hast, Major. Ich bin froh, dass unsere Abteilung durch mein Verhalten keine Probleme bekommt.« Schirmer ordnete Pistole und Dienstmarke nebeneinander an. Mit jedem gesprochenen Wort wurde sein Befinden besser. »Auch wenn ich deine Meinung nicht teile, muss ich sie wohl akzeptieren, Herr Major. Ober sticht Unter, so sagt man doch beim Kartenspiel, nicht wahr?«

»Bist du verrückt geworden?« Plasch lehnte sich zurück, als würden die Gegenstände vor ihm eine Bedrohung darstellen. »Nimm den Kram und sieh zu, dass du nach Hause kommst. Schlafe dich erst mal aus, dann reden wir morgen weiter.«

Nachdem er den Josef-Deutsch-Platz überquert und das dreistöckige Polizeigebäude hinter sich gelassen hatte, fühlte sich Schirmer, als wäre eine zentnerschwere Last von seinen Schultern genommen worden. Eine nie gekannte Unbeschwertheit machte sich in ihm breit. Plaschs Worte waren noch präsent, aber er würde morgen nicht zum Dienst erscheinen, geschweige denn mit dem Offizier auch nur ein weiteres Wort sprechen. Waffe und Dienstmarke konnten auf Plaschs Schreibtisch ruhig verrotten, es war Schirmer egal. Der Major hatte ihn kastriert, ihm einfach den Fall weggenommen. In den langen Jahren seiner

Laufbahn hatte das noch kein einziger der vielen Vorgesetzten gewagt, unter denen er gearbeitet hatte. Die kalte Luft trocknete den Schweiß, der sich während des Gesprächs auf seinem Rücken gebildet hatte, der erste tiefe Lungenzug seit einer Stunde half ihm dabei, seine Gedanken zu ordnen. Sollten sich doch alle zum Teufel scheren. Er brauchte diesen Verein nicht, um an seinem Fall weiterzuarbeiten. Das war er nämlich noch: sein Fall. Was er jetzt jedoch dringend benötigte, waren ein paar Stunden Ruhe, um seine Pläne neu zu schmieden. Und vor allem Erhard, das einzig treue Lebewesen an seiner Seite.

29

Schirmer schloss die Tür, legte die Sperrkette vor und ging in die Hocke. Stumm betrachtete er Erhard eine Weile, suchte dessen Körper nach Verletzungen oder anderen Spuren körperlicher Misshandlung ab. Oder tat zumindest so.

»Wenigstens hat sie dir nichts angetan, die Verräterin«, murmelte er nach Abschluss der erfolglosen Untersuchung zufrieden, strich dem Tier über den Kopf und kraulte anschließend die Flanke der Promenadenmischung. »Hab dich vermisst, Dicker.«

Erhard legte Schnauze und rechte Pfote auf das Knie seines Herrchens und ließ dessen Liebkosungen ohne äußerliche Regung über sich ergehen. Wirklich froh, wieder daheim zu sein, schien er nicht gerade.

»Denken Sie im Ernst, Balogh hätte dem Kleinen etwas antun können?«, fragte Wenzel, der gerade damit beschäftigt war, einen freien Haken an der Garderobe zu finden. »Das gesamte BPK weiß, dass sie und ihr Sohn einen Narren an Ihrem Hund gefressen haben. Sie hätten mal sehen sollen, wie Patrick dreingeschaut hat, als ich Erhard geholt habe.«

»Patrick?«

»Sarahs Sohn.«

»Fällst du mir jetzt etwa auch noch in den Rücken?«, knurrte Schirmer verärgert und erhob sich blitzartig. Der Ärger über seinen Mitarbeiter war ihm deutlich anzumerken. Gerade von Wenzel hätte er sich Unterstützung erwartet, war das Verhältnis zwischen seinem jüngsten Mitarbeiter und der einzigen Frau im Team doch alles andere als friktionsfrei. »Sarah hat mich bei Plasch verpetzt wie ein Schulmädchen, dem man den Füller geklaut hat. Mich, ihren Vorgesetzten. Und jemandem, der so etwas tut, traue ich alles zu.« Schirmer schnaubte verächtlich und riss mit einem groben Ruck Wenzels Softshelljacke an sich. »Ich lege sie ins Schlafzimmer.«

Schirmer, Erhard und Wenzel saßen im Wohnzimmer des Ermittlers. Während der Hund genüsslich an einem Stück Rinderkopfhaut nagte, breitete Wenzel die Unterlagen, die er mitgebracht hatte, auf dem Tisch aus. Nach seinem pompösen Abgang von der Dienststelle hatte Schirmer Alis Kebabhaus aufgesucht, seinen Ärger mit einem Dürüm und drei Gläsern Tee hinuntergeschluckt, anschließend Wenzel angerufen und ihm Direktiven erteilt. Er sollte alles, was sie bislang im Fall Aumann zusammengetragen hatten, durch den Kopierer jagen und die gesammelten Werke abends bei ihm vorbeibringen. Zusammen mit dem Hund. Nicht auszudenken, wenn Erhard eine weitere Nacht bei Balogh, dieser falschen Schlange, hätte ausharren müssen.

»Ich hab hier alles einschließlich der Dienstberichte vom Sommer, die Sarah heute Morgen noch rausgesucht hat«, sagte Wenzel.

Schirmer nahm die Papiere und warf sie auf die Couch. »Wir haben es mit einer klassischen Beziehungstat zu tun. Ich hätte das aus dem Arsch rausge…« Schirmer hielt inne, zündete nun endlich die in seinem Mundwinkel steckende Zigarette an. »Rausgequetscht, wollte ich natürlich sagen. Aber dieses Frauenzimmer hat ja den Major holen müssen. Und was haben wir jetzt? Nichts! Nur einen freigelassenen Verdächtigen, der sich ins Fäustchen lacht. Hast du eine Ahnung, wie schwer es wird, ihn jetzt wieder hinter schwedische Gardinen zu bringen? Wir brauchen dringend etwas Handfestes, mit dem wir beim Staatsanwalt anklopfen können.« Noch ehe Schirmer zu Ende gesprochen hatte, wurde ihm wieder bewusst, dass er in näherer Zukunft nicht mehr auf den offiziellen Kanälen unterwegs sein würde. »Ist ja auch egal. Ich werde mich jetzt erst mal ein paar Tage rausnehmen. Habe zweihundert Plusstunden, und ein Krankenstand wäre auch fällig.« Erhard sprang mehr tollpatschig als dynamisch auf den Schoß seines Herrchens und ließ sich hinter dem Ohr kraulen. »Ich mache den Mist fürs Erste nicht mehr mit. Und Plasch denkt auch noch, er habe mir mit seiner Vorgehensweise den Arsch gerettet. Kannst du dir das vorstellen?«, wurde Schirmer wieder lauter. »Mir braucht keiner den Arsch zu retten. Ich habe aus Patienten wie Zettl schon Geständnisse rausgeholt, da hat der Herr Major noch die Schulbank in der Polizeiakademie gedrückt und sich den Kopf darüber zerbrochen, wo der Unterschied zwischen Diebstahl und Raub liegt!«

»Ich habe gesehen, wie Zettl nach Ihrer Behandlung ausgesehen hat, Chef«, wagte Wenzel entgegen seiner sonstigen Art einen sanften Widerspruch. »Als hätten Sie ihn durch den Fleischwolf gedreht.«

»Ach was!«, fegte Schirmer den Einwand mit einer eindeutigen Geste beiseite. Dass sein jüngster Mitarbeiter ihm eben widersprochen hatte, ignorierte er. »Seine Platzwunde stammte von seiner Festnahme. Die war schlecht vernäht und ist aufgeplatzt. Ende der Diskussion. Und überhaupt habe ich keine Lust mehr auf … auf, ach, lass den Papierkram einfach da liegen. Ich bin müde, habe Kopfschmerzen und will ins Bett.«

»Sie sollten mit Balogh reden.«

»Mit der bin ich fertig. Was für einen Grund gibt es eigentlich, dass du dich plötzlich mit ihr solidarisierst? Ich dachte, die schwärmt für unseren feinen Herrn Kriminaltechniker?«

Wenzel zuckte mit den Schultern. »Das habe ich auch gemerkt. Die beiden flirten bei jeder Gelegenheit miteinander. Trotzdem müssen Sie sich aussprechen. Wie soll es denn sonst weitergehen?«

»Ihr jagt jetzt erst mal Fahrraddiebe und sucht diesen Lustmolch, wie Plasch das vorgeschlagen hat. Mir geht das so was von am Allerwertesten vorbei.«

»Aber wir sind nur zu zweit. Wäre Arno da, könnten wir den –«

»Hör mir mit Arno auf.« Schirmers Stimme brach.

Der fährt lieber auf Kur, anstatt mir hier zu helfen. Mit Arno wäre das alles nie passiert.

Nach einer Weile der Stille zeigte er wieder auf den Berg an Unterlagen. »Und du hast mir nichts vorenthalten? Hast dich nicht mit Plasch abgesprochen und entschieden, dass der Herr Chefinspektor manche Informationen nicht haben muss, weil ihr vermutet, dass er einen Alleingang vorbereiten will?«, fragte Schirmer scharf.

»Nein, alles da, Chef«, murmelte Wenzel, dem die Situation immer unangenehmer wurde.

»Dann verschwinde endlich. Ich will wirklich schlafen gehen«, beendete Schirmer das Gespräch in der für ihn typischen Art.

Im Aufstehen hob Wenzel noch einmal die Hand, setzte zum Sprechen an, realisierte aber im selben Moment, dass er bei seinem Vorgesetzten heute nichts mehr ausrichten konnte. Er holte seine Jacke aus Schirmers Schlafzimmer, schlüpfte in seine Stiefel, öffnete Sperrkette und Schloss.

»Danke für den Hund!«, meldete sich Schirmer noch einmal aus dem Wohnzimmer, kurz bevor Wenzel die Tür hinter sich zuzog.

30

18. Oktober

Die Hecktür wurde zugeschlagen, der Wagen startete. Sie lag auf dem Boden des Laderaums und spürte, wie sich die Vibrationen auf ihren Körper übertrugen. Halten, Anfahren, ein gleichmäßiges Ticken, das sie dem Blinker zuschrieb. Sie war noch immer unbekleidet, ihr war kalt. In Embryostellung krümmte sie sich im hintersten Bereich des Wagens auf einem Stück Textil zusammen. Ein Teppich oder ein altes Kleidungsstück. Ihr würde übel, sie wusste nicht, ob es der Stoff unter ihr war, der so stank, oder sie selbst.

Aber du lebst, Sonja. So kann es sich nicht anfühlen, wenn man tot ist. Hier ist kein gleißendes Licht, auf das du zugehst, keine sanfte Stimme, die dich beruhigt und in die andere, die endgültige Dimension geleitet, wo Vater und Mutter bereits auf dich warten. Kein Film des Lebens, der vor dir abläuft. Hier ist es kalt, und es riecht nach Scheiße und Kotze, nach Benzin und Gummi.

Tränen rannen ihre Wangen hinab. Sie wusste nicht, wie lange die Tortur nun schon andauerte. Hatte man sie Tage oder Wochen festgehalten? Bis heute war es den Männern wichtig gewesen, dass sie noch lebte, jetzt schien sich ihre Einstellung geändert zu haben.

»Auf geht's, meine Kleine«, hatte sie den Mann in gebrochenem Deutsch sagen hören, dann hatte er sie mit seinen kräftigen Händen gepackt und auf seine Schultern geladen, als wäre sie ein Kartoffelsack. Während sie ins Innere des Wagens gehievt wurde, waren Bilder im Zeitraffer vor ihr abgelaufen.

Vladu Sorin hatte mit seinen Hinweisen ins Schwarze getroffen. Der angesehene österreichische Gynäkologe unterhielt eine mehr als fragwürdige Geschäftsbeziehung zu einem rumänischen Geschäftsmann. Doch ihre ersten Bemühungen, Salzer ein Statement zu entlocken, waren fehlgeschlagen. Das feige Schwein hatte die Polizei gerufen, man hatte sie abgeführt wie eine Verbrecherin.

Sonja Aumann wurde durch den Laderaum geschleudert, schlug sich den Kopf an, bevor sie wieder auf die andere Seite rollte. Erneut krachte ihr Schädel gegen etwas, das härter war als er.

Bergauf, sie fahren bergauf.

Ein Ruck, Anhalten, Stimmen.

Trotz der Klarheit, mit der sie dem Geschehen mittlerweile folgen konnte, lag noch immer ein Schatten in ihrem Blick. Helligkeit und Dunkelheit, im bizarren Spiel miteinander. Trotzdem spürte sie, dass sich etwas änderte. Sie rieb so lange ihre Handgelenke aneinander, bis sich der Strick lockerte. Es musste Stunden her sein, dass man sie vom Bett losgebunden und wieder gefesselt hatte. Während das Textilklebeband um ihre Beine schmerzhaft in ihr Fleisch schnitt, waren ihre Peiniger bei der Fixierung ihrer Hände nachlässig gewesen. Der Knoten wurde mit jeder Bewegung lockerer.

Als der Wagen wieder anfuhr, löste sich der Strick um Sonja Aumanns Hände. Oberarme und Schultergelenke schmerzten zwar anfangs, aber nach und nach kam das Gefühl zurück. Sie pumpte mit den Fäusten, um die Durchblutung wieder in Gang zu bringen, atmete tief ein und aus, bis ihr schwindlig wurde. Als sie gegen die Wagentür geschleudert wurde, wurde ihr klar, dass es wieder bergauf ging.

Sie versuchte, sich vorzustellen, wo sie sich befand, ging alle Möglichkeiten durch und wusste sofort, dass jeder Gedanke an eine Flucht zwecklos war. Sie hatte ja nicht einmal eine Ahnung, wo man sie gefangen gehalten hatte, wie hätte sie da ihren Aufenthaltsort bestimmen sollen? Aber wenn sie nicht bald handelte, würde das hier ihr letzter Weg sein.

Der Wagen fuhr hochtourig, der Lärm des Motors überdeckte das schmerzerfüllte Stöhnen, als sie die Hand langsam nach dem Türgriff ausstreckte, der sich vage vor ihr abzeichnete. Während sie ihn hinunterdrückte, betete sie zu sämtlichen Göttern, an die sie sich erinnern konnte. Ihre Gebete wurden erhört. Der Griff gab nach, die Tür war nicht verschlossen.

Der ausgemergelte Frauenkörper fiel aus dem Wagen, wurde

von Finsternis empfangen, rollte seitwärts eine Böschung hinunter und verschwand im Unterholz. Äste stachen und schnitten in die dünne Haut ihrer Hände, der feuchte Erdboden schien Sonja Aumann zu verschlucken. Dann prallte sie mit voller Wucht gegen einen toten Baum.

31

Das Mobiltelefon begann zu summen, Dr. Aribert Salzer legte den Löffel beiseite, schob den Eierbecher ein Stück weit von sich und beugte sich über das Handy. Die Nummer auf dem Display war keinem Kontakt zugeordnet. Er wurde nervös. War etwas schiefgegangen?

»Radulescu?« Salzer sprach lauter als beabsichtigt.

»Hören Sie gut zu und tun Sie, was ich Ihnen sage«, erwiderte der Geschäftsmann.

Obwohl in der Stimme die übliche Dominanz mitschwang, glaubte Salzer, diesmal noch etwas anderes aus den Worten des Rumänen herauszuhören: Angst. Starkes Rauschen war zu vernehmen, so als würde sich Radulescu in offenem Gelände befinden und starkem Wind ausgeliefert sein.

In Salzers Schläfen begann das Blut, heftiger zu pulsieren. Noch ehe Radulescu weitersprach, wusste der Arzt, was kommen würde.

»Das Mädchen ist weg. Gut möglich, dass sie bald aufgegriffen wird.«

»Was soll das bedeuten?«, schrie Salzer hysterisch in den Hörer und merkte nicht, dass seine freie Hand nervös auf den Tisch niederfuhr und das Frühstücksei in weitem Bogen durch die Küche katapultierte. »Ich dachte, Ihre Leute verstehen ihr Geschäft?«

Radulescu versuchte, die Fassung zu bewahren. Er war es gewohnt, auf unvorhergesehene Ereignisse schnell und vor allem effizient zu reagieren. Dass ihm die Kontrolle entglitten war und er sich maßlos darüber ärgerte, wollte er sich nicht anmerken lassen. »Jetzt beruhigen Sie sich mal wieder. Was ich überhaupt nicht brauchen kann, ist ein Geschäftspartner, der die Nerven verliert.«

Salzer war aufgestanden und begann nun, auf und ab zu gehen. »Sie haben leicht reden. Was tun wir nun?«

»Ich schicke Ihnen Makeev. Warten Sie auf ihn und fahren Sie dann gemeinsam in die Ordination. Machen Sie den Keller sauber. Sollten die Bullen dort auftauchen, dürfen sie nicht die geringste Spur von ihr finden. Dann sind da noch die Unterlagen über unsere Geschäfte, über die Sie sicher verfügen.«

»Welche Unterl…« Salzer war immer noch damit beschäftigt, die Schreckensmeldung zu verarbeiten. »Sie sagen also, Sonja Aumann ist entkommen?«

»Wie schwer von Begriff sind Sie eigentlich?«, fauchte Radulescu. »Führen Sie jetzt Buch über unsere Transaktionen oder nicht?«

»Nicht direkt«, stotterte der Arzt in das Telefon. »Mehr so Handakten, die aber nichts beweisen. Ich halte darin nur im Groben –«

»Weg damit! Vernichten Sie das Zeug und machen Sie sich aus dem Staub. Wir müssen unsere Köpfe einziehen und abwarten, was als Nächstes geschieht. Makeev und Pavel haben stundenlang nach dem Mädchen gesucht, wissen aber nicht einmal, wo sie ihnen abhandengekommen ist. Gut möglich, dass die Kleine mittlerweile irgendwo tot im Wienerwald liegt.«

»Aber wie konnte das passieren? Ihre Männer sind doch Profis? Das haben Sie mir jedenfalls immer wieder versichert!«

»Ersparen Sie mir Ihr Gejammer und wiederholen Sie lieber, was ich Ihnen gerade gesagt habe.«

»Auf Makeev warten … die Ordination … die Unterlagen«, wiederholte Salzer. Er sprach mehr zu sich selbst als zu Radulescu. Dann war das Gespräch auch schon zu Ende, der Rumäne hatte einfach aufgelegt. Salzer spürte, dass er von seinem Geschäftspartner keine Unterstützung mehr erwarten konnte. Das Rauschen und Knacken, das das Gespräch begleitet hatte, bestärkte ihn nur in seiner Annahme. Radulescu war unterwegs, auf der Flucht, vielleicht befand er sich sogar schon außer Landes.

Der Boden unter seinen Füßen begann sich zu drehen,

bitterer Geschmack machte sich in seinem Mund breit. »Reiß dich zusammen«, schalt er sich selbst. Er versuchte, langsam und gleichmäßig zu atmen, streckte dabei den Rücken durch, entspannte sich durch die Übung aber nur langsam. Mit Telefon, Geldbörse und Autoschlüssel ging er ins Wohnzimmer und beobachtete durchs Fenster die Zufahrt seines Grundstücks. Worin bestand der Sinn, auf Makeev zu warten? Genauso gut konnte er allein zur Ordination fahren, den Keller reinigen und im Anschluss die Papiere vernichten. Lange Zeit waren sie für ihn eine Art Versicherung gewesen, er hatte geglaubt, Radulescu damit unter Druck setzen zu können, sollten Probleme auftauchen. Jetzt waren die Papiere nur noch Ballast, den er so schnell wie möglich loswerden musste. Während er sich Radulescus Worte noch einmal durch den Kopf gehen ließ, traf ihn die grauenhafte Erkenntnis so jäh, dass er sich hinsetzen musste. Makeev kam nicht, um ihn zu unterstützen, und Radulescu lag in Wahrheit nichts daran, Salzer auch nur in irgendeiner Art und Weise zu helfen. Wie ein Film liefen plötzlich die Ereignisse vor Salzers Augen ab. Er wusste, wozu der Rumäne fähig war. Aber viel schrecklicher war die Tatsache, dass er davon erzählt hatte, als wäre es die natürlichste Sache der Welt, einen Menschen zu entführen und zu Tode zu foltern. Sich in den Computer des Opfers zu hacken und Kontakt zu Aumann aufzunehmen. Dieses dumme Ding war der Wahrheit viel zu nahe gekommen und hatte am Ende nicht geahnt, dass es Salzer gewesen war, der in Radulescus Auftrag bei der Goldenen Stiege auf sie gewartet hatte. Zettl war eine unvorhersehbare Komponente in diesem Spiel gewesen. Radulescu würde mit ihm, Salzer, mit Sicherheit genauso brutal wie mit Sorin und Aumann verfahren. Einfach deshalb, weil er, Salzer, ihm jetzt im Weg stand. Er war für ihn kein Geschäftspartner mehr, sondern eine Gefahr.

Wenige Minuten später saß Dr. Aribert Salzer in seinem Sportwagen. Das Tor öffnete sich langsam, nach und nach sickerte der trübe Morgen in die dunkle Garage. Mit zitternden Fingern versendete Salzer zwei SMS. Mit der ersten sagte er eine für den Vormittag geplante Tennispartie ab, mit der zweiten ließ er seine Sprechstundenhilfe wissen, dass sie heute nicht in die Ordination kommen müsse.

32

Schirmer erwachte noch vor dem Läuten des Weckers, den er nicht ausgestellt hatte. Er fühlte sich so gut wie schon lange nicht mehr. Nachdem er den Wachhabenden der Polizeiinspektion angerufen und sich wegen Krankheit dienstunfähig gemeldet hatte, blieb er noch eine Weile reglos in seinem Bett im unbeleuchteten Schlafzimmer liegen. Heftiger Wind peitschte dicke Regentropfen gegen das Fenster, unentwegt platschten sie laut gegen das Glas. Gelegentlich drangen von draußen Lichter von Fahrzeugen durch das Nass, tauchten Schirmer und alles, was ihn umgab, wechselweise in kaltes Weiß und warmes Gelb.

Die Unwirklichkeit des Moments ließ den Ermittler grinsen. Zum ersten Mal in seiner langen Berufskarriere hatte er sich krankgemeldet, obwohl ihm nichts fehlte. Zum ersten Mal seit Jahren fühlte er sich befreit von der unbändigen Last, die er jeden Morgen zum Dienst mitbrachte. Mörder, Totschläger, Verbrecher, Opfer. Sie alle beschäftigten ihn meist schon, bevor er einen Fuß in sein Büro setzte. War es so einfach? Konnte dieser eine Satz alles mit einem Schlag erträglicher machen? War dieses »Ich melde mich bis auf Weiteres krank« Medizin für den ausgelaugten Polizistenkörper und die geschundene -seele?

Noch immer tanzten Weiß und Gelb abwechselnd durch Schirmers Schlafzimmer. Er bückte sich nach der Sportzeitung, die für eine Sekunde vom künstlichen Licht beschienen wurde. Der Fußballspieler auf dem Titelbild schaute Schirmer an, ehe er wieder in der Dunkelheit verschwand. Er klemmte sich die Zeitung unter den Arm, schlurfte in die Küche und stellte die Kaffeemaschine an. Erhard freute sich über eine doppelte Portion Trockenfutter und verschwand nach dem hastigen Verzehr der Mahlzeit im Abstellraum, um sich ein Verdauungsnickerchen zu gönnen.

Schirmer füllte seine Jumbotasse mit schwarzem Kaffee, zündete sich die erste Zigarette des Tages an und setzte sich auf das Wohnzimmersofa. Er nahm die Unterlagen, die Wenzel dagelassen hatte, zur Hand, blätterte bis zu den Dienstberichten, die Balogh kopiert hatte, und ertappte sich bei einem stillen Lob für seine Mitarbeiterin. Schirmer hielt inne, blickte ins Leere und ließ die Ereignisse des Vortages noch einmal Revue passieren. Möglicherweise hatte er im Reflex falsch reagiert und Zettl zu hart angefasst. Möglicherweise! Aber selbst wenn, rechtfertigte das noch lange nicht Baloghs Verhalten.

Was hätte sie denn anderes tun sollen, Schirmer? Sich mit ihren fünfzig Kilo auf dich werfen? Oder zwischen dich und Zettl? Kein vernünftiger Mensch begibt sich zwischen den Löwen und seine Beute.

»So ein Scheißdreck!«, entwich es ihm. Er griff zum Mobiltelefon, suchte im Register nach Balogh, bis er sie gefunden hatte, und legte das Telefon sofort wieder weg. »Gestern hast du schon dein Gesicht verloren, also wirst du es heute gefälligst nicht wieder tun«, maßregelte er sich selbst. Der Abgang aus Plaschs Büro, verbunden mit der Auszeit, die er sich selbst verordnet hatte, erschien ihm in dieser Sache der einzig gangbare Weg. Alles andere hätte ihn nur als Idioten abgestempelt.

»Schirmer die Ermittlungen entziehen und dann einfach zur Tagesordnung übergehen. Aber nicht mit mir, Freunde.« Er leerte die Tasse mit einem kräftigen Schluck, legte die halb gerauchte Zigarette in den Aschenbecher und zündete sich gedankenverloren eine neue an.

Die Tagesberichte.

Hasler hatte ihn auf den Vorfall mit Sonja Aumann im letzten Sommer hingewiesen, die Sache musste also aktenkundig sein. Auch wenn die Streifenbeamten keine Meldung oder Anzeige geschrieben hatten, würde sich auf jeden Fall eine Notiz dazu irgendwo hier zwischen all den Vermerken finden, die den Polizeialltag zum Inhalt hatten: Streitschlichtung unter Nachbarn, falsch parkende Fahrzeuge, anonyme Hinweise auf dies und jenes. Schirmer begann die Aufzeichnungen vom letzten August durchzublättern und wurde bereits auf der zweiten Seite fündig.

Die Eintragung war nicht besonders ausführlich. In wenigen Absätzen wurde eine Streitschlichtung beschrieben, am Ende des

Vermerks waren die Personendaten der Beteiligten angeführt. Minutenlang starrte Schirmer auf die Namen. Wie passte das zusammen? Er schnaubte wütend. Der Typ hatte ihn nach Strich und Faden verarscht.

Er ging ins Bad, wusch sich in aller Eile das Gesicht und schlüpfte dann in die Kleidung des Vortages, die neben der Waschmaschine auf dem Boden lag. Die Unterhose roch säuerlich, doch für die Suche nach einer sauberen Unterhose im Chaos seines Schranks war keine Zeit. Jede Sekunde war kostbar. Nachdem er Jacke und Schuhe angezogen hatte, stieß er einen leisen Pfiff aus. Erhard trottete noch müde aus dem Schrank, blickte auf die Leine in Schirmers Händen und begann augenblicklich, mit dem Schwanz zu wedeln.

Während sich der Hund in der Grünfläche vor dem Wohnhaus erleichterte, dachte Schirmer über seinen nächsten Schritt nach. Wenn er sich gesundmeldete, um mit der gesamten Mannschaft in Sulz einzufallen, müsste er sich erklären, müsste seine Schlussfolgerungen jedem Einzelnen näherbringen und auch Plasch einbinden.

»Aber dein Herrchen geht vor niemandem in die Knie«, flüsterte der Ermittler in Erhards Richtung. Er würde sich weder bei Plasch noch bei Balogh entschuldigen. Die zwei hatten ja keine Ahnung, was echte kriminalpolizeiliche Arbeit erforderte: Beharrlichkeit, Spürsinn, einen gesunden Menschenverstand, den Blick fürs Ganze und manchmal auch die Fähigkeit, hart zuzupacken. Er ließ Erhard von der Leine und begann zu laufen. Keine Zugeständnisse an niemanden! Diese Sache würde er im Alleingang zu Ende bringen. Sollten sich die anderen doch seinetwegen in dieses Korsett aus Vorschriften und Bürokratie zwängen lassen, er nicht. Er wusste, dass der rote Faden irgendwo vor ihm lag. Und hätte er erst einmal dessen Anfang gefunden, würde sich alles ganz logisch zusammensetzen. Auch wenn Schirmer noch keine Idee hatte, wie sich die Figuren ins Schlussbild einfügen würden, sagte ihm sein Bauchgefühl, dass sich am Ende wieder alle fragen würden, warum man den Zusammenhang nicht schon früher erkannt hatte.

Da der Dienstwagen nicht zur Verfügung stand, musste eine andere Lösung gefunden werden, um nach Sulz zu gelangen. Nachdem er mit Erhard im Schlepptau die Bahnbrücke überquert hatte, tauchte zu seiner Rechten der Laden auf. Schirmer wusste, was er zu tun hatte.

33

»Mir ist die ganze Geschichte auch sehr unangenehm, Simone. Glauben Sie bloß nicht, dass ich mich dabei wohlfühle.« Jonas Friedls Bemühen, ehrlich betroffen zu wirken, war von Erfolg gekrönt.

Stefan Zettls Sekretärin nickte dankbar. Gerührt von so viel Anteilnahme brach sie neuerlich in Tränen aus, die ihr vollgeweintes Papiertaschentuch nicht mehr aufnehmen konnte.

»Nehmen Sie.« Er hielt Simone die Hunderter-Box hin, die er in Zettls Schreibtisch gefunden hatte. Du also auch, ging es dem Journalisten durch den Kopf, während er zusah, wie die verschwollenen Augen der Frau hinter einem frischen Taschentuch verschwanden. Er drehte Simone den Rücken zu. Sie sollte nicht merken, wie er den Moment genoss. »Der Aufsichtsrat hat sich in Anbetracht der Umstände dazu entschieden, mich vorübergehend mit dem Posten des Chefredakteurs zu betrauen.«

Simone trompetete in das Taschentuch.

»Wir sind alle sehr schockiert von den Vorwürfen, die die Polizei gegen Stefan erhoben hat, aber auch überzeugt, dass sich alles aufklären wird.« Friedl wandte sich wieder Simone zu. »Doch der öffentliche Druck ist enorm, von jenem unserer Mitbewerber ganz zu schweigen. Stefan wird beurlaubt bleiben, bis der Sturm vorüber ist. Überdies hat er bis auf Weiteres Hausverbot«, ergänzte Friedl betroffen, ohne Simone zu verraten, dass die Leitung der Verlagsgruppe, zu der die »Mödlinger Zeitung« gehörte, dies auf seinen Vorschlag hin veranlasst hatte. »Bitte weisen Sie den Portier an, Stefan auf keinen Fall ins Gebäude zu lassen.«

Nachdem Simone gegangen war, setzte sich Jonas Friedl auf den Chefsessel und fuhr damit an das Panoramafenster heran. In die Zufriedenheit über seine klugen Schachzüge, die ihn zumindest vorübergehend an die Spitze der »MZ« gebracht hatten, mischte sich Neugierde. Warum war Stefan aus der Haft entlassen worden? Er nahm das Telefon zur Hand und wählte die Nummer seines Chefs. Die Sprachbox.

»Hallo, Stefan, Jonas hier. Ich will dir nur sagen, dass wir alle hinter dir stehen, auch wenn es im Moment für dich vermutlich nicht den Anschein hat. Wo bist du jetzt? Deine Frau hat keine Ahnung, Simone ebenso wenig.« Jonas Friedl bemühte sich um mehr Tragik in seiner Stimme. »Wenn du irgendetwas brauchst, melde dich bitte telefonisch. Wir dürfen dich vorübergehend leider nicht ins Gebäude lassen, aber ich habe mich im Aufsichtsrat für dich eingesetzt. Ich versichere dir, alles wird sich zum Guten wenden. Also, bis dann.« Jonas Friedl legte auf, dann den Notizblock auf seinen Schoß und grübelte über eine passende Schlagzeile nach. »Der tiefe Fall eines Topjournalisten« gefiel ihm am besten.

34

Der dicke, grüngesichtige Buddha hinter dem Schaufenster lächelte ihm gütig zu, doch Schirmer schenkte ihm keine Beachtung. Er leinte Erhard an einem Fahrradständer davor an und stürzte förmlich in Claras Esoterikladen.

»Hallo?«, krächzte er, völlig außer Atem. Das Geschäft war leer.

Schirmer ging in den hinteren Bereich und zog den roten Samtvorhang vor der kleinen Teeküche zur Seite.

Clara saß im Schneidersitz auf dem Boden, die Arme von sich gestreckt. Ihre Handflächen wiesen nach außen, als wollten sie eine Gefahr abwehren. »Guten Morgen, bist du gelaufen? Du bist ja völlig außer Atem!« Sie lächelte, ohne dabei die Augen zu öffnen. »Ich habe heute schon einige Male an dich gedacht, Harald. Es bleibt doch beim Du, oder?«

»Äh, ja, von mir aus. Hören Sie … also, hör mal. Mein Auftritt letztens. Die Sache in der Pizzeria … Ich wollte nicht unhöflich … Du weißt ja, mein Job. Manchmal …«

»Ich habe dich möglicherweise überfordert.« Clara öffnete die Augen und sah Schirmer an. Ihr Gesichtsausdruck verriet innere Ausgeglichenheit und Zufriedenheit. »Du musst mir gar nichts erklären, Harald. Deine Reise hat eben erst begonnen, das braucht eben Zeit.«

»Meine Reise?« Schon wieder begann Clara mit diesem Firlefanz, der sich in seinen Ohren anhörte wie ein Rätsel in einer längst ausgestorbenen Sprache. Dabei war er doch aus zwei ganz anderen Gründen hier.

»Die Reise zu dir selbst. Das müsstest du wissen, wenn du doch schon in dem Buch geschmökert hast, wie du das letztens behauptet hast.« Clara erhob sich mit geschmeidiger Leichtigkeit aus dem Schneidersitz, trat einen Schritt näher an ihn heran und zwinkerte. »Oder hast du geflunkert?«

»Nein, ich habe schon geschmökert. Ich meine, Arno …

du kennst ihn nicht. Mein Assistent, der erledigt manchmal so Sachen für mich.«

»Und dein Assistent hat dir aus dem Buch vorgelesen?« Clara brach in schallendes Gelächter aus. »Du bist mir einer, Herr Kriminalhauptkommissar.«

»In Österreich Chefinspektor.«

Clara bändigte ihre blonden Locken mit einem hellgrünen Haarreifen und legte ihren Arm auf Schirmers Schulter. »Verzeih mir bitte diesen Affront. Du hast halt eine waschechte Deutsche vor dir. Hast du noch mal über den Gutschein nachgedacht? Es würde mich sehr freuen, wenn wir den Feuerlauf gemeinsam machen würden.«

Schirmer schüttelte den Kopf und trat dabei von einem Bein aufs andere. Er war ganz bestimmt nicht wegen des bescheuerten Feuerlaufs gekommen. »Nein, ja, ich meine, nein. Nein, ich hatte noch keine Zeit, darüber nachzudenken. Mach ich aber sicher mal. Ich bin wegen etwas anderem hier, einer dienstlichen Angelegenheit.«

»Da staune ich aber. Raus damit, Herr Chefinspektor«, antwortete Clara belustigt, indem sie Schirmers Dienstgrad über Gebühr betonte. »Du willst mich doch nicht etwa verhaften? Habe ich gegen irgendwelche fremdenpolizeilichen Bestimmungen verstoßen?« Sie nahm die Hand von Schirmers Schulter, ging zur Küchenzeile und setzte Wasser auf.

Schirmer räusperte sich, bevor er mit dem tatsächlichen Grund für seinen Besuch herausrückte. »Quatsch. Aber kannst du dich noch an den Tag erinnern, an dem ich dir den Fragebogen für das Projekt dagelassen habe?«

Clara blickte über ihre Schulter nach hinten. »Klar. Hast du noch mehr Fragen an mich?«

Wieder ein Räuspern.

»Ähm. Du hast in den Antworten vermerkt, dass du ein Auto besitzt.«

»Und komm mir bloß nicht auf den Gedanken, hier reinzupissen«, schnauzte Schirmer in den Rückspiegel.

Erhard hatte es sich schon auf der Rückbank von Claras Wagen bequem gemacht und blickte fragend nach vorne.

»Tu nicht so scheinheilig«, brummte Schirmer, nicht ohne dabei zu grinsen. Im Gegensatz zu seinem Hund musste er sich erst mit dem Wagen anfreunden. Der eierschalenfarben lackierte Beetle hatte hundertzwanzigtausend Kilometer auf dem Buckel, für Schirmers Geschmack viel zu wenig PS und – was für den Ermittler am schwersten wog – keinen Aschenbecher. Dafür lag ein Stapel Tarotkarten in der Mittelkonsole.

»Zieh eine und pass gut auf meinen Brummi auf«, hatte Clara gesagt und es natürlich nur gut gemeint.

Schirmer schnaubte bei der Erinnerung. Ein Auto, das Brummi hieß! Als er den Wagen startete, empfand er aber doch etwas Ähnliches wie Dankbarkeit. Obwohl Clara ihn kaum kannte und er sie bei ihrem letzten Treffen schlecht behandelt hatte, hatte sie ihm, ohne Fragen zu stellen, das Fahrzeug überlassen. Während der Motor jetzt stotternd anlief und die Scheibenwischer mit gleichmäßigem Quietschen über die beschlagene Frontscheibe fuhren, streckte Schirmer die Hand nach den Karten aus. Er tat es Clara zuliebe, dachte nicht lange nach und nahm die oberste Karte vom Stapel. Nachdem er sie eine Weile betrachtet hatte, warf er sie achtlos nach hinten. »So ein Schwachsinn!«, lachte Schirmer laut auf und legte den ersten Gang ein.

Erhard schnupperte an dem Stück Karton, erkannte aber bald, dass es uninteressant, weil nur schwer essbar war. Dem Skelett und der Sichel, die darauf abgebildet waren, schenkte der Hund keine Beachtung.

Er ordnete sich in den Fließverkehr ein und folgte dem gelben Wagen stadtauswärts. Nervös kaute er an seinen Fingernägeln; die freie Hand, die das Lenkrad umklammerte, zitterte. In den vergangenen achtundvierzig Stunden hatte er alles verloren, was er sich aufgebaut hatte. Und schuld daran war nur der Bulle, der zwei Fahrzeuge vor ihm auf die Autobahn fuhr. Die Wunde im Gesicht begann, wieder zu schmerzen. Stefan Zettl nahm einen ordentlichen Schluck aus der Flasche, die seit seiner Haftentlassung sein ständiger Begleiter war. Dass ihn seine Frau mitsamt den Kindern Hals über Kopf verlassen hatte, überraschte ihn nicht. Jahrelang hatte sie seine Eskapaden ertragen, gute Miene zum bösen Spiel gemacht und dabei gelächelt. Immer gelächelt. Man war schließlich jemand in der Stadt. Nicht auszudenken, wenn die Fassade Risse bekam. Das Getuschel, der Skandal, die schlechte Nachrede. Für Sabine war er jetzt schon schuldig. Wenn es nach seiner Frau ging, hatte er tatsächlich etwas mit Sonja Aumanns Verschwinden zu tun. Er stieg aufs Gas, wechselte die Spur und musste sich konzentrieren, damit er den Beetle nicht aus den Augen verlor.

Was ihn allerdings härter als der Verlust seiner Familie traf, war der Machtverlust. Seinen Job war er los, von einer Minute auf die andere war er zu einem Niemand geworden. Dabei hatte er in Sonjas Wohnung nur Antworten finden wollen. Er berührte die Kruste auf seinem Jochbein. Die Nähte juckten, die Wunde nässte. Hätte Schirmer nicht über die Stränge geschlagen, wäre er mit Sicherheit in die Untersuchungshaft überstellt worden. Ein Prominenter im Visier der Justiz. Was für eine Schlagzeile hätte er daraus gemacht, wäre nicht er selbst der Betroffene gewesen.

Zorn überkam ihn. Unbändige Wut auf den Mann im gelben Wagen, auf Sonja, die durch ihr zickiges Verhalten die Katastrophe doch erst losgetreten hatte. Auf sich selbst, weil er immer noch nicht wusste, was an diesem verdammten 10. Oktober geschehen war. Gefangen zwischen Verzweiflung, Angst und Resignation sah er nur eine Chance, das Rätsel zu lösen. Er musste Schirmer folgen.

35

Fallen, Aufprallen, Krümmen, Kriechen, Stolpern, Robben. Feuchtes Erdreich, faulige Blätter. Wasser, Moder, Schlamm und Sumpf. Wind in den Bäumen, Laute unbekannter Tiere. Flüche, Schüsse, knackende Äste, unkontrollierte Schreie. Angst, die wie ein eiskalter Hauch in ihre Seele drang und alles, was sie die letzten Stunden erhofft hatte, tötete. Dazu Lichter und Lärm, harter Asphalt auf nackter Haut. Kies, der sich in ihre Haut fraß. Aufgeregte Stimmen, blaues Licht. Weicher Untergrund, Desinfektionsmittel. Sterile Nüchternheit. Ein langer Tunnel. Wärme.

Sie öffnete die Augen, fiel dabei in federweiches Nichts. In ein Meer aus Helligkeit, Tönen und Empfindungen, die sie nicht zuordnen konnte.

So geht Sterben.

36

Obwohl es ausnahmsweise einmal nicht regnete, kein heftiger Sturm herrschte und es wärmer war als an den Tagen zuvor, empfing Sulz den Leiter der Mödlinger Kripo um keinen Deut freundlicher als bei dessen erstem Besuch. Über dem Ort lag dichter Nebel, es hatte den Anschein, als würden sich die Schwaden an den Hügeln festkrallen, die das Dorf umgaben. Schirmer drosselte das Tempo und steuerte den Beetle die schon bekannte Straße entlang. Im Gasthaus brannte Licht, das Vorhandensein von Leben durchdrang in Form von dunkelgelben Rechtecken die Tristesse. Die Polizeiinspektion war offenbar unbesetzt, der Wagen stand nicht vor dem Gebäude. Schirmer stellte sich vor, dass Lugger gerade in einem Café ein zweites Frühstück in seinen übergewichtigen Körper stopfte, ein Umstand, der nur noch hier draußen möglich war. In den urbanen Bereichen sah man es nicht gern, dass uniformierte Beamte in allgemein zugänglichen Einrichtungen aßen. Anders im ländlichen Raum, in dem der Dorfgendarm neben dem Priester, dem Bürgermeister und dem allenfalls vorhandenen Vorsteher der örtlichen Bankfiliale immer noch zu den Respektspersonen gehörte.

»Mahlzeit, Lugger«, murmelte Schirmer und steckte sich eine Zigarette in den Mund. Der blaue Dunst würde das Hungergefühl lindern. Halb zehn, und Schirmer hatte immer noch nichts im Magen.

In der Kirchengasse parkte er den Wagen neben dem Friedhof, öffnete eine Hintertür und ließ Erhard aussteigen. Während der Hund in einem angrenzenden Feld ein Häufchen machte, rief Schirmer sich die Details vom Vortag in Erinnerung. Was bis vor wenigen Stunden noch ohne Zusammenhang und rätselhaft gewesen war, verdichtete sich nun zu einer kausal belegbaren Wahrheit.

»Salzer hat mich belogen. Er kennt Aumann, wollte sie im

Sommer sogar anzeigen, weil sie ihn mit Interviewanfragen bombardiert hat«, fasste er für sich selbst zusammen, als wären diese Fakten Summanden und das Resultat die Antwort auf alle offenen Fragen. In diesem Moment ärgerte ihn aber nicht, dass die Rechnung noch nicht gelöst war, vielmehr stieß er sich an der Tatsache, dass Salzer vor weniger als vierundzwanzig Stunden auf Aumanns Foto geschaut, kalt gelächelt und jegliche Bekanntschaft mit ihr abgestritten hatte. Einen Schirmer log man nicht an. Er warf die halb gerauchte Kippe über die Friedhofsmauer, pfiff nach Erhard und stieg wieder in den Wagen.

Je näher er Salzers Villa kam, desto stärker wurde der Nebel. Wie ein blickdichter Vorhang hing er zwischen den Wipfeln, der Wald zu beiden Seiten des Weges wirkte fast bedrohlich. Schirmer bildete sich ein, dass tausend Augen ihn auf den wenigen hundert Metern verfolgten, die zwischen dem Friedhof und Salzers Domizil lagen. Unter ihren Blicken erreichte er die Einfahrt. Das schmiedeeiserne Tor stand sperrangelweit offen, vor der verschlossenen Garage parkte ein Geländewagen mit russischem Kennzeichen.

Schirmer spuckte verächtlich aus. Es war Allgemeinwissen, dass immer mehr Geschäftsleute aus der ehemaligen Sowjetunion Grundstücke in den besten Lagen des Landes kauften. Schirmers Ansicht nach taten diese Menschen dies aber nicht, weil es ihnen in Österreich so gut gefiel, sondern weil mit jeder finanziellen Transaktion ein ordentlicher Batzen Geld gewaschen werden konnte. Der Besitzer dieses Wagens war vermutlich einer jener Geldsäcke und darüber hinaus noch Salzers Tennis-, Golf-, Polo- oder Was-auch-immer-Partner.

Schirmer fuhr auf das Grundstück und stellte den Wagen so knapp vor dem des vermeintlichen russischen Investors ab, dass keine Handbreit mehr zwischen die Stoßstangen der Fahrzeuge gepasst hätte. Er ging zur Haustür und läutete Sturm. Da nicht geöffnet wurde, trat er einige Schritte zurück in den Vorgarten und blickte die Fassade hinauf. Hinter einem der Fenster bewegte sich der Vorhang, für einen Moment glaubte Schirmer, die Umrisse einer Gestalt durch den Stoff hindurch zu sehen. Als hätte auch er die Silhouette entdeckt, begann Erhard zu knurren.

»Gut, Freundchen. Verarschen kann ich mich selbst, dafür brauche ich nicht extra nach Sulz zu fahren.« Schirmer verließ den Kiesweg, stapfte durch den aufgeweichten Vorgarten zum Haus und ging an der Wand entlang. Zu seiner Überraschung erreichte er ohne Schwierigkeiten die Rückseite des Gebäudes. »Und da wundern sich diese reichen Säcke noch, wenn in ihre Häuser eingebrochen wird.« Er blickte sich nach allen Seiten um. Keine Überwachungskameras, Salzer und ihn trennte nur die Glastür des Wintergartens, der wie der Bug eines Kreuzfahrtschiffes in die Wiese ragte. Schirmer drehte den Knauf und stellte kopfschüttelnd fest, dass die Tür nicht versperrt war. Als er das Haus betrat, hörte er irgendwo ein Telefon läuten.

»Herr Dr. Salzer!«, rief Schirmer, noch im Wintergarten stehend. Das Klingeln war verstummt. Versteckte sich Salzer etwa vor ihm? Schirmer wog kurz das Für und Wider eines unbefugten Betretens fremder Räumlichkeiten ab, entschloss sich aber schnell dazu, Hilferufe aus dem oberen Stock der Villa gehört zu haben. Erste Allgemeine Hilfeleistung, wie es im Sicherheitspolizeigesetz so schön hieß, war ein guter Grund, über einen legalen Umweg einen fremden Bereich zu betreten. Für Schirmer stand felsenfest fest, dass er Salzer unverzüglich helfen würde. Er versuchte, sich an seinen ersten Besuch im Haus des Arztes zu erinnern. Sie waren durch einen langen Korridor zu Salzers Arbeitszimmer gegangen. Die Türen, die den Flur säumten, waren geschlossen gewesen. Er bewegte sich durch das Wohnzimmer. Bei jedem seiner Schritte schmatzte das feuchte Erdreich unter seinen Schuhen, Erhard trippelte hinterher, der Dreck, der von seinen Pfoten abfiel, vervollständigte die Sauerei auf dem dunklen Schieferböden.

Schirmer öffnete eine Tür und steckte den Kopf in den nächsten Raum. Er hatte den Korridor erreicht, der nach links in den Vorraum führte und auf der rechten Seite am Absatz einer Wendeltreppe endete.

»Herr Dr. Salzer! Schirmer hier, wir müssen über etwas reden!«, rief er und ging zu der Treppe hinüber, auf deren Geländer sich der Schein der Deckenbeleuchtung brach. Das Haus war unversperrt, das Licht brannte: Salzer musste also zu Hause sein.

Das Quietschen der feuchten Schuhsohlen wurde mittlerweile deutlich von Geräuschen überlagert, die tatsächlich aus dem oberen Geschoss kamen. Es klang, als würden Salzer und sein russischer Besucher Möbel verrücken. Schirmer blieb auf halber Höhe der Wendeltreppe stehen und lächelte in sich hinein. In seiner Vorstellung war Salzers Gast plötzlich vom reichen Oligarchen zum langbeinigen Escort-Girl mutiert. Natürlich, das war es. Da oben knarrte ein Bett, der Arzt war gerade mit seinem Damenbesuch zugange. Schirmer blickte nach unten. Erhard saß am Treppenabsatz, rührte sich nicht und blickte folgsam seinem Herrchen nach, das seinen Weg entschlossen fortsetzte.

Das Herzpochen kam wie ein ungebetener Gast zu später Stunde. Schirmer wusste, wie sein Körper normalerweise in Gefahrensituationen reagierte; dass sein Organismus ausgerechnet jetzt in den Alarmzustand schaltete, verstand er beim besten Willen nicht. Wenn der Chefermittler überhaupt auf etwas vertraute, dann war es sein Instinkt. Er griff sich an den Gürtel. Dort, wo normalerweise das Pistolenholster hing, war nichts. Natürlich, die verdammte Waffe lag ja auch in Plaschs Schreibtischlade!

Reiß dich zusammen. Wieso drehst du plötzlich so am Rad?

Er nahm die letzten beiden Stufen mit einem Schritt. Vor ihm befanden sich zwei weitere Türen. Eine davon stand weit offen und gab den Blick in das Innere des Raumes frei. Schirmer sah Wanne und Waschbecken, es handelte sich um das Badezimmer. Die andere Tür war zu, kein Laut war mehr zu hören. Das einzige Geräusch, das Schirmers Weg zu dem noch unbekannten Zimmer begleitete, war das dumpfe, gleichmäßige Schlagen in seinem Brustkorb. In dem Moment, in dem er nach der Türklinke griff, spürte er ein Vibrieren in der Hosentasche. Er griff nach dem Mobiltelefon, drückte eine Taste und schnappte nach

Luft, als er den Inhalt der SMS las. Während sein Verstand noch den Sinn von Baloghs Zeilen verarbeitete, traf ihn die Tür mit voller Wucht, sein Körper wurde zu Boden geschleudert, und er spürte seine Nase brechen.

37

Radulescu legte verärgert auf und schlug mit der Hand auf das Armaturenbrett. Es war abgemacht, dass Makeev sich meldete, sobald der Job erledigt war. Jetzt war es bereits Viertel nach zehn, so lange konnte die Angelegenheit doch nicht dauern! Makeev hatte ihn bereits bitter enttäuscht, indem er Sonja Aumann hatte entkommen lassen, die Beseitigung Salzers samt allen auffindbaren Unterlagen, die eine Verbindung zwischen ihnen herstellen könnten, würde er doch nicht auch noch verbockt haben?

»Hegyeshalom, Boss.« Pavel zeigte auf die Ortstafel. Vor wenigen Minuten hatten sie die Grenze zu Ungarn hinter sich gelassen und brachten nun mit jedem gefahrenen Meter ein Stück mehr zwischen sich und dem, was hoffentlich schon in der Villa in Sulz geschehen war.

Radulescu nickte und überschlug die Rechnung im Kopf. Schon in weniger als vier Stunden würden sie in Rumänien sein, dort hatte er nichts mehr zu befürchten. Für einen Augenblick überlegte er, ob Makeev vielleicht in die Hände der Bullen gefallen oder, was noch unangenehmer wäre, die Frau doch noch lebend gefunden worden war. Nach längerem Nachdenken schloss er beides aus. Trotz der Fehltritte der letzten Tage war Makeev ein Profi, der sich zu helfen wusste. Das Mädchen war so geschwächt und noch dazu splitternackt, dass sie keine zwei Stunden im spätherbstlichen Wienerwald überleben würde.

Mit Salzers Tod hingegen würde eine lukrative Einnahmequelle wegfallen. Dieses Faktum beschäftigte Radulescu viel mehr als russische Auftragskiller, tote österreichische Journalisten und dieser Stefan Zettl, der ihnen beinahe in die Quere gekommen war. Für ihn hatte die Zeit nicht gereicht, was aber nicht weiter schlimm war. Wenn die Dinge so lagen, wie Radulescu schätzte, würde Zettl sowieso bald andere Sorgen haben und der Polizei einiges erklären müssen. Den Erlös aus dem Verkauf der Ware, die Radulescu Salzer vor wenigen Tagen geliefert hatte, konnte er allerdings vergessen. Salzer hatte das Geld noch nicht überwiesen. Wenn Makeev im Haus des Arztes nicht einen ordentlichen Batzen Geld finden würde, musste Radulescu sich mit dem Gedanken an ein Verlustgeschäft anfreunden. »Wir haben mit der Sache möglicherweise zwanzigtausend Euro in den Sand gesetzt, Pavel.«

Hegyeshalom lag jetzt hinter ihnen, Pavel stieg aufs Gaspedal.

38

Sarah Balogh blickte von ihrem Handy auf. Sie hatte es nicht fertiggebracht, Schirmer anzurufen, sondern ihm nur eine Nachricht geschickt. Zu groß war die Angst vor einer seiner Schimpfkanonaden gewesen, für die ihr Chef jederzeit zu haben war. Außerdem war er im Krankenstand und laut Plaschs Aussagen sowieso aus dem Spiel.

»Wer leitet die Ermittlungen?« Der Stationsarzt sah sie freundlich, aber bestimmt an. »Mehr als eine Person kann ich im Moment nicht vorlassen. Ihr Zustand ist zwar nicht lebensbedrohlich, aber neben medizinischer Versorgung braucht die Frau jetzt vor allem Ruhe.«

Sarah Balogh klappte das Telefon zu, ließ es in ihre Manteltasche fallen und blickte unsicher zu Wenzel, der nicht mehr als ein unschlüssiges Schulterzucken zuwege brachte. »Ich«, flüsterte sie, spürte, dass sie rot anlief, holte tief Luft und sagte etwas lauter, »ich leite die Ermittlungen.«

»Dann kommen Sie, Ihr Assistent kann hier warten.«

Sie folgte dem Arzt durch Teile des Gebäudes, in denen sie noch nie gewesen war. Das Mödlinger Krankenhaus befand sich im Umbau, Balogh konnte das dröhnende Geräusch eines Presslufthammers wahrnehmen, der sich in den Asphalt des ehemaligen Parkplatzes bohrte.

Ich leite die Ermittlungen.

Niemand hatte nach Schirmers plötzlichem Abgang damit gerechnet, dass der Fall Aumann so schnell dramatische Ausmaße annehmen würde. Am wenigsten Major Plasch, der sonst zweifellos Sonderermittler des Landeskriminalamtes eingebunden hätte. Mit jedem Schritt, mit dem Sarah Balogh sich nun dem Ende des Korridors näherte, lastete die Verantwortung schwerer auf ihren Schultern. Es fühlte sich an, als würde sie immer weiter in die Knie gehen. In diesem Moment war sie sicher, dass sie es niemals bis zu der Tür mit der Aufschrift »Eintritt verboten« schaffen würde.

Ich leite jetzt die Ermittlungen.

Sie konzentrierte sich, versuchte, für das gewappnet zu sein, was kommen würde.

»Ist Ihnen nicht gut?« Der Arzt hatte sich zu ihr umgedreht und legte seine Hand auf ihren Arm. »Sie sind ja ganz blass.«

Sie schüttelte den Kopf, griff in ihre Handtasche und brach ein Stück eines Traubenzuckertäfelchens ab, von denen sie aus einer alten Gewohnheit heraus immer einige bei sich trug. »Es geht schon. Mir ist nur ein wenig schwindlig.«

Außerdem war ich noch nie in einer Lage wie dieser.

Der Mediziner lächelte, drehte sich wieder um und öffnete die Tür. »Sie sagen, wenn Sie etwas brauchen. Und nehmen Sie bitte auf den Zustand der Patientin Rücksicht.«

Weiß gefliester Boden, türkisfarbene Wände. Ein Monitor, der in gleichmäßigen Abständen piepste. Mehrere Infusionsbeutel an einem galgenähnlichen Gestell. Ein Bett, das viel zu groß wirkte für den ausgemergelten Körper, der darin lag. Schläuche, die aus der Frau ragten, und immer noch der Presslufthammer, der sich mittlerweile tief in Baloghs Magen gewühlt hatte. Sie trat näher heran und überlegte, was Schirmer jetzt sagen würde. Oder Hasler.

Als Sonja Aumann den Kopf zu ihr drehte, erschrak die junge Beamtin. Das Gesicht der Journalistin war von Schnitten, Blutergüssen und Schwellungen übersät, und dennoch sah man ihr die Wachsamkeit an. Der Arzt hatte Balogh erzählt, dass man sie neben einer Landstraße, einige Kilometer außerhalb der Stadt, gefunden hatte. Die Schnitte stammten vermutlich vom dichten Geäst, durch das sie sich gekämpft haben musste. Die übrigen Verletzungen wiesen auf massive Gewalteinwirkung hin.

Balogh war so nahe an die Frau getreten, dass ihr Oberschenkel das Bett berührte. Sie legte eine Hand auf das saubere Laken, holte tief Luft und begann zu sprechen.

39

Schirmer öffnete die Augen. Blut und Tränen brannten auf seiner Haut, er griff sich an die Nase und wusste sofort, dass sie gebrochen war: Die Knochen fühlten sich nicht so an, wie sie sollten. Ehe er einen Überblick über die Situation gewinnen konnte, traf ihn auch schon der nächste Hieb. Er sackte auf die Knie, verlor die Kontrolle über seinen Körper und stürzte rückwärts die Wendeltreppe hinunter. Schritte verfolgten ihn, Flüche in einer fremden Sprache.

Als er am Treppenabsatz zum Liegen kam, fuhr ihm ein stechender Schmerz in den Rücken. Er rollte zur Seite, schrie laut auf und krümmte sich wie ein Wurm. Es war, als würden Blitze ihn versengen, hunderttausend Volt seinen Körper schmoren. Sofort schoss sein Adrenalinspiegel in die Höhe. Schirmer wusste, dass es jetzt ums nackte Überleben ging. Er hob den Kopf, konnte aber nur den Umriss einer Gestalt erkennen, die langsam die Treppe hinabstieg, eine Wolke aus Tabak und Schweiß vor sich herschiebend. Auch Erhard erschien jetzt in Schirmers Sichtfeld. Der Hund winselte und leckte über das Gesicht seines Herrchens. Als die raue Zunge über eine offene Stelle in Schirmers Gesicht strich, stöhnte er auf, im nächsten Moment wurde der Hund auch schon von einem gezielten Tritt getroffen und durch den Raum geschleudert. Erhard krachte gegen eine Kommode und blieb reglos liegen. Der nächste Tritt galt wieder Schirmer. Er wusste nicht, wie, aber irgendwie gelang es ihm, den nach ihm tretenden Fuß zu umklammern.

Der Angreifer, der mit dieser Reaktion nicht gerechnet hatte, verlor plötzlich das Gleichgewicht. Wie ein Schlittschuhläufer auf glattem Eis begann er, mit den Armen zu rudern, konnte seinen Körper nicht mehr kontrollieren und stürzte unmittelbar neben Schirmer zu Boden.

Der Ermittler spürte den heißen Atem des Mannes im Gesicht, drehte sich mit letzter Kraft weg und war auf den Beinen, ehe der andere begriffen hatte, was eben geschehen war. Er taumelte aus der Villa und stürzte abermals. Seine Handflächen federten den Aufprall ab, Kieselsteine gruben sich in die Handballen, er vernahm Geräusche. Sein Verfolger war wieder hinter ihm her.

»Hilfe! Polizei, helfen Sie mir!«, schrie Schirmer in die Einöde hinaus, die das Haus umgab. Die Todesangst setzte ungeahnte Kräfte in ihm frei. Langsam bewegte er ein Bein vor das andere, immer und immer wieder, dann immer schneller, bis er schließlich rannte.

Er schaffte es, den Vorgarten zu verlassen, überquerte die vor dem Haus vorbeiführende Straße und legte die verbleibenden Meter bis zum Wald in gebückter Haltung zurück. Die kalte Luft brannte in seinen Lungenflügeln. Als er sich an die Rippen griff, zuckte seine Hand zurück. Nicht nur seine Nase war gebrochen. Er griff sich an die Rippen, versuchte, den Schmerz zu lokalisieren, doch es gelang ihm nicht. Er wankte durch das Geäst und fiel über eine aus dem Erdreich ragende Wurzel. Seine Hände krallten sich in faulendes Laub.

»Erhard!«, rief er aus einem plötzlichen Impuls heraus und hatte dabei das Bild seines wie tot daliegenden Hundes vor Augen. Ihm kamen die Tränen. Sein Kopf sank nach vorne, das Laub schmeckte bitter auf seinen Lippen. Wenige Meter neben ihm knackten brechende Zweige im Unterholz. Dann ein schwerfälliges Keuchen. Schirmers Nase war verstopft. Er öffnete den Mund, atmete so flach wie möglich und gab sich alle Mühe, seinen Verfolger zu orten. Er spürte Erde zwischen seinen Zähnen, irgendetwas krabbelte in seinen Mund hinein. Schirmer kämpfte gegen den aufkommenden Ekel an, schluckte, fuhr mit der Zunge über seine Lippen und versuchte, seine Körperfunktionen zu kontrollieren. Als er das Krabbelding jedoch in seiner Kehle spürte, konnte er sich nicht mehr beherrschen. Einem leisen Räuspern folgte ein lautes, dann ein Husten. Er drohte, an dem Tier in seinem Körper zu ersticken. Als er ruckartig auf die Knie kam und sich gegen seine Brust klopfte, wurde ihm bewusst, dass er seine Deckung aufgegeben hatte. Sein Husten hallte durch den Wald, verfing sich in den kahlen Ästen und wurde zurückgeworfen. Holz splitterte, die nächsten Worte des Angreifers kamen von ganz nah.

»Komm … komm … Wo du bist?«

Schirmer fiel nach vorne, kroch auf allen vieren weiter, rutschte weg und übergab sich.

Eine Hand packte ihn am Kragen, er wurde hochgezerrt. »Da du bist.«

Seine Lider senkten sich unter dem festen Griff, mit dem die Hand seine Kehle umklammerte.

40

Sarah Balogh riss das Zuckertütchen auf und beobachtete, wie der Inhalt langsam in die Tasse rieselte. Die Cafeteria war gut besucht, links von ihnen unterhielten sich zwei Krankenschwestern lautstark über einen neuen Röntgenassistenten, an dem Tisch zu ihrer Rechten saßen einige Hausarbeiter schweigend bei Kaffee und Kuchen.

Wenzel zerdrückte die leere PET-Flasche mit einer Hand und legte sie auf den Tisch. Man konnte ihm den Ärger über Baloghs Unentschlossenheit deutlich anmerken. »Worauf warten wir noch?«

»Ich kann Plasch nicht erreichen. Laut seiner Assistentin befindet er sich in einer Sitzung mit der Landespolizeidirektion und darf unter keinen Umständen gestört werden.«

»Du bist jetzt die Leiterin der Ermittlungen«, sagte Wenzel mit spöttischem Unterton. »Du musst entscheiden.«

»Schirmer geht auch nicht ran.«

»Der Chef ist im Krankenstand!«, wurde Wenzel lauter. »Und soll ich dir sagen, was er vermutlich gerade tut? Er verfolgt den roten Faden, von dem er immer spricht. Und nach allem, was dir Aumann eben erzählt hat, führt der direkt nach Sulz. Dr. Aribert Salzer, ein über die Grenzen hinaus bekannter Gynäkologe, verschafft sich mit Kinderhandel ein nettes Nebeneinkommen. Er und seine Geschäftspartner betreiben das Geschäft so offensichtlich, dass ihnen ein rumänischer Journalist auf die Schliche kommt. Aumann ist auch an der Sache dran, will Salzer interviewen und wird daraufhin verschleppt. Was benötigst du noch, um die richtige Entscheidung zu treffen?«

»Das passt doch alles nicht zusammen!« Balogh holte weit aus und warf dabei beinahe ihre Kaffeetasse um.

Die Krankenschwestern unterbrachen ihre Unterhaltung, blickten neugierig auf die beiden Kriminalbeamten und sprachen schließlich im Flüsterton weiter.

»Und warum arbeitet Zettl mit Salzer zusammen? Die beiden waren bei der Goldenen Stiege, Aumann ist felsenfest überzeugt, sie gesehen zu haben.«

»Aber nicht gemeinsam! Wiederhole einfach das, was sie dir gesagt hat. Genau so, wie du es mir gerade erzählt hast.«

Balogh schob die Tasse von sich, schaute zu den Hausarbeitern hinüber, die im Begriff waren, zu gehen. »Erst war Stefan da, und dann kam Salzer.«

»Eben!«, triumphierte Wenzel. »Wenn Schirmer mich eines gelehrt hat, dann, dass nichts so ist, wie es auf den ersten Blick scheint.«

»Meine Güte, drischst du hier Phrasen. Aber davon kann ich mir auch nichts kaufen.«

»Ich sage nur, dass alles auf Sulz hinweist. Ich habe dem Chef alle Unterlagen zum Fall kopiert, inklusive der von dir recherchierten Berichte. Salzer und Aumann, das ist die Schiene, auf der wir weiterermitteln müssen.«

Balogh senkte den Blick. Zeigefinger und Daumen drehten ihr Handy im Uhrzeigersinn auf der Tischplatte.

Ich leite jetzt die Ermittlungen.

Was würde Schirmer in dieser Situation tun?

Das Unerwartete.

»Der Chef spricht immer vom roten Faden«, wiederholte sie Wenzels Worte. »Wenn er das eine Ende gefunden hat und in Sulz gerade daran zieht, werden wir uns an sein anderes Ende hängen und so den verdammten Knoten lösen.«

»Wie weit ist es bis zu Salzers Ordination?«, fragte Wenzel.

41

Er lag auf dem Rücken. Der Nieselregen hatte eine zweite Haut auf ihm gebildet, die kühle Feuchte linderte ein wenig die Schmerzen in seinem Gesicht. Erst als er an sich hinabsah, bemerkte er, dass seine Nase in einem unnatürlichen Winkel wegstand. Schirmer betastete das Riechorgan, griff sich an den Hals und zuckte zusammen. Alles fühlte sich kaputt an. Wo sich die Finger des Angreifers in seine Haut gegraben hatten, befanden sich jetzt tiefe Wunden. Warum hatte diese Bestie von ihm abgelassen, was hatte sie mit Salzer getan? Und wo war Erhard? Hinter ihm bewegte sich etwas. Schlurfende Geräusche wie von Schritten, die das Laub durchpflügten. Langsam hob Schirmer seinen rechten Arm, schob das Becken nach vorne, holte Schwung und drehte mit schmerzerfülltem Ächzen seinen Körper zur linken Seite. Unterhalb seiner Nasenlöcher brach eine verkrustete Stelle auf, Blut rann oberhalb der Lippe zum Mundwinkel und tropfte von dort auf den Kragen seiner Daunenjacke.

»Erhard«, keuchte Schirmer. Er hob den Kopf, suchte die nähere Umgebung verzweifelt nach dem Tier ab. Wenn es stimmte, dass der Hund des Menschen bester Freund war, musste der Kleine doch nach ihm suchen, hier in der Nähe sein, vielleicht sogar so lange bellen, bis ihm jemand zu Hilfe kam. Durch den lichten Wald zeichnete sich Salzers Haus ab, davor die Straße. Schirmer hatte geglaubt, Hunderte Meter weit gelaufen zu sein, doch die Villa des Arztes war keine fünfzig Schritte von ihm entfernt. Dort lag Erhard und war vermutlich tot.

Ein Ast brach mit lautem Knacken. Schirmer rollte sich auf den Rücken und blickte zum Himmel. Er war noch immer nicht allein, aus irgendeinem Grund trieb sein Peiniger ein übles Spiel mit ihm. »Beende es«, flüsterte er, und damit begann der Film. Schirmer sah sich als Kind im Haus seiner Eltern. Der riesengroße Weihnachtsbaum, darunter die lang ersehnte Kugelbahn. Das erste Fahrrad, endlos lange Sommer im Freibad. Er küsste ein

Mädchen, trug eine schneidige Uniform, vor ihm eine Zukunft voller Träume. Dann Katjas Lachen, ihre Hand auf seinem Knie. Der Welpe, so klein, dass er in zwei Hände passte.

»Wir können ihn Erhard nennen«, presste Schirmer hervor.

»Obwohl man in Österreich ›Chefinspektor‹ sagt und nicht ›Kommissar‹«, lachte Clara, die wie aus dem Nichts aufgetaucht war.

»Egal, wie es heißt, man kann Harald keine Sekunde aus den Augen lassen.« Hasler war plötzlich da. Er strich wie so oft über die Enden seines mächtigen Schnauzbartes und bedachte Schirmer mit einem enttäuschten Blick.

»Das kommt von den ständigen Alleingängen meines Topermittlers.« Auch Plasch hatte sich dazugesellt und musterte jetzt den vor ihm liegenden Körper. »Wenigstens halten sich Frau Balogh und Herr Wenzel an die Regeln. Unsere Zeit erfordert Kriminalbeamte moderneren Schlages. Den da werden wir bei nächster Gelegenheit ausrangieren, was haltet ihr davon?«

Balogh und Wenzel erschienen hinter ihrem Vorgesetzten und nickten zustimmend.

»Nein!« Schirmer blinzelte, schüttelte sich, als wäre er aus einem Alptraum erwacht, und drehte den Kopf auf die andere Seite, sodass sein Gesicht in feuchtem Laub lag. Das hier war doch real, das hier waren nicht die letzten Erinnerungen, bevor er auf die andere Seite wechseln würde. Tot waren nur die Blätter, die morschen Äste und der Mann, der neben ihm lag. Trotz des seltsam deformierten Kopfes erkannte Schirmer in ihm den Fremden, der ihn um ein Haar umgebracht hätte. Schritte. Zwei Beine versperrten Schirmer plötzlich den Blick auf den Leichnam. Die Gestalt, die sich langsam über ihn beugte, hielt einen dicken, blutverschmierten Ast in beiden Händen. Es schien, als würde der Leibhaftige über Schirmer kommen. Zerzaustes Haar, das Gesicht gezeichnet von unmenschlichen Anstrengungen, die Kleidung von oben bis unten verdreckt.

»Ich weiß jetzt, was bei der Goldenen Stiege geschehen ist«, zischte Stefan Zettl.

42

Dank seines peniblen Sinns für Ordnung fand er die Unterlagen schnell. Er hatte eine Reihe im Paternosterschrank dafür reserviert. Nachdem er die entsprechende Zahl in den Eingabebildschirm getippt hatte, setzte sich der Mechanismus in Bewegung. Mehrere Reihen voller Patientenakten fuhren summend an ihm vorbei, bis der Motor des Schranks stoppte. Dr. Aribert Salzer griff nach den vier Ordnern, in denen sämtliche Transaktionen verzeichnet waren, und warf sie in den schwarzen Müllsack, der vor ihm stand. Danach ging er zu seinem Schreibtisch in den Behandlungsraum, auf dem die Aufzeichnungen über das gerade erst abgeschlossene Geschäft mit den Staudners und ein dünner, neuer Ordner lagen, in dem er ursprünglich alles zu Holikova hatte ablegen wollen. Bevor auch diese Papiere in dem Sack landeten, streichelte er beinahe wehmütig über den grünen Umschlag, der den Namen der Frau trug. Aus diesem Geschäft würde vorerst nichts werden.

Er hatte vor, den Kopf einzuziehen und zu warten, was die nächsten Tage brachten. Er besaß genügend Bargeld und hatte seinen Pass bei sich. Nachdem er dies hier erledigt hätte, würde er über Deutschland nach Frankreich fahren und bei Bekannten untertauchen. Ein spontaner Urlaub, ein paar Tage Auszeit vom stressigen Alltag eines viel beschäftigten Frauenarztes. Seiner Sprechstundenhilfe würde er sagen, dass er krank sei. Sämtliche Termine für die nächsten beiden Wochen mussten abgesagt werden. In der Hektik, die von ihm Besitz ergriff, machte er sich nicht viele Gedanken darüber, ob Amelie ihn belasten würde. Sie arbeitete seit mehr als zwanzig Jahren für ihn und hatte nach diversen erfolgreichen Geschäften die eine oder andere Prämie erhalten. Sie saß mit im Boot und würde schweigen.

Er verschnürte den Sack mit dem Zugband, schulterte ihn und verließ die Ordination. Als er ins Freie trat, stutzte er für einen

Augenblick. Der schwarze Volvo, der eben hinter seinem Jaguar geparkt hatte, kam ihm bekannt vor. Salzer blieb stehen und überlegte, ob er zurück in das Haus gehen sollte, als ein junges Pärchen aus dem Wagen stieg. Aber die beiden schenkten ihm keine Beachtung, sondern liefen die Straße entlang. Unverkennbar suchten sie etwas. Er ärgerte sich über seine Ängstlichkeit und ging weiter. Erst als er schon beim Wagen war und registrierte, dass die junge Frau und der Mann umgedreht hatten und auf ihn zukamen, fiel es ihm wieder ein. Der Mann war mit diesem Schirmer und einem weiteren Kriminalbeamten vor wenigen Tagen bei ihm gewesen. Salzers Herzschlag beschleunigte sich. Konnte dessen Auftauchen Zufall sein? Salzer zweifelte daran. Er hievte den Sack auf den Beifahrersitz, umrundete den Wagen und war im Begriff, einzusteigen, als ihn die Frau ansprach.

»Sie sollten jetzt besser stehen bleiben.«

Ihr Begleiter zog eine Pistole und richtete sie auf ihn. »Anscheinend wissen Sie bereits, dass man Sonja Aumann gefunden hat. Ich kann Ihnen versichern, dass es ihr gut geht. So gut, wie es einem Menschen eben gehen kann, der acht Tage lang wie ein Tier von Ihnen gefangen gehalten wurde.«

»Ich weiß nicht, wovon Sie sprechen. Wer sind Sie überhaupt?«, täuschte Salzer Unwissenheit vor. Doch tief in seinem Inneren wusste der Arzt bereits, dass das Spiel verloren war.

»Was haben Sie eben in das Fahrzeug gepackt?«, fragte Balogh, während Wenzel im selben Moment die Beifahrertür aufriss und den Müllsack an sich nahm.

Dr. Aribert Salzer merkte nicht, dass ihm Handschellen angelegt wurden. Er starrte auf den grünen Umschlag in den Händen des Kriminalbeamten, den dieser aus dem Sack gefischt hatte, hörte die Worte von dessen Kollegin, verstand aber kaum etwas von dem, was sie sagte.

»Sind das die schmutzigen Geschäfte, wegen denen Aumann Sie beinahe drangekriegt hat? Was kostet denn die illegale Adoption eines osteuropäischen Waisenkindes? Ist das alles wirklich ein Leben wert?«

Salzer saß so lange gefesselt auf der Rückbank des Volvos, bis Balogh die Spurensicherung eingewiesen hatte. Als man ihm den Durchsuchungsbeschluss für die Ordination in Mödling und sein Privathaus in Sulz vor die Nase hielt, reagierte er nicht. Er verstand nichts von dem, was ihm Wenzel vorlas. Männer in weißen Overalls verschwanden im Haus, Balogh kehrte zum Wagen zurück und nahm auf dem Beifahrersitz Platz. Nachdem Wenzel den Wagen gestartet hatte, drehte sie sich zu Salzer um. »Wir werden jetzt zu Ihnen nach Hause fahren. Wenn mich nicht alles täuscht, hat die Durchsuchung dort bereits in unserer Abwesenheit begonnen.«

43

Es dämmerte. Schirmer sog die kalte Luft ein, das Einatmen bereitete ihm große Schwierigkeiten. Mit einem lauten Rasseln entwich der Atem wieder aus seinem Körper. Stefan Zettl hatte den Ermittler aufgesetzt und gegen einen Baumstumpf gelehnt. Die Männer rauchten die letzten beiden Zigaretten, die Zettl in Schirmers Jackentasche gefunden hatte.

»Unglaubwürdige Geschichte?«, fragte Zettl.

Schirmer zuckte mit den Schultern, aber selbst die kleine Bewegung ließ ein Stechen durch seinen Oberkörper fahren. Er seufzte. »Sie sind der Kleinen also bis zum Parkplatz gefolgt, haben ihr aus Eifersucht und aus Zorn über ihren Streit eins übergezogen und das Weite gesucht, als schwarz gekleidete Männer aus dem Wald auf Sie zuliefen. Besonders plausibel klingt das Ganze nicht gerade.«

Zettl warf die Kippe in den hohlen Stamm des Baumstumpfes. »Wieso sollte ich jetzt noch lügen?« Er starrte auf den Toten, dann auf den Ast, der neben ihm lag.

»Stimmt. Sie könnten mir wie dem da drüben den Schädel einschlagen, dann wäre für eine Weile alles erledigt. Warum haben Sie mir überhaupt geholfen?«

»Ich bin Ihnen aus einer Eingebung heraus nachgefahren. Nachdem ich mir tagelang den Kopf zermartert hatte, war mir klar, dass ich mich ohne fremde Hilfe nicht wieder erinnern würde. Ihnen zu folgen erschien mir als der einzig gangbare Weg. Die Ungewissheit hat mich beinahe verrückt gemacht. Am Morgen nach Sonjas Verschwinden bin ich in ihrer Wohnung aufgewacht, total verdreckt und ohne Brieftasche, die ich irgendwo verloren hatte. Mir war klar, dass etwas Furchtbares geschehen sein musste.«

Schirmer hustete. »Das Erste, was ein vernünftiger Mensch in so einem Fall tun sollte, ist, den Vorfall bei der Polizei zu melden. Aber ich habe eben in Ihrem Zusammenhang von Vernunft gesprochen, das ist eigentlich schon ein Widerspruch in sich. Verraten Sie mir, wie man so fixiert auf eine Frau sein kann?«

»Ich war wie besessen von Sonja. Dass mir ab und zu die Hand ausgerutscht ist … Herrgott noch einmal!« Zettl hob beschwörend die Hände zum Himmel. »An diesem Abend hatte ich zu viel getrunken und auch ein wenig Kokain intus, ich war nicht ich selbst.«

»Bravo, erzählen Sie nur weiter.« Schirmer suchte nach einer bequemeren Sitzposition, aber vergeblich.

»Als sie dann aus der Wohnung raus ist, bin ich durchgedreht.«

»Der Rest ist Geschichte, das haben Sie mir vorhin schon erzählt. Aber warum haben Sie mir nicht auch eins übergebraten, nur so zum Ausgleich für das, was ich Ihnen bei der Einvernahme angetan habe? Sie hätten sagen können, dass es der dort gewesen ist.« Schirmer deutete auf den Toten. »Hätten Sie Fingerabdrücke vermieden, hätte niemand Ihre Lüge enttarnt.«

Zettl drehte Schirmers Mobiltelefon in seiner Hand. Die SMS, die ihm der Ermittler gezeigt hatte, war so etwas wie ein Happy End, auch wenn Zettl klar war, dass er angeklagt werden würde.

»Sonja Aumann gefunden. Wir warten im Landesklinikum Mödling auf Sie. Balogh«.

»Was hätte das geändert?« Er presste Schirmer das Telefon gegen die Brust.

»Nichts.«

»Wie geht's jetzt weiter?«

»Zuerst müssen wir herausfinden, wo Salzer abgeblieben ist, und die Identität des Toten klären. Wenn alles stimmt, was ich über Aumanns Recherchen erfahren habe, dann war er wohl ein Handlanger von diesem Rumänen.«

»Ich verstehe nicht, warum Sonja mir nichts von der Sache erzählt hat.«

Ich schon, dachte der Chefermittler, behielt es aber für sich. So ganz traute er seinem Retter dann doch noch nicht über den Weg. »Das wird sie Ihnen eines Tages mit Sicherheit verraten.«

Der Wind trug den schrillen Klang von Sirenen zu ihnen. Blaue und rote Lichter begannen, die Straße heraufzutanzen.

Zettl erhob sich wieder. »Also.«

»Also.«

»Ich gehe ihnen entgegen, die können unmöglich wissen, dass wir hier sind.«

»Würden Sie auch nach Erhard sehen?«

»Das habe ich Ihnen doch versprochen.« Zettl stapfte los, blieb aber nach wenigen Metern stehen und zeigte mit dem Daumen auf das Haus. »Ihrem Hund wird schon nichts passiert sein.«

Schirmer nickte.

»Können Sie mir erklären, was es mit dieser grenzenlosen Liebe auf sich hat, die Menschen für ihre Haustiere empfinden?«

»Wenn alle Menschen so wären wie Hunde, gäbe es auf der Welt weniger Arschlöcher.«

»Sie sind doch ein Spinner.«

Nachdem Stefan Zettl zu den Einsatzwagen gegangen war, ließ sich Schirmer wieder ins Laub fallen. Er fühlte sich so einsam wie noch nie in seinem Leben. Und trotzdem war er glücklich, spürte er doch, dass dies hier der Beginn von etwas Neuem war.

44

Neunzig Tage später

Die milde Luft streichelte über ihr Gesicht. Immer dann, wenn der Bug des Bootes in das Meer tauchte, schwappten die Wellen über die Reling und benetzten ihren Körper mit Salzwasser. Seit sie den Hafen verlassen hatten, hielt sie die Augen geschlossen, konzentrierte sich auf ihre Sinne, hörte die Möwen über sich kreischen, roch die Meeresluft, die ihr scharf und kräftig vorkam, gab sich dem Schaukeln hin, das sie zu der kleinen Insel auf der anderen Seite der Meerenge tragen würde.

Die Ereignisse lagen nun schon drei Monate zurück. Ihre körperlichen Wunden waren verheilt, die nicht sichtbaren Verletzungen, die man ihr zugefügt hatte, würden sie aber noch eine lange Zeit, wenn nicht gar für immer, quälen. Sie hatte genügend Papier dabei. Wenn die Zeit gekommen war, würde sie Briefe an diejenigen schreiben, die von ihrem neuen Leben erfahren sollten. Sie wusste, dass sie in Österreich keine Ruhe mehr gefunden hätte. Da, wo einmal ihr Zuhause gewesen war, lag jetzt Schnee, dort waren die Tage kurz und die Gemüter der Menschen genauso dunkel wie der Großteil der Jahreszeit.

Vor ihr lag die Insel, auf der sie mit ihren Eltern fast jedes Jahr die Sommerurlaube verbracht hatte.

Erinnerungen: Vater, der sie aus dem Boot hob und auf den Kai stellte. Mutter, die sich an der Planke festhielt, bis der Kahn vertäut war und sie an Land klettern konnte. Das Strandhaus mit den weißen Mauern und den hellblauen Fensterläden. Dazu grün glänzende Olivenhaine und das satte Gelb reifer Zitronen, die an den Bäumen hingen.

Ein Ruck ging durch den Kahn, sie waren angekommen.

45

Adrian Radulescu saß an einem Tisch am Fenster eines Cafés in der Lipscani-Zone und beobachtete das Treiben auf der Straße. Es war Samstag, die Lipscani-Zone voller Menschen, der geeignete Ort für ein Treffen. Zwei Männer, die sich über ein Geschäft unterhielten, würden hier nicht auffallen.

Während Radulescu auf seinen Kontaktmann wartete, dachte er über die Ereignisse in Österreich nach. Erst vor wenigen Tagen hatte ihn einer seiner Vertrauensleute bei der Kriminalpolizei Bukarest mitgeteilt, dass Interpol Wien mittels Haftbefehl nach ihm suche. Ihm wurden mehrfacher Mord, erpresserische Entführung und die Bildung einer kriminellen Organisation vorgeworfen. In Österreich erwarteten ihn zwanzig Jahre Knast, vielleicht sogar lebenslang, in Rumänien war er ein freier Mann. Der Wechsel der Identität hatte ihn diesmal eine schöne Stange Geld gekostet, denn es galt nicht nur, falsche Dokumente zu besorgen und ein neues Leben zu kaufen. Vom Staatsanwalt abwärts hatte er eine Menge Leute überzeugen müssen, nicht mit den österreichischen Behörden zusammenzuarbeiten. Es gab schwerwiegende Vorwürfe eines Arztes und einer Journalistin gegen ihn, überdies wurde ihm Kinderhandel in mindestens siebenundvierzig Fällen vorgeworfen. Radulescu hatte erwartet, dass Salzer umfallen würde, und konnte es dem Arzt nicht einmal übel nehmen, stand dieser doch selbst bald wegen der Beteiligung an Radulescus Geschäften vor Gericht. Die Vertriebsschiene nach Österreich war Geschichte. Aber wenn alles glattging, würde er in wenigen Minuten eine Abmachung mit einem deutschen Allgemeinmediziner treffen. Deutschland war für Radulescu ohnehin interessanter, das Land bot aufgrund seiner Größe ungleich bessere Absatzmöglichkeiten als die Alpenrepublik.

Er winkte die Kellnerin herbei, bestellte noch einen Cappuccino und sah auf seine Tissot. Sein neuer Geschäftspartner ließ auf sich warten. Er hob den Kopf, schaute durch die Fensterscheibe zu dem dunklen SUV hinüber, der vor dem Café parkte. Wie immer bei solchen Treffen kümmerte sich Pavel um die Vorfeldsicherung.

Dem entspannten Gesichtsausdruck seines Chauffeurs entnahm Radulescu, dass draußen alles in Ordnung war. Plötzlich gab ihm Pavel durch ein Nicken das verabredete Zeichen, und wenige Augenblicke später erschien ein sportlich gekleideter Mann im Lokal. Sein Blick streifte suchend die zahlreichen Gäste und blieb an Radulescu hängen, dann lächelte der Mann, griff sich ans Ohr und verschwand so schnell aus dem Café, wie er gekommen war.

Es ging Schlag auf Schlag. SIAS-Leute, Angehörige der Sondereinheit der rumänischen Polizei, stürmten aus der Küche in den Gästebereich. Ihr martialisches Erscheinungsbild verursachte Panik unter den Anwesenden. Menschen sprangen auf, flohen vor den schwarz gekleideten, mit schusssicheren Westen und Gewehren ausgestatteten Polizisten ins Freie. Radulescu griff nach seiner Pistole, kippte den Tisch um und suchte Deckung. Sein erster Schuss ging ungezielt in den Raum, traf eine Frau, die eben die Tür erreicht hatte, in den Rücken. Der zweite Schuss krachte in die Decke, danach war Stille. Zahlreiche Projektile aus den Gewehren der SIAS-Leute hatten den Tisch und Radulescus Körper durchsiebt. Seine Halsschlagader war zerfetzt, mit wenigen kraftvollen Stößen pumpte der Körper das letzte Blut aus Radulescu. Er wusste, dass es nur noch zehn, vielleicht fünfzehn Sekunden dauern würde. Sein letzter Blick galt dem SUV vor dem Lokal. Die Fahrertür stand offen, Pavel hing in unnatürlicher Haltung aus dem Wagen, in der Hand eine Pistole. Dann wich der Glanz des Lebens für immer aus Adrian Radulescus Augen.

46

Abteilungsinspektor Arno Hasler öffnete sein Mailprogramm und druckte die Nachricht aus, die er eben aus Rumänien erhalten hatte. Aufmerksam las er die zwei Seiten, in denen die rumänischen Kollegen über die versuchte Festnahme von Adrian Radulescu berichteten. Nachdem er fertig war, reichte er die Blätter an Wenzel weiter. »Sie haben Radulescu erschossen«, nahm er den Inhalt der Mitteilung vorweg.

»Dachte nicht, dass die Kollegen in Rumänien die Sache so hinkriegen. Immerhin hatte Radulescu ja einflussreiche Freunde bis in die höchsten Kreise, wenn es denn stimmt, was Sorin da in seinem Blog geschrieben hat.« Wenzel gab Hasler die Papiere zurück, ging zum Fenster und blickte hinaus auf den Europapark, der sich vor dem Bezirkspolizeikommando Mödling bis zur Europaschule erstreckte. Hier stand für gewöhnlich Schirmer, wenn er nachdachte und dabei rauchte. Das Fenster war geöffnet, bitterkalte Luft schlug ihm ins Gesicht.

»Mit Sicherheit, sonst wäre Sorin heute nicht tot.«

»Der Tipp wird dem Herrn Dr. Salzer wahrscheinlich das eine oder andere Jahr Gefängnis ersparen. Was schätzen Sie, wie viel wird Salzer kriegen?«

Hasler zuckte mit den Schultern. »Wie gesagt, indem er den Rumänen die Infos über den bevorstehenden Geschäftsabschluss zwischen Radulescu und dem deutschen Arzt hat zukommen lassen, wird er sich einiges an Haft ersparen. Zweifellos einer der wenigen Fehler, die Radulescu gemacht hat. Was hat er sich nur dabei gedacht, als er Salzer über die Anbahnung des Kontakts in Deutschland erzählt hat? So viele Fragen – insgesamt sind wir nicht gerade schlauer geworden. Wir haben immer noch keine Ahnung, woher die Kinder kamen, die Radulescu und Salzer an den Mann oder die Frau gebracht haben. Und weißt du was?«

Wenzel schloss das Fenster, lehnte sich an die Scheibe und wartete, dass Hasler weitersprach.

»Es ist völlig egal. Du kannst das mit der Hydra aus der Mythologie vergleichen. Zerschlägst du einen Kinderhändlerring, wächst irgendwo der nächste nach, so schnell kannst du gar nicht schauen. Wichtig ist, dass Radulescu aus dem Geschäft ist und Salzer vermutlich auch niemals wieder einsteigen wird, diese Linie ist zu. Aber irgendwo wird sich bald wieder eine andere auftun. Die Menschen in Osteuropa sind bitterarm. Es gibt keine Jobs, keine soziale Versorgung, keine Perspektive, kein Garnichts. Solange die Staaten am Rand Europas nicht die grundsätzlichen Bedürfnisse ihrer Bürger erfüllen können, wird es immer Drecksschweine geben, die mit dem Elend anderer gutes Geld machen. Die Staudners zum Beispiel haben zwanzigtausend Euro für ein Zwillingspaar bezahlt. Eine Menge Geld, ich will mir gar nicht vorstellen, was für Spannen da drin sind. Was ist mit den Kindern eigentlich geschehen?«

»Die sind in einem Heim untergebracht, bis man ihre Herkunft geklärt hat«, antwortete Wenzel.

Hasler nahm die Teekanne und schenkte sich nach.

»Wünsche viel Erfolg dabei. Wann ist noch mal die Hauptverhandlung?«

»Nächste Woche«, entgegnete Wenzel. »Zettl wird auch mitverhandelt, bin gespannt, was rauskommt.«

Hasler nippte an der Tasse. »Glaub mir, Junge, der geht mit einer absichtlich schweren Körperverletzung nach Hause. Ein paar Monate auf Bewährung und fertig. Zumal Aumann nicht gegen ihn aussagen wird.«

»Versteh einer die Weiber«, stöhnte Wenzel, drehte dem Fenster den Rücken zu und schlug die Arme um sich. »Erst mit ihrer Story große Kohle machen und dann einfach abhauen.«

Die Geschichte über den organisierten Kinderhandel zwischen Rumänien und Österreich hatte hohe Wellen geschlagen. Deutsche und österreichische Nachrichtenmagazine hatten mit Sonja Aumann, der Aufdeckerin, wochenlang auf ihren Titelblättern geworben. Doch nachdem das Interesse der Öffentlichkeit verebbt war, verschwand auch Sonja Aumann aus der Wahrnehmung der Menschen. Niemand wusste, wo sich die Frau gegenwärtig befand. Bei Gericht hatte sie eine Erklärung zu den Geschehnissen abgegeben und war spurlos verschwunden. Wie an dem Abend, an dem alles begonnen hatte.

»Ist Sarah heute da?«, lenkte Hasler vom Thema ab.

»Nein, ihr Sohn ist krank.«

»Ihr müsst euch endlich verstärkt der Fahrraddiebstähle am Bahnhof annehmen, Befehl vom Major«, erklärte Hasler, strich dabei über seinen Schnauzer und griff nach dem Bericht, den er eben von der Polizeiinspektion erhalten hatte. »Außerdem hat dieses kranke Schwein vor der Kirche Sankt Othmar sein bestes Stück rausgeholt. Diesmal haben wir eine bessere Personenbeschreibung, kümmert euch bitte darum.«

»Wann kommt eigentlich der Chef wieder?«

Hasler rollte mit dem Stuhl zurück, beugte sich zu Erhard hinab, der unter dem Tisch lag. Der Hund hatte nur durch mehrere Notoperationen gerettet werden können, allerdings war sein rechtes Vorderbein seit dem Vorfall in Sulz gelähmt. Als er Haslers Hand auf seinem Rücken spürte, drehte er sich um, streckte die drei intakten Beinchen von sich und genoss die Streicheleinheiten, die am Bauch fortgesetzt wurden.

Haslers Augen verengten sich, der Schnauzbart wölbte sich nach oben. »Tja, das weiß wohl nur Harald selbst.«

47

Der glühende Teppich vor ihm verbreitete so viel Wärme, dass er Jacke und Pulli ausziehen musste. Dann und wann stoben Funken empor, tanzten einige Augenblicke lang vor seinen Augen und vergingen dann im Schwarz der klaren Winternacht. Frost hing an den Bäumen, die wie neugierige Beobachter rings um die Lichtung standen. Eine Wolke zog gemächlich am Vollmond vorbei und tauchte die Gesellschaft für einige Sekunden in Dunkelheit. Schirmer legte den Kopf in den Nacken, atmete tief durch und beobachtete die weißen Wölkchen, die seinen Mund verließen. Obwohl ihm das Luftholen durch die Nase noch immer Schmerzen bereitete, genoss er diesen Moment, wie er noch nie zuvor in seinem Leben etwas genossen hatte. Die gebrochenen Rippen waren wieder verheilt, die Schiefstellung der Nase würde er jedoch als bleibende Erinnerung an die Geschehnisse in Sulz behalten. Alles um ihn herum war so weich, so rund, so schön. Er spürte die Herzlichkeit der Menschen, die ihn umgaben, die Zuneigung, die sie füreinander empfanden. Verbrecher, Durchsuchungsbeschlüsse, Waffen und Streifenwagen waren in diesem Moment weit weg, schienen surreal zu sein, das Überbleibsel einer kranken Phantasie. Eine Eule sang ihr Lied, Wind fuhr durch Schirmers Haar. Er nahm Clara bei der Hand und drückte fest zu. In der anderen Hand hielt er die Tarotkarte, die er im Beetle gezogen hatte. Clara hatte ihn darüber aufgeklärt, dass die Sichel und das Skelett Bildnisse seien, die für einen Neuanfang stünden, nicht für den Tod, wie er geglaubt hatte.

»Bereit, Herr Kommissar?«

Schirmer schaute auf das Kohleband vor sich. Seine nackten Fußsohlen begannen zu kribbeln. Aufmunternde Worte, rhythmisches Klatschen, er verstärkte den Griff um Claras Hand, dann liefen sie gemeinsam los.

Danksagung

Mein Dank gilt den emsigen Mitarbeiterinnern und Mitarbeitern bei Emons sowie meiner Lektorin, Susanne Bartel, die wieder maßgeblichen Anteil am Gelingen der bayerisch-österreichischen Achse hatte. Danke auch an meine Familie, die während des vergangenen Jahres neuerlich geduldiger Gastgeber für Chefinspektor Schirmer gewesen ist, es war manchmal nicht einfach. Ich widme dieses Buch den vielen Polizistinnen und Polizisten, die trotz schwerer Umstände dafür sorgen, dass Österreich immer noch als eines der sichersten Länder der Erde gilt.

Thomas Eppensteiner
BLUTIGE REBEN
Broschur, 192 Seiten
ISBN 978-3-95451-371-0

Chefinspektor Schirmer steht vor einem Rätsel: Hinter dem Mödlinger Bahnhof werden die Leichen von sieben jungen Männern gefunden. Die Opfer, allesamt ausländischer Herkunft, sind offenbar erstickt. Zur gleichen Zeit wird Mödling von einer Welle der Gewalt heimgesucht, die sich vorwiegend gegen Ausländer richtet. Als sich Verbindungen zwischen den beiden Fällen herauskristallisieren, gerät Schirmer zwischen die Fronten...

www.emons-verlag.de